배워야 산다

중앙대 전 이사장 김희수 평전

배워야
산다

· 유승준 지음 ·

한국경제신문

"사람은 배운 만큼 알고
아는 만큼 일하며
일한 만큼 거두는 법이다."

'빈손의 철학'을 몸소 실천한
동교(東喬) 김희수 선생을 그리며

2012년 홀연히 세상을 떠나신 동교 김희수 선생의 평전이 발간된다는 소식을 접하고 언제나 존경해 마지 않았던 선생의 생전 모습이 아련히 떠올랐다. 좀 더 일찍이 선생의 뜻이 널리 알려지지 못한 점을 늘 안타까워하던 차에 뒤늦게나마 평전이 발간된 데 대해 만시지탄(晩時之歎)이지만 참으로 다행이라 생각한다.

동교 김희수 선생은 일제강점기 시절 만 열세 살의 어린 나이에 혈혈단신 일본으로 건너가셔서 온갖 어려움을 이겨내시고 재일 사업가로 큰 성공을 이루셨다. 일생 동안 식민지 극복, 빈곤 극복, 무지 극복을 위해 노력하셨고, 중앙대학교 이사장으로 재직하시면서 조국의 교육 발전에 이바지하셨다. 2009년 수림문화재단을 설립하시고 생의 마지막 순간까지 조국 대한민국의 문화예술 발전을 위해 봉직하셨다. 커다란 부(富)를 이루었으면서도 평생 동안 일관되게 '공수래공수거(空手來空手去)' 정신을 몸소 실천하셨다. 현재 영면에 드신 일본 도쿄도 하치오지에 소재한 묘소도 생전에 고인이 직접 마련한 한 평도 채 되지 않는 작은 공간이다.

나와 김희수 선생의 첫 만남은 1982년 '재일한국인 문화예술협회'를 통해 이뤄졌다. 그 이후 수림문화재단 설립 시 이사로 참여하기까지 30년 넘게 가까운 인연을 줄곧 이어왔다. 2013년 선생의 묘소에서 거행된 1주기 추모식에서 나는 선생의 영전에 "하늘나라에서 더 이상 걱정하지 마시라"는 추도사를 낭독했다. 선생께서 이 땅에 남기신 미완성의 과제들을 반드시 완결 짓겠다는 결의의 표현이었다. 그 후 선생의 뜻과 정신을 기리기 위해 서울 홍릉 지역에 소재한 구(舊) 영화진흥위원회 건물 자리에 신축에 가까운 리모델링 공사를 통해 2016년 5월 '김희수 기념 수림아트센터'를 건립했다.

앞으로도 선생께서 생전에 품고 계셨던 뜻과 계획을 이어나가도록 노력할 것을 다짐한다. '명력력노당당(明歷歷露堂堂)', 즉 "모든 것은 사리대로 밝혀지고 드러나게 된다"는 정신으로 최선을 다해 나아갈 것이다.

다시 한 번 동교 김희수 선생의 평전 발간을 축하하며, 선생의 뜻이 널리 전파되기를 간절히 기원한다.

2017년 1월
수림문화재단 이사장 하정웅

인재육성에 대한
열정과 큰 뜻을 기억하며

김희수 평전 《배워야 산다》의 출간으로 많은 사람들에게 고인의
진면목을 알릴 수 있는 기회가 될 것 같아 무엇보다 기쁘고 반가
운 마음이 먼저 든다. 일본에서는 김희수 이사장이 성공한 기업
가로 널리 알려져 있는 것과 달리, 우리나라에서는 '중앙대학교
전 이사장'이라는 직함 외에는 알려진 것이 많지 않다.

나라를 잃은 젊은이가 조국을 빼앗아 간 그 나라에서 굴지의
기업을 세우고 다시 조국의 미래를 위해 직접 나서기까지 얼마
나 많은 고비를 겪고 얼마나 많은 고뇌를 했을지 짐작하기조차
쉽지 않다. 일본에서 사업가로 승승장구하며 평온한 일상을 누
릴 수 있었음에도 조국을 사랑하는 마음과 교육을 통한 인재육
성의 꿈을 갖고, 당시 여러 가지 어려움을 겪고 있던 중앙대학교
재단을 인수하여 22년간 "교육은 투자가 아니라 기부"라는 소신
을 몸소 실천하신 김희수 이사장의 열정과 그 큰 뜻을 잊지 말아

야 할 것이다.

　'부동산 재벌'이라고 불릴 만큼 성공한 사업가임에도 늘 검소한 차림새로 된장찌개와 칼국수 같은 소박한 음식을 즐겨 찾으시던 온화한 인상의 어르신. 가까이에서 뵌 많은 이들이 기억하는 고인의 모습이다. 리더의 덕목과 중요성이 전 세계적인 화두가 되고 있는 요즘, 그가 더욱 그리워진다.

2017년 1월
중앙대학교 총장 김창수

사람 외에는 아무것도 남기지 않으려 한 사람

지난 2012년 1월 하순쯤 대전에 머물며 한창 취재에 몰두하고 있을 무렵이었다. 수림문화재단 관계자로부터 한 통의 전화가 걸려왔다. 무심코 받아든 휴대전화기 저편에서 낮은음의 금속성 메시지가 귀를 통해 심장으로 울려왔다.

"김희수 이사장님께서 돌아가셨습니다."

아, 하는 외마디 탄식과 함께 내 가슴은 쿵쾅거리기 시작했다. 대전에서 끝내야 하는 원고 작업은 거기서 중단되었다. 빈소가 마련된 수림문화재단으로 가기 위해 서울행 KTX에 오른 나는 의자 깊숙이 몸을 파묻은 채 눈을 감았다.

'결국…… 이렇게 가시는구나……. 아직도 해야 할 일이 많이 남아 있는데…….'

내가 김희수 이사장을 처음 알게 된 것은 1992년 여름이었다. 대학을 졸업하자마자 출판계에 입문한 나는 부족한 지식과 경험을 채우기 위해 중앙대학교 신문방송대학원에 입학하여 주경야독의 고단한 삶 속으로 나 자신을 밀어 넣고 있었다. 내가 다니던 출판사는 세종문화회관 뒤쪽에 있었다. 광화문에서 84번 버스를 타면 서울 시내를 가로질러 중앙대 앞에 내릴 수 있었다. 신문방송대학원은 흑석동 캠퍼스 꼭대기에 있었기에 수업이 있는 날은 언제나 등산하는 기분으로 학교를 오가곤 했다.

일개 대학원생이 재단 이사장을 직접 만날 일이란 없었다. 당시 김희수 이사장의 모습은 대학신문이나 대학원신문 등에 실린 사진을 통해서나 겨우 볼 수 있었을 뿐이다. 1980년대처럼 연일 시위가 이어진 질풍노도의 시기는 아니었지만 그래도 대학사회의 분위기가 결코 녹록지 않았던 1990년대 대학가에서 지면을 통해 처음 접한 김희수 이사장의 얼굴은 근엄한 학자나 엄격한 관료 스타일이 아니라 주변 어디서나 볼 수 있는 온화하고 평범한 할아버지 같았다. 일본에서 재일교포 사업가로 크게 성공해 망해가는 중앙대를 인수한 분이라는 사실이 그 무렵 내가 알고 있던 김희수 이사장에 대한 전부였다.

김희수 이사장을 직접 만난 건 그로부터 18년의 세월이 흐른 뒤였다. 나는 출판계에서 잔뼈가 굵은 몸으로 작은 출판사를 차려 운영하고 있었고, 김희수 이사장은 중앙대 재단 이사장에서 물러나 수림재단과 수림문화재단 이사장으로 일하고 있었다. 몇

권의 책을 펴내고 틈틈이 이런저런 잡지에 글을 쓰고 있던 내게 어느 날 수림문화재단 신경호 상임이사로부터 한번 만났으면 좋겠다는 연락이 왔다. 그는 나를 보자마자 자신이 30년 가까이 인생의 스승으로 섬기며 모셔온 김희수 이사장의 인생역정을 책으로 엮어보면 어떻겠냐고 제안했다. 그에게 나를 추천한 사람은 동아일보 논설위원을 지낸 가천대학교 김충식 대외부총장이었다. 인터넷으로 김희수 이사장에 관한 자료를 검색해보니 대번 범상치 않은 삶을 살아온 분임을 알 수 있었다. 이후 재단 이사들과의 몇 차례 만남 끝에 언제가 될지는 모르지만 더 늦기 전에 살아온 날들에 대한 기록을 남겨두는 게 좋겠다는 뜻에서 김희수 이사장에 대한 인터뷰와 기록을 시작하게 되었다.

작은 체구에 곱게 빗은 백발, 그리고 지그시 감은 눈에서는 좀처럼 가늠할 수 없는 깊은 침묵의 시간이 흘렀다. 그러다가도 눈을 떠 먼 곳을 응시하면서 느릿한 말투로 과거를 짚어낼 때면 그때의 기억이 생생히 떠오르는 듯 상기된 표정을 감추지 못했다.

"아이고…… 그 이야기를 어찌 말로 다 하겠소. 말로 다 못해요……."

그렇게 몇 개월 동안 틈틈이 만나 이야기를 나누며 조금씩 익숙해졌을 즈음이었다. 일본으로 건너간 김희수 이사장이 갑자기 쓰러져 병원에 입원했다는 소식이 전해졌다. 의식이 없어 의사소통을 할 수 없는 상태라고 했다. 연로한 어른이긴 했지만 나와 이야기를 나눌 때만 해도 한 달에 한 번 이상 한국과 일본을 오가며 일도 하고 사람들도 만나면서 거뜬히 일정을 소화하던 분인데, 느닷없이 이런 일을 당하고 보니 나 또한 망연자실할 수밖에 없었다. 이로써 추가 인터뷰나 원고 집필도 모두 후일로 미뤄지고 말았다.

"된장찌개 좋아해요?"

점심시간이 되면 으레 내 눈을 빤히 쳐다보면서 이렇게 묻곤 하던 김희수 이사장의 얼굴이 자꾸만 떠올랐다. 돌아가신 아버지보다 여섯 살이 많았으니 그분을 만날 때마다 아버지를 뵙는 것 같은 친근함을 느끼곤 했다.

그 뒤 김희수 이사장은 끝내 자리에서 일어나지 못하고 그렇게 세상을 떠나고 말았다.

하지만 나는 이 일을 멈출 수 없었다. 부족한 자료를 보충해 김희수 이사장의 평전을 쓰기로 마음먹었다. 그분의 삶과 철학, 그리고 사업가로서 걸어온 길과 교육자로서 보여준 모습을 그저 나혼자만 알고 묻어두기에 그는 너무 거인이었고 그가 남긴 발자국 또한 너무 크고 또렷했기 때문이다.

그가 살아온 한 세기 속에는 격랑으로 소용돌이친 거대한 역사의 강이 흐르고 있었다. 단 한 순간도 잠잠할 날이 없던 그 강물을 온 힘을 다해 건너온 게 지난날 그의 인생이었다. 나라 잃은 식민지 백성으로 태어나 열세 살에 홀로 현해탄(玄海灘, 대한해협 남쪽, 일본 후쿠오카 현 서북쪽에 있는 바다)을 건너 일본 땅에 첫발을 내디딘 이후 환갑을 훌쩍 넘길 때까지 그는 안 해본 일이 없을 정도로 일만 하면서 앞을 향해 달려왔다. 사람들은 김희수 이사장을 '성공한 사업가'라고 불렀다.

부동산 재벌, 돈 많은 재일교포, 일본에서 가장 비싼 땅인 긴자에 수십 개의 빌딩을 가진 남자, 자산 10조 엔을 소유한 사나이 등 그를 둘러싼 수식어는 갈수록 늘어만 갔다. 차츰 그의 주변에는 사람들이 모여들기 시작했다. 사람들은 그의 돈에 관심이 많았지만, 그는 사람을 마음으로 대했지 결코 소유를 보고 대하지 않았다.

1987년 그는 대한민국 교육계에 홀연히 나타나 부도 직전에 놓인 중앙대학교를 인수하면서 재단 이사장에 취임했다. 그것은 오로지 나라에 대한 사랑과 조국의 교육을 일으켜야 한다는 신념 때문이었다. 주변에서는 평생 궂은일을 마다치 않고 고생해서 번 돈으로 여생을 편하게 지낼 일이지 왜 고생을 사서 하느냐며 만류를 거듭했다.

김희수 이사장은 생전에 자신과 가족들을 위해 돈을 잘 쓰지 않았다. 그에게는 그 흔한 자동차 한 대가 없었다. 걷거나 전철을 타면 어디든 갈 수 있었기 때문이다. 그의 집에는 가정부나 파출부도 없었다. 김희수 이사장의 식탁은 언제나 할머니가 된 그의 아내가 차렸다. 한 번 산 옷은 해질 때까지 입고, 밖에서 식사할 때는 누구랑 먹든 된장찌개나 몇천 원짜리 밥상이면 족했던 사람이다.

그에 따르면 돈은 수단이지 목적이 아니다. 오로지 돈을 버는 것만이 인생의 목표라면 얼마나 허무한 일인가. 돈을 벌어서 무엇을 할 것인가가 인생의 목표가 되어야 한다. 인생 목표가 불분명하거나 건전하지 않다면 돈을 많이 벌수록 그 사람의 삶은 황폐해질 거라고 했다. 김희수 이사장은 오직 정직과 신용으로 돈을 벌었고, 그 돈으로 조국과 사회를 밝히는 작은 등불이 되고 싶었을 뿐이다.

젊은 시절 그의 가슴을 가장 무겁게 짓누른 것은 바로 배우지 못한 한(恨)이었다. 배우지 못해 눈을 시퍼렇게 뜨고도 나라를 송두리째 빼앗겼으며, 무지한 까닭에 헐벗고 굶주린 채 무시당하며 사는 걸 운명처럼 받아들여야 했던 것이 지난 세월 우리 민족의 삶이었다. 배움만이 살길이었다.

"배워야 산다. 배우지 않으면 죽는다."

이것은 곧 그의 신앙이 되었다.

중앙대학교는 유치원부터 초·중·고등학교, 대학교와 대학원을 포함하고 있는 거대한 교육기관이며, 머지않아 100주년을 맞이하는 명문사학이다. 그는 이 학교가 천문학적인 빚 때문에 침몰위기에 처했을 때 일본에서 평생 피땀 흘려 번 돈을 아무런 조건없이 가져다가 학교를 살려냈다. 당시는 정부도 기업도 국민도 중앙대학교를 살려낼 힘과 의지를 갖추고 있지 않을 때였다. 이후 그는 주인으로서가 아니라 중앙대학교의 한 가족으로서 학생들과 함께 울고 웃으며 22년 동안 한결같은 길을 걸어왔다. 중앙대학교를 설립한 임영신 초대 이사장이 고난의 시대에 창학의 깃발을 높이 올리며 산고(産苦)를 치러낸 어머니 같은 분이라면, 김희수 이사장은 격동의 시대에 중병에 걸려 역사의 뒤안길로 사라질 뻔한 중앙대학교를 기사회생시켜 온전한 사람으로 키워낸 아버지 같은 분이다.

'공수래공수거(空手來空手去)'

김희수 이사장은 자신의 인생 철학처럼 빈손으로 왔다가 빈손으로 떠났다. 그는 늘 돈보다 사람을 중요하게 생각하며 살아왔다. 돈이 사람을 위해 있는 것이지 사람이 돈을 위해 있는 것이 아니라는 그의 생각은 확고했다. 그는 인생에서 돈을 남기면 그가 떠난 자리에 다툼과 욕망만 남지만, 진실하고 정직한 사람을 남기면 그가 떠난 자리에 사랑과 평화가 퍼져나갈 거라고 믿었다. 누군가 자신을 '사람을 남기는 일에 헌신하다가 간 사람'으로 기억해준다면 더 바랄 것이 없다고 했다.

"나는 한국인으로 태어난 게 자랑스러웠어요. 일본에서 평생을 살며 사업을 했지만, 일본인이 부러웠던 적은 단 한 번도 없었죠. 한국인은 일본인보다 뛰어나고 우수하기 때문이에요. 만약 다시 태어날 수만 있다면 식민지가 아닌 독립된 대한민국에서 태어나고 싶어요. 그래서 돈을 더 많이 벌어 사람을 살리고, 키우고, 남기는 일에 좀 더 일찍 뛰어드는 것이 소망이에요."

약육강식의 법칙과 권모술수의 논리가 만연한 이 세상에서 이토록 순수하고 청빈했던 한 어른이 우리 곁에 계셨다는 것, 그리고 수많은 오해와 모함에도 끝까지 인내하며 변함없이 대한민국과 조국의 젊은이들을 믿고 사랑했던 이분이야말로 진정한 애국자요 참 교육자였다는 것, 자신의 모든 것을 바쳐 쌓아 올린 인재 양성의 요람인 중앙대학교가 이제는 한국을 넘어 세계 속의 대학으로 발전을 거듭하고 있다는 것을 제대로 알리기 위해 이 한 권의 책을 펴낸다. 아무쪼록 조국의 많은 청년 학생들에게 이 책이 읽혀 '배워야 산다'는 것이 그들의 신념과 철학이 될 수만 있다면 그보다 더한 기쁨은 없을 것이다. 빈손으로 왔다가 빈손으로 가는 것이 인생이라 생각하며 살아왔기에 사람 외에는 아무것도 남기지 않으려 한 김희수 이사장의 영전에 이 작은 책을 바친다.

2017년 세초에
유승준

차례

추천의 글 006
프롤로그 010

제1장
무지하고 못 배운 게
가장 서러웠다

어린 학생들과의 마지막 대화 — 025
진달래꽃과 소나무 껍질을 먹으며 — 031
빼앗긴 나라, 잃어버린 땅 — 037
할아버지 무릎에서 익힌 천자문 — 043
우리말을 가르쳐주신 선생님 — 049
열세 살에 홀로 건넌 현해탄 — 054

제2장
일본에서 성공해
조국으로 돌아가리라

조센징과 한도징 — 063
기술을 배워야 살 수 있다 — 069
징병에 끌려가기 직전 맞이한 해방 — 075
피오줌이 나올 정도로 힘들었던 시절 — 081
돈이 흘러드는 우물을 파라 — 086
형과 함께 어군담지기 회사를 설립하다 — 092

제3장

긴자에 23개의
빌딩을 세우다

일본에서 가장 비싼 땅의 주인이 되다 — 101
내 집처럼 편안한 빌딩을 만들자 — 107
철저한 사전조사와 계획을 세워 일하라 — 113
내 이익보다 고객의 이익을 먼저 생각하라 — 119
땅이나 건물을 되팔아 이윤을 남기지 않는다 — 125
최고의 자산은 정직과 신용이다 — 130

제4장

나는 한국인이다

된장찌개와 칼국수 — 139
버스와 지하철을 타고 다니는 재벌 — 145
가정부와 파출부를 두지 않는 아내 — 151
윤리 없는 금전은 다 쓸데없는 것이다 — 157
예술을 사랑하는 아내와 자식들 — 163
남의 밥을 먹어봐야 세상을 안다 — 168

제5장

일본 땅을 팔아
한국 땅을 일구다

평생 가슴에 담아둔 세 개의 한   — 177
부도 직전의 중앙대학교를 인수하다   — 183
오직 조국의 인재양성에 대한 부푼 꿈 하나로   — 189
학생들을 위해 기숙사와 도서관부터 짓다   — 195
참으로 어설프게 발표된 학교발전계획안   — 201
양심소리투쟁위원회와의 고단한 싸움   — 207

제6장

일본이 받은 노벨상,
우리가 못 받을 이유 없다

이상한 신문 광고   — 217
가방에 책을 잔뜩 싣고 공항을 오가던 시절   — 222
국내 최초로 국악 단과대학과 대학원을 세우다   — 228
중앙대 이사장 재임 22년 동안 지켜온 김희수의 3불 정책   — 234
의과대학 부속병원을 짓기까지   — 240
교육은 투자가 아니라 기부다   — 246

제7장
모든 것을 버릴 때
진짜 부자가 된다

그가 일본으로 귀화하지 않은 이유   — 255
목포공생원과 희수목욕탕   — 261
홋카이도에 심은 나무들   — 267
인생은 빈손으로 왔다가 빈손으로 가는 것이다   — 273
2인용 병실에서 홀로 떠난 진정한 부자   — 279
사람을 남기는 것이야말로 최고의 인생이다   — 285

에필로그 291
동교(東橋) 김희수(金熙秀) 연보 296
참고자료 306

제1장

무지하고 못 배운 게
가장 서러웠다

나라를 빼앗기고 땅을 잃어버린 백성으로서 고향에 남아 있는 사람들이나 일본으로 건너간 사람들이나 모두 시대를 잘못 만난 탓에, 못 배우고 무지한 백성으로 태어난 탓에 모진 고난의 세월을 그렇게 견뎌내야 했다.

어린 학생들과의
마지막 대화

———

"어렸을 때는 우리 집 형편이 이렇게 어려운 줄 잘 몰랐는데, 자라면서 보니까 무척 어렵다는 사실을 알게 되었습니다. 남들은 좋은 대학에 합격했다며 부러워했지만, 학비 걱정 때문에 속으로 얼마나 애가 탔는지 모릅니다."

"부모님이 모두 돌아가셔서…… 이모할머니께서 저와 동생을 맡아 키워주셨습니다. 이제 대학생이 되었으니 장학금도 타고, 아르바이트도 열심히 해서 더는 이모할머니 신세를 지지 않고 제 힘으로 한번 살아보고 싶습니다."

"아버지가 2년 반 전에 일하다가 허리를 심하게 다치는 바람에 경제활동을 하지 못하고 집에서 치료를 받고 계십니다. 그래서 저는…… 이 장학금을 꼭 받아야 합니다. 제가 대학생이 되어 마음껏 공부하는 걸 보는 게 아버지 소원이시기 때문입니다."

"엄마 아빠가 이혼한 뒤 엄마랑 살게 되었습니다. 나이 차이가 크게 나서 제가 동생들을 돌보며 자랐는데, 어려운 여건 때문에 동생들이 잘못되지나 않을까 염려를 많이 했습니다. 대학을 졸업하면 저처럼 가난한 학생들을 도와주는 훌륭한 교사가 되고 싶습니다."

아침 일찍부터 비가 내리고 있었다. 봄을 재촉하는 모처럼의 단비였다. 2010년 2월 25일, 수림재단 회의실에서는 온종일 장학생 선발을 위한 면접이 진행되고 있었다. 경상도에서, 전라도에서, 멀리 제주도 등 전국 각지에서 올라온 예비 대학생들이 수림재단의 장학생으로 뽑히기 위해 진땀 나는 면접을 치르는 중이었다.

학생들은 자신의 이름이 호명될 때마다 한 명씩 들어와 재단 이사들로 구성된 면접관들 앞에서 자기소개를 하고 질문에 소신껏 답변했지만 하나같이 긴장한 표정이 역력했다. 공부에 관한 한 내로라하는 성적을 자랑하는 학생들이었지만 집안 형편상 장학금을 받지 않으면 4년 동안 마음 놓고 학교에 다닐 수 없는 절박한 처지가 대부분이어서 아무리 강심장을 가진 젊은이라 해도 초조함을 감출 수는 없었을 것이다.

어떤 여학생은 자기소개하다가 왈칵 눈물을 쏟기도 했다. 말을 또박또박 잘해서 장학금을 꼭 받기는 해야겠는데, 막상 지난날을 회상하며 불행했던 가족사에 관한 이야기를 하려니 그동안 참아왔던 감정이 북받쳐 오른 것이다.

"학생이 나중에 학교를 졸업하고 사회에 나와 열심히 일해서 큰 부자가 된다면 제일 먼저 뭘 하고 싶나요?"

분위기를 좀 밝게 가져가려는 생각에서 어떤 면접관이 이런 질문을 던졌다.

"평생 저희 키우느라 고생하신 엄마 아빠께 멋진 집을 먼저 사드리고 싶어요. 그러고 나서 많은 분이 어려운 형편에 있는 저를 도와주신 것처럼 저도 가난 때문에 공부를 제대로 할 수 없는 학생들을 돕기 위한 장학재단을 꼭 만들고 싶습니다."

수림재단은 김희수 이사장이 중앙대학교 이사장으로 일하던 1990년 6월 '수림장학연구재단'이라는 이름으로 처음 만들었지만, 본격적인 활동을 시작한 건 중앙대학교 이사장직에서 물러난 뒤인 2008년 9월부터다. 수림재단에서는 매년 봄 학기가 시작되기 전 전국 고등학교에 공문을 보내 대학에 합격은 했지만 가정 형편이 어려워 학업을 계속하기가 곤란한 학생들을 추천받아 서류심사와 면접을 통해 10명 내외의 학생들을 선발하여 장학금을 지급하고 있다. 학생들은 매 학기 일정 수준 이상의 성적을 유지하기만 하면 졸업할 때까지 4년 동안 소정의 장학금을 지원받게 된다. 현재까지 수림재단에서는 1기부터 8기까지 100여 명에 이르는 대학생들에게 장학금을 지급해왔다.

이 밖에도 수림재단에서는 세계 각국에 대학생들을 파견하여 견문을 넓히기 위한 글로벌인재육성지원사업과 재외동포 교환

대학생을 대상으로 한 수립특별장학생선발사업, 각 분야에서 특출한 성과를 내는 연구 인력을 지원하는 학술연구지원사업, 다문화가정과 평생교육을 지원하고 발달장애아동을 돕는 교육복지사업 등을 의욕적으로 추진해나가고 있다.

이와는 별도로 수립문화재단에서는 인간, 문화, 미래, 창조를 기치로 내걸고 우리 민족의 우수한 문화적 역량을 결집해 이를 세계에 알리는 일에 박차를 가하고 있다.

당시 김희수 이사장이 아흔을 바라보는 나이에도 이런 일들을 계속해서 벌여나간 것은 우리나라에 아직도 우수한 두뇌를 가진 젊은이들이 경제적 어려움 때문에 배움의 길에 들어서지 못하는 경우가 많기 때문이며, 중국이나 일본보다 뛰어난 문화를 가지고 있음에도 우리 민족의 역량이 세계만방에 충분히 그 진가를 드러내지 못하고 있다고 생각했기 때문이다. 그는 자신에게 정신적·물질적 여력이 남아 있다면 힘이 다하는 순간까지 그 길을 걸어가야 한다고 믿었고, 이를 숙명으로 받아들였다.

어린 학생들을 대할 때마다 김희수 이사장은 잊지 않고 한 가지 질문을 던지곤 했다.

"학생은 자신이 한국인이라는 것에 대해 자부심을 가지고 있나요?"

요즘 젊은 사람들은 과거와 달리 충효 사상에 대해 무지하고 별다른 생각이 없을 거라는 선입견은 그때마다 여지없이 무너지곤 했다.

"물론입니다. 6·25전쟁 이후 모든 것이 폐허가 되고 자원이나 기반이 하나도 없는 상태에서 온 국민이 힘을 모아 땀 흘려 일함으로써 이를 극복하여 지금은 어엿한 세계 경제 10위권의 나라가 되었으니 자부심을 가지지 않을 수 없습니다. 게다가 이번 밴쿠버 동계올림픽에서 대한민국이 금메달 6개로 종합 5위를 차지하며 일본이나 중국을 따돌리고 동양권 국가 중 최고의 성적을 낸 것만 봐도 저 자신이 한국인이라는 게 너무나 자랑스럽습니다."

예전에는 집안 형편이 어려운 학생들의 경우 대개 법대를 가거나 의대, 상대에 진학해 판검사나 의사가 되거나 아니면 좋은 회사에 취직하는 게 꿈이었는데, 요즘 학생들은 형편이 어려워도 구김살이 별로 없고 꿈과 포부가 당차고 다양하다. 수림 장학생의 면면을 살펴봐도 수학 특기자, 기계항공공학부, 전자공학과, 융합전자공학부, 건축조경학부, 의학과 공학을 합친 의공학 분야, 화학생물공학과, 도시행정학, 물리천문학과 전공자 등 각양각색이었다.

"일본 드라마를 좋아해서 일본 문화와 관련된 일을 하고 싶습니다."

"제 손으로 설계하고 시공해서 저만의 도시를 만들어보고 싶습니다."

"로봇을 처음 봤을 때 흥분되어 견딜 수 없었습니다. 제 꿈은 로봇이 모든 분야에서 실용화되는 그런 세상을 제 손으로 이룩하는 겁니다."

"대학에서 경영학을 공부하고, 졸업 후에는 로스쿨에 진학하여 인권변호사가 되고자 합니다. 그래서 사회적 약자들에게 힘이 되는 존재가 되고 싶습니다."

"범죄심리분석관이 되어 범죄 없는 안전한 세상을 만드는 게 제 꿈입니다."

이런 학생들을 마주하고 있을 때면 김희수 이사장의 얼굴에는 어느새 엷은 미소가 번져나갔다. 안경 너머로 백발노인이 된 자신을 바라보는 초롱초롱한 어린 눈망울들 속에서 그는 칠팔십 년 전 어린 시절의 김희수를 발견한 듯했다. 이것이 그가 생전에 그토록 사랑하던 어린 학생들과의 마지막 대화였다. 아마도 그때 그는 어렴풋한 기억의 저편을 지나 고향 언덕 위에서 뛰노는 철부지 소년으로 돌아가고 있었는지도 모른다.

진달래꽃과
소나무 껍질을 먹으며

──────

김희수의 고향은 경상남도 창원군 진동면 교동리다. 마산과 진해
에 인접해 있는 작지만 아름다운 바닷가 인근 마을이다. 진동면
은 지난 1995년 창원군에 속한 5개 면이 마산시로 합쳐져 마산시
땅이 되었다가 2010년 마산시와 진해시가 창원시에 통합되면서
다시 창원시 마산회원구와 마산합포구로 바뀌었다.

이제는 사라진 옛 이름이 된 마산은 예부터 항구가 발달하여
물류와 교통의 중심으로 발전해온 지역이다. 1592년 임진왜란이
일어났을 때 이순신 장군이 이끄는 함대가 두 번째 대승을 거둔
곳이 바로 지금의 합포 앞바다였다. 1950년 6·25전쟁이 터졌을
때는 낙동강 전선의 병참기지 역할을 해냄으로써 위급했던 전세
를 일거에 역전시키는 데 기여한 요충지이기도 했다.

이 일대에는 진(鎭) 자로 시작되는 마을이 세 군데나 있는데, 진동·진북·진전을 합쳐서 '삼진'이라 불렀다. 그중 진동면은 지방 행정의 중심지였던 관계로 사적과 유물이 많으며, 오래전부터 우산팔경(牛山八景), 즉 우산과 관련된 여덟 가지 비경이 전해 내려온다. 우산은 교동리 뒤편에 위치한 산으로, 자연 풍광이 대단히 아름다운 곳이다.

우산팔경을 구체적으로 살펴보면 다음과 같다.

- 석문조운(石門朝雲): 우산 입구 문과 같이 생긴 바위에 아침 구름이 떠오르는 광경
- 추봉추월(鷲峰秋月): 매 같이 생긴 봉우리에 맑고 밝은 가을 달이 솟아오르는 풍경
- 교주낙안(膠洲落雁): 요장 앞바다의 갈대밭에 기러기가 떼를 지어 날아가는 광경
- 광암만조(廣岩晚潮): 광바위 부근 바닷가에 석양이 저물 때 밀물이 드는 아름다운 풍경
- 연포귀범(燕浦歸帆): 송도 남단의 연미곶을 돌아오는 돛단배
- 능도어화(能島漁火): 능지머리 바다에 수없이 늘어선 고기 잡는 배에서 나오는 불빛
- 죽전세우(竹田細雨): 광활한 대나무밭에 가느다란 비가 내리는 광경
- 항산모종(航山慕鐘): 산중 깊숙한 곳에서 은은히 들려오는 산사

의 저무는 종소리

여덟 가지 전경이 그때 모습을 고스란히 간직하며 남아 있는
것은 아니지만, 교동리는 지금도 오래된 은행나무 가로수가 펼쳐
진 길을 지나 마을 앞에 놓은 작은 돌다리를 건너면 푸른 하늘 아
래 울창한 산으로 둘러싸인 아름다운 마을이 한 폭의 그림처럼
펼쳐져 있는 곳이다.

김희수는 1924년 6월 19일 아버지 김호근, 어머니 심교련의
둘째 아들이자 칠 남매의 넷째로 태어났다. 위로 누님 두 분과 형
님 한 분, 아래로 남동생 둘에 여동생이 하나였다. 딱 중간이라
형이나 누나들 눈치도 봐야 했고, 셋이나 되는 동생들 치다꺼리
도 해야 했다.

그의 집안이 진동에 터를 잡기 시작한 것은 1800년대 후반으
로 알려져 있다. 할아버지께서는 조봉대부(朝奉大夫: 조선 시대 문반
에 지급한 관직의 품계), 동몽교관(童蒙敎官: 조선 시대 각 지방의 군·현에 설
치하여 아동교육을 담당하던 관원)을 지낸 한학자였다. 경제적으로 그
리 넉넉한 편은 아니었지만 그렇다고 해서 끼니를 걱정할 정도는
아니었다. 일제강점기 이전까지만 해도 생활에 부족함이 없을 정
도의 논밭과 임야를 소유하고 있었다.

그러나 1910년 우리나라를 강제로 침탈한 일제의 토지조사사
업으로 대대로 물려받은 문전옥답을 다 빼앗기고 말았다. 이때부
터 김희수의 집안은 가세가 급격히 기울기 시작했다. 그렇다고

지조 있는 선비 집안에서 일본인의 소작농이 되어 생계를 유지할
수는 없는 노릇이었다. 이렇게 집안 살림이 빠듯하고 어려울 때
그가 태어났다.

그의 어머니는 임신기간 중 이렇다할 태몽을 꾸진 않았으나 김
희수를 낳던 시간이 막 아침 해가 떠오르던 무렵이라 매우 인상
적이었다는 말씀을 하셨다고 한다. 동녘에 찬란한 태양이 떠오르
는 아침에 따사로운 햇살을 받으며 태어난 아이였으니 어려운 시
절이긴 했지만 뭔가 큰 복을 타고 태어난 아이일 것 같다는 생각
을 하셨다는 것이다.

"희수야, 노올제이~!"

"알았데이. 근데 어데 가 뭐 하고 놀제?"

"바닷가 가가 물괴기 잡고 놀지 뭐."

"알았다. 쪼매 기달리라."

"와 그라노?"

"전에 새로 만든 낚싯대 챙기야제."

어린 시절 그는 동네 친구들과 어울려 진동만 바닷가로 자주
낚시를 다녔다. 딱히 가지고 놀 만한 도구들도 마땅치 않았던 때
라 자연을 벗 삼아 노는 게 최고였다. 게다가 놀면서 먹을 것까지
챙길 수 있으면 그보다 더 좋은 놀이는 없었다. 마을 주변에 대나
무 숲이 많아서 낚싯대 만드는 건 일도 아니었다. 물론 어린아이
들이 만든 거라 엉성하긴 했지만.

"와~ 엄청 큰 놈이데이!"

"야, 오늘 니 끝내주는데?"

고향 인근 바닷가에서는 문어, 대구, 굴, 은어 등이 많이 잡혔다. 어른들은 김이나 파래를 채취해서 생계를 유지하기도 했다. 김희수와 친구들은 이름도 잘 알지 못하는 이런저런 물고기를 닥치는 대로 잡아 의기양양한 표정으로 노래를 부르며 집으로 향하곤 했다.

"어무이, 내 물괴기 마이 잡아왔다!"

"와, 그라네? 이제 고마 씻고 저녁 묵자."

어머니는 아들이 잡아온 물고기를 넣고 찌개를 끓여 푸짐한 밥상을 차려주셨다. 봄이면 쑥이나 냉이를 캐서 국을 끓여주셨고, 쑥버무리나 개떡을 만들어주시기도 했다. 하지만 농사가 시원치 않다 보니 쌀과 보리가 부족한 밥상은 어린 배 속을 채워주기에 늘 역부족이었다.

그나마 봄이나 여름에는 친구들과 어울려 들로 산으로 다니면서 진달래꽃을 따먹기도 하고, 소나무 껍질을 벗겨 먹기도 하고, 개구리나 메뚜기, 게나 가재를 잡아먹기도 했지만 모든 것이 꽁꽁 얼어버린 겨울에는 그야말로 대책이 없었다. 보릿고개만 되면 어린 김희수에게도 하루하루가 사는 게 고통이었다. 보리밥이라도 원 없이 실컷 한번 먹어봤으면 소원이 없겠다는 생각을 하면서 살았다.

누구보다 고생이 막심했던 건 바로 그의 어머니였다. 몰락한 가문이긴 했지만 완고한 선비의 풍모를 잃지 않으셨던 시아버지

를 극진히 봉양하면서 시어머니와 고모들의 시집살이까지 견뎌
내야 했고, 왕성한 식욕으로 똘똘 뭉친 자식들의 삼시 세끼를 꼬
박꼬박 걷어먹이며 키워야 했으니 그 고충이 오죽했겠는가.

"느그들은 우짜든지 열심히 공부해가 훗날 딱 부러지게 잘살
아야 한데이."

어머니는 틈날 때마다 자식들을 앉혀놓고 이렇게 말씀하셨다.
그것은 어머니의 교육 방침이자 가훈이었으며, 어쩌면 유언과도
같은 것이었다.

"열심히 공부해가 잘살아야 한데이."

어린 시절 김희수의 귓가에는 어머니가 들려주신 이 말씀이 늘
울려 퍼지는 듯했다.

빼앗긴 나라,
잃어버린 땅

───────

김희수의 할아버지는 조선 말기에 벼슬을 지낸 분으로서 평생 망국의 한을 안고 사신 분이었다. 일본의 식민지가 된 조국에서 어떻게 사는 것이 진정한 선비로서의 길인지 고뇌와 번민이 깊으셨던 것 같다. 오랜 생각 끝에 할아버지가 내린 결론은 자식들을 외지로 보내 배움의 길을 걷게 하는 것이었다.

고향에 남아 일제의 눈치를 보며 소작농으로 목숨을 유지해봐야 아무런 희망이 없다고 생각하신 것이다. 그의 할아버지가 생각하신 바깥세상은 일본이었다. 중국이나 러시아는 우리가 보고 배워야 할 나라가 아니었고, 미국이나 유럽은 너무 멀었다. 원수의 나라이긴 하지만 일본은 가장 가까운 거리에 있는 우리의 반면교사였다. 적어도 할아버지에겐 그랬다.

1918년에서 1919년까지 할아버지는 작은아버지를 먼저 일본에 보낸 후 이어서 아버지마저 일본으로 보내셨다. 아직 장가를 가지 않은 작은아버지를 일본에 보내 자리를 잡게 한 후에 이미 큰누나와 형을 낳아 키우고 있던 아버지를 뒤따라 보낸 것이다. 작은아버지는 몇 년 후 고향으로 돌아와 혼례를 치른 뒤 작은어머니와 함께 일본으로 되돌아갔다. 작은아버지의 자식들, 즉 김희수의 사촌들은 모두 일본 동경에서 태어나고 자랐다.

고향에 부모와 처자식을 남겨두고 떠난 아버지는 가끔 모아둔 돈을 가지고 집에 돌아와 얼마간 머물다 가셨지만, 아버지가 일본으로 떠나신 뒤로 집안 살림은 오롯이 어머니의 몫이었다. 가족 중에 제대로 생산 활동을 하는 사람이라곤 어머니뿐이었으니 혼자 벌어 나머지 식구를 먹여살려야 했던 셈이다. 속내야 알 도리가 없지만, 겉으로 보기에 그의 어머니는 언제나 묵묵히 자기 자리를 지키며 살아오신 분이었다.

아버지와 작은아버지가 일본으로 건너가실 무렵인 1918년에는 제1차 세계대전이 비로소 막을 내렸지만, 곧바로 1919년 한국에서 일제에 항거하는 3·1운동이 전국적으로 일어났고, 이어 세계적인 경제공황의 어두운 그림자가 서서히 다가오고 있었다. 따라서 일본도 경제적으로 매우 어려운 상태에 직면해 있었다.

설상가상으로 1923년 일본 관동지역에 대지진이 엄습했다. 이 대지진으로 인해 이재민 약 340만 명, 사망자 9만여 명, 행방불명자 1만여 명, 중상자 1만여 명, 경상자 3만여 명이 발생했다.

손해액은 약 55억 엔으로 추정되었는데, 1922년도 일본의 일반 회계예산이 약 14억 7,000만 엔이었던 것을 감안해보면 그 손해액이 얼마나 막대했던가를 짐작할 수 있다.

일본 정부는 지진이 일어난 직후부터 비상경비에 들어간 육군에 정식으로 출병을 요청하고, 동경 전역에 계엄령을 내리는 동시에 비상징발령을 발하여 구호·복구 활동에 착수했다. 그러나 일본 정부는 이런 와중에도 민심의 분노를 다른 곳으로 돌리기 위해 "재난을 틈타 이득을 취하려는 무리가 있다. 조선인이 방화와 폭탄 테러, 강도 등을 획책하고 있으니 주의하라"는 등의 날조된 유언비어를 퍼뜨렸다.

이로 인해 곳곳에서 민간인이 자경단을 조직해 불시검문을 하여 조선인으로 확인되면 가차 없이 살해하는 범죄를 저지르기 시작했다. 이들은 죽창이나 몽둥이, 일본도 등으로 무장했고, 일부는 총기로 무장하기도 했는데, 이들의 광기는 상상을 초월할 만큼 잔악한 것이었다. 이들에 의해 수많은 조선인과 일본인 사회주의자들이 무차별 학살을 당했지만 일본 정부는 수수방관했다.

이런 와중에 김희수의 아버지와 작은아버지는 일본에서 수많은 차별과 박해를 이겨가며 하루라도 빨리 자리를 잡기 위해 온갖 고생을 다 하고 있었다. 아버지는 닥치는 대로 일하는 틈틈이 한국 사람들을 돕기 위해 만들어진 자치단체인 갱생회(更生會) 일을 보곤 했다. 다행히 작은아버지는 공부를 계속해서 일본 주오대학(中央大學) 법학과에 다닐 수 있었다.

학교를 졸업한 작은아버지는 일본 지방법원에서 서기로 일하게 되었다. 당시 한국인이 일본 땅에서 법원 서기로 근무한다는 것은 대단한 일이었다. 여간해서는 얻기 힘든 좋은 일자리였다. 이즈음부터 두 분은 서서히 일본 내에서 기반을 잡아 나갈 수 있었다.

김희수가 태어난 다음 해인 1925년, 아버지는 그의 형을 일본으로 데리고 갔다. 김희수보다 다섯 살이 많은 형은 동생들 얼굴도 채 익히기 전에 온 집안의 기대를 한 몸에 받으며 아버지를 따라 일본으로 배움의 길을 떠났다.

"할배요, 아부지한테 편지 왔다카이!"

"오냐, 이리 가져온나."

누나들은 어쩌다 한 번씩 일본에서 온 아버지 편지를 받아들고 반가워 어쩔 줄 모르는 표정으로 할아버지에게 뛰어가곤 했다. 그럴 때마다 김희수와 동생들은 모두 쪼르르 달려가 모이를 기다리는 병아리들처럼 할아버지 무릎 아래로 모여들었다. 어머니도 부엌이나 마당에 계실 때면 짐짓 의연한 척하셨지만, 신경은 온통 할아버지에게 쏠려 있는 것 같았다.

"할배요, 아부지가 머라 카는교?"

"어허, 가만가만⋯⋯."

할아버지는 늘 한참 뜸을 들이다가 편지를 읽어주셨다. 김희수는 그때 아버지의 편지 내용이 무엇이었는지 전혀 기억나지 않지만, 매번 부모님의 안부를 먼저 물은 후 아이들은 무탈한지, 다들 별다른 고생은 하지 않는지 등을 궁금해하셨던 것 같다고 했다. 편지의 끝은 언제나 나와 동생은 잘 지내고 있으니 걱정하지 말라는 문장으로 끝나곤 했지만, 가장 중요한 것은 이런 형식적인 글 뒤에 나오는 짧은 추신이었다. 사실상 이게 편지의 백미였다.

〈사정이 좋지 않아 돈을 조금 늦게 부쳤으니 수일 내로 우체국에 가서 찾도록 하시오.〉

하지만 할아버지는 추신 부분은 읽어주시지 않았다. 글을 모르는 김희수로서는 할아버지가 편지를 다 읽어주신 건지 일부분만 읽어주신 건지 알 도리가 없었다. 그 부분은 할아버지가 따로 어머니와 이야기를 나눌 때 다시 편지를 펼쳐보며 확인하곤 하셨다. 나중에 학교에 들어가 글을 배운 뒤에야 편지의 추신 부분이 그런 내용이라는 걸 알게 되었다.

당시는 일본에서 한국으로 돈을 보낼 때 우체국을 통했다. 일본 현지에 있는 우체국에서 아버지가 한국에 있는 어머니께 돈을 이체해서 보내면 그 내용이 한국 우체국에 통보되어 돈 받을 사람에게 내용이 전달되고, 이를 통보받은 사람이 도장을 가지고 가까운 우체국에 가서 확인하면 돈을 내주는 식이었다. 인편으로 돈을 주고받는 것보다 훨씬 더 빠르고 안전한 방법이었다. 이를 일본어로 '고가와세(소액 우편환)'라고 불렀는데, 일제강점기 때 많은 사람에 의해 이용되다가 1951년에 폐지되었다.

나라를 빼앗기고 땅을 잃어버린 백성으로서 고향에 남아 있는 사람들이나 일본으로 건너간 사람들이나 모두 시대를 잘못 만난 탓에, 못 배우고 무지한 백성으로 태어난 탓에 모진 고난의 세월을 그렇게 견뎌내야 했다.

훗날 어린 시절 김희수의 모습을 기억하는 친지들의 말에 따르면 그는 종종 마을 뒷산이나 언덕에 올라 먼바다를 바라보며 생각에 잠기곤 했다고 한다. 코흘리개였던 그가 뭘 알아서 사색을 즐겼겠는가. 어린 마음에도 바다 건너에 있는 아버지와 형이 그리워 막연히 먼바다를 바라보았을 것이다.

그런 그에게 할아버지는 늘 이런 말씀을 해주셨다고 한다.

"애비나 형아처럼 니도 커서 일본 가가 배워야 한데이. 인자 배워야 살제 안 그러믄 고마 죽는데이."

할아버지 무릎에서
익힌 천자문

———

조선 중기에 묵재 이문건이라는 선비가 있었다. 그는 중종 14년 기묘사화에 연루되어 유배를 살다 돌아와 본격적으로 벼슬길에 나서지만, 명종이 즉위하자마자 곧바로 을사사화가 터지는 바람에 또다시 23년이라는 긴 유배생활을 떠나게 된다. 이후 그는 평생 유배지에서 살다가 결국 그곳에서 자신의 생을 마친 불행한 사대부로 알려져 있다.

이문건은 고려 후기의 명재상인 이조년의 후손으로, 세종 때 영의정을 지낸 이직의 5대손이다. 그의 선조 이조년은 어지러운 시기에 충렬왕, 충선왕, 충숙왕, 충혜왕 등 네 임금을 중심으로 받들며 죽을 때까지 나라를 위해 애쓴 분으로 유명하다. 조선 성리학의 대가인 퇴계 이황이 그를 가리켜 "고려 500년 역사의 제

일인자"라고 일컬었을 정도다.

그가 유배지에서 쓴 육아 일기가 바로 현존하는 최고의 육아서인 《양아록(養兒錄)》이다. 아들 넷이 모두 자신보다 먼저 세상을 떠나자 이문건은 자칫 대가 끊길지도 모른다는 위기감 속에서 하나뿐인 손자만은 무슨 일이 있어도 지켜내야 한다는 강박관념으로 손자를 직접 돌보고 가르치면서 이를 기록해 책으로 남겼다.

비록 출사 길이 막힌 죄인의 가문이긴 했지만, 인간의 도리를 다하면서 살려면 배워야 한다는 그의 굳은 신념은 손자에 대한 엄한 교육으로 이어졌다. 하지만 손자는 공부에 취미를 붙이지 못했다. 어떻게 해서든지 집 안에서 공부를 시키려는 할아버지와 기회만 있으면 집 밖으로 도망가려는 손자의 술래잡기가 끝없이 이어진다.

책을 읽지 않으면 그네를 끊어버리겠다고 엄포를 놓는 할아버지의 모습은 너무도 인간적이다. 자꾸만 비뚤어져가는 손자에게 너무 심하게 매질을 하는 바람에 몽둥이가 부러져나가는 모습에서는 다소 과하다는 느낌도 들지만, 손자를 향한 할아버지의 고뇌와 아픔을 충분히 엿볼 수 있다. 이문건은 이 책을 쓰면서 자주 눈물을 흘렸다.

"언제쯤이나 정신과 학식, 견문이 자라 스스로 보호할 줄 알게 될까. 천금 같은 귀한 몸 잘 보존해야 하니 삼가 조심스럽게 행동하고 위험으로부터 지켜야 할 것이다. 아직은 어린 나이여서 무엇을 보면 마음이 먼저 따라간다. 깨우쳐줘도 이해하지 못하고 꾸짖어도 위엄을 보이기 어렵다. 보살피고 기르는 일이 진실로 쉽지 않지만 어렵다고 해서 어찌 감히 소홀히 할 것인가. 늙은 할아비 마음이 이런 까닭에 날마다 그 일에 대해 생각한다."

비록 애비 없는 자식이지만 손자를 남부럽지 않게 반듯한 사람으로 키우려 노심초사하는 할아버지의 마음이 잘 드러나 있는 대목이다.

어린 시절 김희수와 할아버지의 관계가 꼭 이와 같았다. 할아버지는 아들들을 일본에 보내 공부를 시키는 동안 고향에 홀로 남겨진 손자를 위해 직접 훈육 선생이 되기로 작정하셨다. 하기야 할아버지는 전직 동몽교관이셨으니 아이들을 가르치는 것은 본인의 특기이기도 했을 것이다.

"희수야, 요리 건너오그래이."

자기 이름을 부르는 할아버지의 목소리에서 전해지는 느낌만으로도 그것이 심부름을 시키기 위한 것인지, 꾸지람하기 위한 것인지, 글을 가르치기 위한 것인지 금방 알아차렸다.

할아버지는 틈만 나면 그를 불러 앞에 앉혀놓고 천자문을 가르쳐주셨다.

"하늘 천, 땅 지, 검을 현, 누를 황……."

"하늘 천! 땅 지! 검을 현! 누를 황!"

처음에는 무슨 뜻인지도 잘 몰랐지만, 할아버지가 읽어주시는 대로 따라 읽고, 해석해주시는 대로 뜻을 외우며 천자문을 독파하기 시작했다. 그러는 사이에 그는 어느새 한문의 맛과 재미를 조금씩 알아가게 되었다.

하지만 할아버지는 이문건과 달리 손자에게 매를 들거나 화를 내시는 법이 없었다. 김희수가 《양아록》에 등장하는 손자보다는 말썽을 덜 피웠기 때문이기도 했지만, 가문을 위해 손자 교육에 목숨을 걸다시피 한 묵재 선생과 달리 그의 할아버지는 오로지 손자에 대한 사랑과 배려로만 일관하셨기 때문이다.

그는 할아버지가 자신에게 하듯 누나들이나 동생들에게도 천자문을 가르쳐주셨는지는 기억나지 않는다고 했다. 어린 나이에 천자문을 배운다는 것이 결코 쉬운 일은 아니었지만, 할아버지에게 천자문을 배우는 시간이 무섭거나 지겹다고 느껴진 기억이 없었다는 것으로 봐서 할아버지의 훈육은 대단히 온화하고 민주적이었을 것으로 짐작된다.

"위어조자는 언재호야라."

"위어조자는 언재호야라!"

"어조라 허믄 한문의 조사로 언(焉) 자, 재(哉) 자, 호(乎) 자, 야(也) 자 이 네 글자를 말한다, 알긋제?"

"…… 할배, 조사가 먼교?"

"다른 글자를 도와가 뜻이 되게 맹글어주는 토씨라카이. 알긋나?"

시간이 얼마나 걸렸는지는 모르겠지만, 어느 날 김희수는 할아

46

버지와 함께한 수업을 끝냈다. 천자문을 다 익힌 것이다. 깊은 의
미야 알 턱이 없었겠지만, 어쨌든 그는 천자문을 다 쓰고 읽고 해
석할 줄 아는 아이가 되었다. 정식으로 학교에 들어가기 전의 일
이었다. 그때 할아버지에게 배운 천자문 실력은 이후 진동공립보
통학교 시절은 물론 일본에 가서 공부할 때도 큰 도움이 되었다.

할아버지는 김희수에게 천자문만 가르쳐주신 건 아니었다. 손
자를 무릎에 앉혀놓고 자연과 인생, 삶의 원리들을 하나씩 일러
주셨다. 할아버지는 천자문 수업을 통해 어린 손자의 마음 한구
석에 뻥 뚫려 있었을 아버지의 빈자리를 넉넉히 채워주셨다. 그
런 뜻에서 김희수에게 '조국(祖國)'이란 말 그대로 어린 시절 할아
버지와 함께 보낸 고향 그 자체였다.

할아버지가 훈육으로 손자들을 돌보셨다면 할머니는 애절한
기도로 손자들을 돌보셨다. 그 무렵 이 일대의 전도를 담당한 미
국 남장로교 계통의 교회가 진동에 예배당을 세웠는데, 할머니가
마을 인근에 처음 들어선 이 교회에 나가기 시작하신 것이다. 당
시 기독교는 교육이나 의료, 사회사업 분야에서 선도적인 역할을
맡고 있었다.

할머니가 이 시기에 기독교인이 되었다는 것은 그만큼 개화된
사고방식을 가지고 있었다는 것을 뜻한다. 할아버지가 조선사회
에 깊이 뿌리박은 완고한 유학자이셨던 것을 고려하면 할머니가
다분히 유학과 배치되는 기독교에 귀의한 것은 상당히 놀라운
일이다. 나라 잃은 백성으로서 무엇이든 탈출구를 찾아야 했다

는 점, 1919년 3·1운동 이후 기독교가 독립운동과 긴밀히 연결되어 있었다는 점 등이 할아버지에게 할머니의 기독교로의 귀의를 큰 거부감 없이 받아들이게 한 이유가 아니었을까 추측할 뿐이다.

아무튼, 그의 누나들은 할머니를 따라 열심히 예배당에 다녔고, 김희수도 누나들을 따라 가끔 예배당에 출석하곤 했다. 할머니는 기독교인이 된 이후 일본에 있는 두 아들을 위해, 고향 집에 남겨진 손자 손녀들을 위해 날마다 기도에 힘쓰셨다. 유년 시절의 김희수는 할아버지의 유교 사상과 할머니의 기독교 정신이라는 두 개의 지붕 아래 자라나고 있었다.

우리말을 가르쳐주신
선생님

———

마을 인근에 학교라고는 진동공립보통학교가 유일했다. 1933년 봄, 김희수는 이 학교에 입학했다. 당시 함께 입학한 동기생은 모두 52명이었는데, 6년 뒤 졸업할 때는 47명이었다. 그 뒤로 고향에 남아 있는 친구들은 22회 동창회를 만들어 모임을 이어왔다고 한다. 이 중 몇 명은 어른이 된 뒤 일본에서 다시 만나 사업을 함께하기도 했다.

일제는 학교를 통해 어린 학생들에게 일본말과 일본의 역사, 문화를 가르침으로써 아예 한국의 젊은이들을 일본식으로 바꾸어놓는 데 혈안이 되어 있었다. 일본인 교사들은 말만 교사일 뿐 군인이나 다름없었다. 수업시간에도 일본식 긴 칼을 옆구리에 차고 교실로 들어왔다. 그들의 눈빛에 교사로서의 따뜻함이나 지적인 여유 따위는 찾아보기 어려웠다.

칼을 차고 들어온 일본인 교사에게 배우는 수업이 재미있을 리 만무했다. 할아버지에게 천자문을 배울 때와는 달리 공부라는 게 재미가 없었다. 일본인 교사들은 친절하게 설명하거나 제자들을 열정적으로 가르치려는 자세가 되어 있지 않았다. 이미 망해버린 나라의 백성이 제대로 교육받으며 산다는 게 어쩌면 말이 안 되는 일인지도 몰랐다.

그러다가 4학년 때쯤인가 서울에서 한국인 교사 한 분이 새로 부임해오셨다. 명륜전문학교(성균관대학교의 전신)를 졸업한 이백순 선생님이었다. 학교를 졸업하고 첫 근무지로 진동공립보통학교에 발령을 받아 내려온 것이다. 지방에서 중등학교만 졸업해도 얼마든지 교사가 될 수 있었던 시절, 서울에서 대학까지 마친 젊은 엘리트 총각 선생님이 바닷가 시골 마을에 부임했으니 다들 신기하게 생각할 만도 했다.

이백순 선생님은 일본인 교사들하고는 완전히 달랐다. 친절하셨고, 열정적이셨으며, 학생들이 궁금해하는 많은 것을 알고 계신 분이었다.

"여러분, 우리가 왜 이렇게 나라를 잃고 고생하며 살아야 하는지 아세요?"

"우리나라가 왜 이렇게 못 먹고 못 사는 나라가 되었는지 알고 있어요?"

"우리가 힘들어도 열심히 배워 실력을 갖춰야 할 이유가 뭐라고 생각하나요?"

그때까지 그 누구에게서도 들어본 적이 없는 선생님의 말씀은 어린 김희수의 가슴을 뛰게 했다. 어렴풋이나마 자신과 가족의 미래, 나라와 민족의 장래에 대해 생각할 수 있는 존재가 되기 시작한 것이다. 비로소 공부가 재미있어졌다. 학교 가는 게 즐거웠다. 이백순 선생님의 한마디 한마디를 놓치지 않고 듣기 위해 귀를 쫑긋 세워가며 수업에 임했다.

4학년이 될 때까지 김희수에게는 우리말을 배울 수 있는 교과서가 없었다. 일본인 교사들이 한국어를 가르쳐줄 리 없었으니 교재가 없는 건 당연한 일이었다. 이백순 선생님은 아이들에게 한국어 교과서를 나눠주고 우리말과 우리글을 가르쳐주셨다. 힘이 없어 비록 나라는 빼앗겼지만, 말과 글이 온전히 살아있다면 정신까지는 빼앗기지 않을 수 있다는 게 선생님의 교육철학이었다.

"여러분, 우리말이 얼마나 아름다운지 아직 잘 모르죠? 이제부터 선생님과 함께 어떻게 하면 우리말을 더 아름답게 잘 쓸 수 있는지 배워보도록 하겠어요."

"글은 자기 생각을 담아내는 도구예요. 글을 잘 쓰려면 어떻게 해야 할까요? 단어를 많이 알아야 하고, 문법도 알아야 해요. 그리고 좋은 책을 읽으면서 자꾸만 써봐야 글을 잘 쓸 수 있어요. 우리말로 글을 써야 우리 정신을 지킬 수 있는 거예요."

이백순 선생님 덕분에 김희수는 비로소 우리말로 글을 쓰고,

읽고, 생각을 표현하는 방법을 배우게 되었다. 당시는 국한문 혼용체로 글을 썼기 때문에 우리말 실력과 함께 한자 실력도 갈수록 늘었다. 그분을 만나 배울 수 있었던 건 김희수에게 큰 행운이었다.

시슬이 퍼런 일제의 감시와 다른 일본인 교사들의 수많은 눈총 속에서 어떻게 이백순 선생님은 학생들에게 그런 수업을 과감하게 진행할 수 있었는지 알 수 없는 일이었다.

"깨구리 잡으러 안 가끄나?"

"내는 안 댄다."

"와 안 대노?"

"숙제해야 댄다. 느그들 글쓰기 숙제 다 했나?"

"진즉 다 했다. 니는 안 했나?"

"내는 이백순 선상님 숙제는 젤로 먼저 한데이. 너무 재밌다카이."

"내도 어른 되모 이백순 선상님처럼 멋진 선상님 될 기다."

김희수는 친구들과 모이면 종종 이런 이야기를 나누곤 했다. 훗날 할아버지가 되어 친구들을 만났을 때도 이백순 선생님 이야기를 할 정도였으니 그분이 끼친 영향력은 실로 대단했다.

나중에 선생님의 부인을 만나 뵈었을 때 그에게 이런 말씀을 하셨다고 한다.

"선생님은 종종 김희수 이사장님 이야기를 하시곤 했어요. 그때 진동공립보통학교 학생들은 너 나 할 것 없이 다 가난했지만 그런 와중에도 이사장님은 참 심지가 곧고 나이답지 않게 뭔가를 열심히 하려고 노력하는 학생이었다고 하셨지요. 목표를 세우면 반드시 이루고야 마는 기질을 가진 아이였을 뿐 아니라 아무리 어려워도 티를 내지 않아 의지가 강한 학생이라는 인상을 받았다는 말씀도 하셨어요."

이백순 선생님이 어린 시절의 김희수를 눈여겨보셨다는 것도 주목할 만한 일이지만 거꾸로 선생님 때문에 그 무렵부터 김희수의 가슴 깊은 곳에는 우리 민족의 교육을 위한 사명감 같은 것이 싹트고 있었는지도 모른다. 언젠가 때가 되면 반드시 조국을 위해 교육에 헌신해야겠다는 생각이 어린 그의 마음속에 꿈틀거리고 있었다.

이백순 선생님은 광복 이후 건국준비위원회 경남위원장, 부산일보 초대 주필을 역임하신 뒤 6·25전쟁이 끝나고 나서 부산 부시장으로 재임하시다가 중앙선거관리위원회 일을 끝으로 공직에서 은퇴하셨다. 김희수가 중앙대학교 재단을 인수해서 어린 시절의 꿈을 이루게 된 뒤안길에는 이백순 선생님의 아낌없는 조언과 가르침이 있었음은 두말할 나위가 없다.

선생님은 돌아가시기 전에 중앙대 재단 이사를 맡아 제자 곁에서 궂은일을 맡아주시기도 하셨다. 참된 스승 한 사람의 거룩한 발자취는 이렇게 수많은 사람의 인생을 밝게 비추는 등불이 되기도 하고, 거대한 고목처럼 고된 인생길을 편히 쉬게 하는 그늘이 되기도 한다. 교육의 가치, 교육의 힘이란 바로 이런 것이다.

열세 살에 홀로 건넌
현해탄

———

김희수가 6학년이 되던 해 어느 봄날 큰누나가 시집을 갔다. 큰누나는 그보다 여덟 살 위였으니 그때 나이 만 20세, 우리 나이로 스물두 살 꽃다운 처녀였다. 시집이라고 해봐야 어디 멀리 떠나는 건 아니었다. 진동면 인근 마을에 살던 그의 자형과 연이 닿아 혼례를 치렀기 때문이다. 모처럼 온 가족이 한자리에 다 모이고 마을 사람들까지 빼곡히 마당에 들어선 채 생전 처음 보는 피붙이의 혼인예식이 거행되었다. 그의 눈에는 온통 신기한 것뿐이었다.

4학년이 되었을 무렵 어머니도 아버지가 계신 일본으로 건너가 온 가족이 일본에서 생활할 수 있도록 준비하고 있었던 터라 어머니를 대신해서 늘 어린 김희수를 챙겨주던 큰누나가 떠난 빈자리는 유난히 커 보였다. 나중에 일본에서 다시 만날 때까지 큰

누나는 자형을 따라 진동리에 있는 시집으로 들어가 시부모님을 모시고 생활했다.

1938년 봄 김희수는 진동공립보통학교를 졸업했다. 어려운 형편에서도 중단 없이 학업을 계속할 수 있었던 것은 할아버지의 헌신적인 보살핌 덕분이었다. 졸업식에는 아버지 어머니 대신 할아버지 할머니와 누나 동생들이 참석했다. 지금은 초등학교를 졸업해도 여전히 어린아이 취급을 받지만, 그 시절엔 보통학교를 졸업하면 어엿한 어른 대접을 받았으며, 지성인으로 여겨지는 분위기였다.

"희수야, 장하데이. 인자 니는 어른인기라."

"할배, 고맙심더."

아버지는 김희수가 보통학교를 졸업하자마자 일본으로 건너오도록 할아버지와 이미 이야기를 끝내둔 상태였다. 정든 고향을 떠나 미지의 세계로 들어가는 데 대한 막연한 불안감도 있었고, 할아버지 할머니 곁을 떠나야 한다는 깊은 슬픔도 엄습했다. 무엇보다 천둥벌거숭이처럼 뒹굴며 고락을 함께한 친구들과의 이별이 가슴을 저미게 했다.

"니 진짜로 일본 갈 끼가?"

"아부지가 퍼뜩 건너오라 캤다카이."

"아, 인자 니 없으모 우린 무신 재미로 노나?"

"내도 맴이 안 좋다. 고마해라."

"……"

"편지 할게. 이백순 선상님께 배운 거 써묵어야제."

"자슥…… 가 잘살그래이. 우리 이자뿔지 말고…….."

친구들과 석별의 정을 나눈 시간은 짧지만 강렬했다. 아버지나 형하고 보냈을 시간을 모두 친구들과 함께했기 때문인지 그에게 고향 친구들의 의미는 각별했다.

고향을 떠날 준비는 김희수만 하는 게 아니었다. 오히려 그보다는 어린 손자를 홀로 떠나보내야 하는 할아버지 할머니의 마음이 더 분주했을 것이다. 할머니는 더 열심히 새벽기도를 나가셨고, 할아버지는 희수를 부르는 횟수가 더 많아지셨다.

그해 4월 어느 날 김희수는 할아버지와 함께 기차를 타고 부산으로 향했다. 집을 떠나는 날 친구들과 그는 눈물범벅이 되었다. 친구들은 희수의 모습이 깨알만큼 작아질 때까지 마을 언덕배기에서 손을 흔들어주었다.

"희수야."

"야?"

"마이 섭섭제?"

"괘안아예."

"인자 니도 다 컸응께 우델 가든지 넘게 신세 지지 말고…… 절대 손해를 끼치믄서 살믄 안 되는 기라. 알았제?"

"알겠심더."

"그라고…… 우리나라가 왜놈들헌티 나라를 빼앗기고 그놈들 종 신세가 된 거이 다 무식허고 무지해서 그런 거이다. 배우지 못해 요 모냥 요 꼴이 된 기라 이 말이다. 그라니께 니는 일본 가믄 우짜든 한 개라도 더 배워야 한데이. 알긋나? 할배가 누차 야그했듯이 배워야 산다는 거 한시도 잊어뿔믄 안 된데이. 배워야 인간이 된다 이 말이다."

할아버지는 기차 안에서 손자 얼굴을 뚫어져라 바라보며 마지막 당부를 하셨다. 평소 귀에 못이 박이도록 듣고 또 듣던 말씀이었다. 마치 다시는 만나지 못할 것처럼, 이것이 할아버지와 손자가 대면할 수 있는 마지막 시간인 것처럼 그렇게 말씀하셨다.

부산항은 정말 크고도 넓었다. 수많은 배가 저마다 목적지를 향해 들어오고 나가기를 반복했다. 김희수가 타야 할 배는 일본 시모노세키(下關, 야마구치 현 남서쪽 끝에 있는 도시. 예부터 교통과 상업의 요지였다)로 향하는 배였다. 할아버지는 이런저런 짐과 함께 배에서 먹을 것도 한 보따리 챙겨주셨다.

"할배, 안녕히 계시이소."

"오야, 잘 가그래이."

만 열세 살 어린 소년 김희수는 그렇게 고향을 떠났다. 당장 내일부터 할아버지를 뵐 수 없다는 생각에 눈물이 왈칵 쏟아져내렸다. 할아버지와 부산항의 모습은 점점 눈에서 멀어져 갔다. 이제 배 안에 혼자 남겨졌다. 하지만 주변을 둘러보니 사방은 사람들로 빼곡했고, 얼굴에는 저마다 수많은 사연이 가득했다.

일제는 한국 침탈 이후 토지조사사업과 조선회사령을 앞세워 우리나라의 경제를 무자비하게 유린했다. 한국의 회사를 전부 설립허가제로 한다는 총독부의 조선회사령은 우리나라의 공업화를 철저하게 억제하기 위한 것이었으며, 토지조사사업의 시행은 한국을 오로지 일본만을 위한 식민지 농업국으로 만들어 일본의 식량 문제를 해결하기 위한 전형적인 식민지 정책의 일환이었다.

이로 인해 조상 대대로 토지를 소유해온 양반들과 그 땅을 경작하던 농민들은 하루아침에 토지에서 추방되어 소작농이 되고 말았다. 이로써 한국의 농업구조는 종래와 달리 일본인 지주와 한국인 소작농의 식민지 착취관계로 굳어지게 되었다. 1920년대 이후에는 그나마 자작농과 소지주로 남아 있던 이전의 양반계층과 부농마저 소작농으로 전락함에 따라 기존의 소작농들은 설 자리마저 잃고 도시노동자나 화전민 신세가 되고 말았다.

이에 따라 점점 먹고살 길이 막막해진 가난한 백성은 고향을 등지고 생계수단을 찾아 해외로 이주하게 되었다. 그들 대부분은 만주의 북간도로 이주하여 삶의 터전을 개척하거나 일본으로 이주하여 도시의 공업노동자로 전락했다. 이 무렵 해외로 이주하여 뿌리를 내리며 터전을 일군 것이 오늘날 거대한 중국 교포사회와 일본 교포사회를 만들어냈다.

바로 이런 까닭에 일본으로 향하는 배 안에는 온통 사람들로 넘쳐났다. 고향산천을 뒤로하고 오로지 먹고살 길을 찾아 배를 탄 사람들의 표정이 좋을 리 없었다.

그렇게 얼마쯤 갔을까. 현해탄을 건넌 배는 일본 땅을 눈앞에 두고 힘차게 뱃고동을 울렸다. 멀리 시모노세키 항구가 바라다보였다. 아버지와 어머니, 형, 그리고 작은아버지 가족이 있는 일본에 드디어 첫발을 내디디게 된 것이다. 어린 김희수의 가슴도 만감이 교차했다. 그것은 알 수 없는 묘한 흥분과 기대감, 설렘 같은 것이었다.

제2장

일본에서 성공해
조국으로 돌아가리라

일본 사회에서 조센징이나 한도징으로 무시당하고 냉대 받으며 사는 존재가 아니라 어떻게 하든지 그들에게 뒤지지 않고 성공해서 존경받는 한국인으로 살겠다는 각오를 다지고 또 다졌다.

조센징과
한도징

————

집에서 부산까지, 다시 부산항에서 시모노세키항까지는 할아버지의 인도를 따라 무사히 갈 수 있었지만, 잔뜩 짐을 들고 내린 일본 땅에는 덜렁 김희수 혼자였다. 그때부터는 누구도 도와줄 사람이 없으니 자신의 힘으로 길을 찾아가야 했다. 시모노세키역에서 기차를 타고 동경역에 내리면 형이 마중을 나와 있기로 했다.

물어물어 기차역에 들어가 표를 사려고 보니 목적지인 동경역까지 빨리 가려면 표를 두 장이나 끊어야 했다. 대인 표나 소인 표 중 하나를 먼저 끊고, 이어 급행권과 완행권 중 또 하나를 끊어야 했다. 할아버지가 주신 돈은 행여 소매치기를 당하지나 않을까 주머니에 꼭꼭 숨겨두긴 했지만 차비로 쓰기에도 빠듯했다.

보통학교를 졸업한 김희수는 당연히 대인 표를 끊어야 했다.

대인 표를 먼저 산 뒤 대인용 급행권을 사려고 봤더니 돈이 부족했다. 대인용 완행권을 사면 돈은 부족하지 않지만, 동경역에 언제 도착하게 되는지 몰랐다. 당시 완행열차와 급행열차는 워낙 속도 차이가 커서 어지간한 인내심이 아니고는 완행열차 타기가 어려웠다.

그렇다고 소인 표로 다시 무를 수도 없었다. 일본에서 처음 맞은 시련이었다. 퍼뜩 묘안을 생각해낸 그는 대인 표 한 장과 소인용 급행권 한 장을 사서 급행열차에 올라탔다. 기차가 역을 출발한 뒤 직원이 검표를 하기 위해 다가오자 가슴이 두근거리기 시작했다.

"기차표 좀 보여주십시오."

"여기 있습니다."

"…… 대인 표에 소인용 급행권이네요? 어떻게 된 거죠?"

그만 딱 걸리고 말았다. 직업이 기차표 점검인데 그냥 지나칠 리 없었다. 김희수는 황급히 가방을 열어 검표 직원에게 집에서 가져온 호적등본을 들이밀었다.

"선생님, 이게 제 호적등본이고, 여기 이 김희중이라는 사람이 바로 접니다. 동경에 계신 아버지께 급하게 가는 중이라 서둘러 기차를 타는 바람에 소인 표와 소인용 급행권을 사야 했는데, 실수로 대인 표와 소인용 급행권을 사고 말았습니다. 어떡하죠?"

김희중은 두 살 아래인 그의 동생이었다.

"아, 이런…… 그러셨군요. 잠깐만 기다려주십시오."

검표 직원은 어디론가 갔다가 이내 다시 돌아왔다.

"죄송합니다. 그러면 대인 표를 소인 표로 바꿔드리고 차액은 환급해드리겠습니다. 자, 여기 거스름돈 받으십시오."

"네? 아, 네!"

그는 차비를 절약한데다가 거스름돈까지 되돌려 받았다. 순간적인 기지로 어려운 상황을 잘 모면했다는 안도감과 일본 사람을 통쾌하게 속여먹었다는 뿌듯함이 교차했다. 그런데 기차가 동경역에 다다랐을 무렵 김희수는 자기 자신이 참 초라하고 한심하다는 생각이 들었다. 배움을 위해, 더 많은 것을 배워 큰 인물이 되기 위해, 큰 인물이 되어 망국의 한을 품은 조국에 뭔가 이바지하겠다는 포부를 가지고 일본 땅에 발을 내디뎠건만 처음으로 한 짓이 거짓말로 남을 속인 것이라고 생각하니 부끄러워 견딜 수 없었다.

역에는 형이 마중 나와 있었다. 형은 그가 태어난 다음 해에 아버지를 따라 일본으로 왔으니 무려 13년 만의 재회였다. 물론 사진으로 여러 번 보고 편지도 주고받았지만, 일본에서 처음 대면한 형은 어엿한 어른이었다. 김희수 형제는 뜨거운 눈물의 포옹을 나누었다.

"먼 길 오느라 고생 많았제?"

"아이다. 아부지 어무이 다 잘 계시제?"

아버지 어머니는 기타가와(北川)에 살고 계셨다. 기타가와는 고치 현의 동부에 위치한 마을로 나하리 강을 끼고 있는 아름다운

산촌이었다. 오래전부터 유자 산지로 잘 알려져 있으며, 지금도 유자를 비롯한 다채로운 작물이 많이 나는 지역이다. 이 밖에도 풍요로운 삼림을 이용한 목재생산이 이뤄지고 있고, 다양한 관광시설을 이용한 관광산업에도 힘을 기울이고 있는 곳이다.

"아부지 어무이 저 왔심더. 그간 안녕하셨는교?"

"어매, 우리 희수 왔네. 아이고, 마 우째 이리 훌쩍 커삔노? 잘 왔데이!"

만나면 정말 할 말이 태산일 것 같았는데, 막상 눈앞에서 아버지 어머니를 뵈니 김희수는 그저 기쁘고 눈물만 나올 뿐 달리 할 말이 없었다. 가족이란 그런 것이었다. 그날 저녁 그는 참으로 오랜만에 어머니가 차려주신 밥상을 마주 대했다. 언제 먹어도 맛난 어머니의 정성스런 손맛에 여독이 말끔히 사라지는 기분이었다.

며칠 푹 쉬고 난 뒤 아버지는 그에게 여러 가지 말씀을 해주셨다. 그동안 아버지와 작은아버지가 일본에서 무슨 일을 하며 어떻게 살아오셨는지, 앞으로 그가 무슨 공부를 하며 어떻게 일본에 적응해서 살아가야 하는지를 차근차근 설명해주셨다. 그러면서 이런 말씀을 덧붙이셨다.

"일본에서 조센징(朝鮮人)이나 한도징(半島人)이 아이고 한국인으로 당당허게 살아가려믄 첫째도 둘째도 정직해야 헌데이. 무신 일이 있어도 남을 속이거나 남헌티 해가 되는 일을 하믄 안 되는 기라 이 말이다. 니가 남을 속이묵으믄 남도 니를 고마 똑같이 속이묵으뿐다카이. 절대 명심하그라. 왜놈들헌티 무시당하고 안 당하고는 니 하기 달린 기다.”

그는 가슴이 뜨끔했다. 새삼 일본인 검표 직원에게 기차표를 속여먹은 일이 생각났기 때문이다. 고향에서 할아버지에게 늘 듣던 말이고, 아버지도 언제나 강조하시던 말인데, 그날따라 그 말이 비수처럼 가슴을 헤집고 들어왔다. 이후 ‘정직’은 그의 삶의 좌우명이 되었다.

일본인은 한국인을 ‘조센징’이라고 불렀다. 이는 단순히 조선이라는 나라에 사는 백성이라는 뜻이 아니라 “자신들보다 열등하고, 무식하며, 마늘 냄새 나고, 예의 바르지 못한 가난한 사람들”이라는 부정적인 의미가 담긴 말이었다. 그나마 ‘조센징’이라는 호칭에는 국호라도 있으니 그나마 참을 수 있었지만 ‘한도징’이라는 말은 정말 참기 어려웠다. 그들은 “나라도 없는 정체불명의 하찮은 일개 지역 사람들”이라는 의미로 한국인을 이렇게 낮춰서 부르기 일쑤였다.

이런 분위기에서도 그의 형 김희성은 이를 악물고 공부를 한데다 워낙 머리가 좋아서 일본 최고의 명문인 다이이치고등학교(第一高等學校)에 입학했다. 당시 다이이치고등학교는 일본인의 자존심이었기 때문에 한국 학생들은 여간해서는 들어갈 수 없었다. 그런 학교에 들어갔으니 형은 정말 수재였다. 다이이치고등학교를 졸업한 형은 일본 최고의 국립대학인 동경제국대학 조선학과(造船學科)에 입학했다. 그의 형은 모든 한국 교포의 자랑이었다.

김희수는 형처럼 수재는 아니었지만, 할아버지와 아버지의 말씀을 좇아 일본 사회에서 조센징이나 한도징으로 무시당하고 냉대 받으며 사는 존재가 아니라 어떻게 하든지 그들에게 뒤지지 않고 성공해서 존경받는 한국인으로 살겠다는 각오를 다지고 또 다졌다.

기술을 배워야
살 수 있다

1939년 독일의 폴란드 침공, 영국과 프랑스의 독일에 대한 선전
포고로 제2차 세계대전이 일어난 데 이어 1941년에는 일본이 미
국의 진주만을 기습공격함으로써 마침내 태평양전쟁이 발발하게
된다. 이로 인해 가뜩이나 어려움에 처해 있던 한국과 일본의 경
제사정은 최악의 국면으로 접어들고야 말았다.

이와 같은 극한적인 상황에서 김희수는 오랜 고민 끝에 전문적
인 기술을 배워야겠다고 결심했다. 유학자인 할아버지로부터 유
교적인 가르침을 받았고, 일본에서 지내는 동안 여러 유교 경전
을 접했으며, 자신 또한 유교의 전통과 철학에 깊이 매료되어 있
긴 했지만, 세상을 살아가려면 좀 더 실질적인 지식이 필요하다
고 생각했다.

우리 고유의 전통문화는 그대로 유지하면서 선진화된 서양문물을 빨리 받아들이자는 구한말 개화파들의 사상인 동도서기론(東道西器論)은 백번 맞는 말이었다. 더구나 전쟁과 침략이 밥 먹듯이 자행되는 이 같은 약육강식의 국제사회 속에서 살아남으려면 무엇보다 가장 실용적인 첨단학문을 익히는 것이 올바른 시대의 흐름이라고 판단했다.

"아부지, 저 기술 배울랍니더."

"기술? 먼 기술?"

"전기기술 배우고 잡심더."

"니 거 할 수 있근나?"

"형도 배 맹그는 기술 배운다 아임니꺼? 인자는 기술을 배워야 살 수 있습더."

"음…… 그거는 니 말이 맞데이. 글 카그라."

김희수는 부모님과 상의하여 1939년 동경전기학교 고등공업과에 입학했다. 언젠가 전쟁이 끝나고 나면 폐허가 된 일본 땅에 대대적인 건설 붐이 일어나게 될 것이고, 그러면 전기 사용량은 기하급수적으로 늘어나 건설기술과 더불어 전기기술이 가장 주목받는 분야가 될지도 모른다고 예상했다.

죽어라 일해도 입에 풀칠하기 어려운 시기에 아들 둘이 학교에 다녀야 했으니 집안 살림은 말이 아니었다. 아버지는 돈이 되는 일이라면 뭐든지 닥치는 대로 하셨지만 그런 일을 해서 목돈이 만들어질 리가 없었다. 당시 집안 경제를 책임진 사람은 작은아버지였다. 변변한 기업이나 일자리가 없던 시절, 작은아버지는 동경간이재판소 서기관이라는 안정적인 공무원 생활을 하고 계셨기 때문이다.

물론 김희수와 그의 형도 편안히 공부만 하고 지낸 건 아니었다. 우유배달에 신문배달, 각종 외판원에 잡일까지 안 해본 일이 없을 정도로 돈을 벌어가며 학업을 이어갔다. 학교에서는 이론 교육과 더불어 배선, 송전, 발전 등 전기공학에 필요한 실무적인 과목들을 배웠다. 어렵사리 시작한 공부라 피곤함도 잊은 채 공부에 재미를 붙이려고 애썼다.

이런 와중에 청천벽력 같은 일이 일어났다. 집안의 기둥 역할을 하던 작은아버지가 갑작스럽게 돌아가신 것이다. 어느 날부터 이상하게 감기 증세가 점점 심해지나 싶더니 이내 폐렴으로 발전해서 병세가 급격히 악화하여 어떻게 손을 써볼 겨를도 없이 변을 당하고 말았다. 가족들의 충격은 이만저만이 아니었다. 특히 이국땅에서 동생을 잃은 아버지와 고향에서 날벼락 같은 소식을 접한 할아버지의 슬픔은 이루 말로 다 할 수 없었다. 당시 그의 작은아버지는 만 41세로 슬하에 2남 3녀를 두고 있었다. 1940년의 일이었다.

작은아버지가 돌아가시자 그렇지 않아도 쪼들리던 집안 살림은 더욱 곤궁해졌다. 게다가 태평양전쟁을 일으킨 일본의 전세가 점점 불리하게 돌아가면서 일제의 재일한국인에 대한 회유와 탄압은 갈수록 심해졌다.

일제는 관동대지진 이후 재일한국인을 보호한다는 명목으로 '내선협화회(內鮮協和會)'라는 관변단체를 만들고 지역별로 지부를 조직하여 한국인을 마구잡이로 끌어들였다. 이 단체의 설립 목적은 재일한국인을 조사·감독하여 민족주의와 사회주의를 탄압하며, 일제에 충성을 다하는 존재로 만들어 아예 한국인을 일본인으로 개조하려는 것이었다.

그의 아버지는 한국인의 자립과 자치를 돕는 갱생회 일을 맡아보고 계셨기 때문에 일본 사람들에게는 눈엣가시 같은 존재였다. 일제는 김희수의 아버지에게 갱생회 일을 그만두고 협화회에 가입해서 일할 것을 끈질기게 강요했다. 아버지는 이를 필사적으로 거부했고, 그 결과 집안 형편은 점점 더 곤궁해졌다.

이 무렵 가장을 잃은 작은집 가족은 짐을 꾸려 고향으로 되돌아갔다. 작은아버지가 안 계신 일본에서 여자 혼자 힘으로 다섯 남매를 키운다는 건 보통 일이 아니었다. 거의 같은 시기에 고향에 계신 할아버지 할머니가 동생들을 데리고 일본으로 건너오셨다. 작은누나와 고모들이 다 출가하자 더는 고향에 남아 있을 이유가 없어진 탓이기도 하고, 작은아들을 먼저 떠나보낸 후 여생을 큰아들과 손자들 곁에서 보내고 싶으셨기 때문이기도 했다.

"아이고, 내 새끼들……. 이래 마이 컨나?"

"인자 우리 할배 할매랑 계속 같이 사는 겁니꺼?"

"그래, 인자 우리 헤지지 말고 함께 사는 기라."

김희수는 생김새가 워낙 일본 사람들하고 비슷해서 그랬는지 일본에서 학교에 다닐 때도 따돌림을 당하거나 별다른 차별을 받지 않았다. 학교에서도 일본식 이름을 쓰지 않고 김희수라는 한국 이름을 그대로 사용했음에도 일본 학생들은 그를 잘 대해주었다. 하지만 그들이 아무리 잘해줘도 진동에 있는 고향 친구들에 비할 바는 아니었다.

온 가족이 일본에서 함께 살게 된 건 좋은 일이었지만 그렇다고 형편이 나아진 건 아니었기 때문에 돈이 없으면 휴학하고 돈이 생기면 다시 등록하기를 반복해야 했다. 그러니 자연히 졸업이 다른 동기들보다 훨씬 늦어졌다. 입학한 지 4년 만인 1943년 동경전기학교 고등공업과를 비교적 좋은 성적으로 졸업한 그는 공부를 더 하고 싶었지만, 여건이 되지 않아 곧바로 생활 전선에 뛰어들었다.

학교를 졸업하고 일자리를 구하던 중에 용케도 전공을 살릴 수 있는 전기회사에 취직되었다. 일본에는 전기회사가 여러 개 있었는데, 그가 일하게 된 전기회사의 본사는 평양에 있었다. 마침 압록강 수력전기가 개설되어 변전소에서 일할 직원이 필요했기에 한국인인 김희수는 이내 평양으로 발령이 났다. 그 후 해방되기까지 약 2년 동안 그는 평양에 가서 일하게 되었다.

진남포에 군수공장이 많이 있어서 진남포와 평양을 오가며 일했다. 학교에서 기초적인 이론과 실습만 배우다가 직접 변전소에서 기계를 만져가며 일하게 되니 신기하기도 할뿐더러 자신도 모르는 사이에 지식이나 기술이 날로 향상되었다. 태어나서 진동면 외에는 나라 곳곳을 둘러볼 기회가 전혀 없었던 그로서는 2년 동안의 평양 근무를 통해 우리 국토의 참모습을 체험하면서 조국과 민족의 운명에 대해 많은 생각을 할 수 있었다.

평양 근무를 마치고 일본으로 돌아온 김희수를 기다리고 있던 것은 가족들만이 아니었다. 징집령에 의한 신체검사통지서가 기다리고 있었다. 신체검사를 받고 입영대상으로 판정받으면 곧바로 군대에 가야 했다. 그것은 조국을 지키는 군대가 아니라 전쟁에 미쳐버린 일본 제국주의의 앞잡이 군대였다.

징병에 끌려가기 직전
맞이한 해방

———————

"희수야, 우짜노. 니 큰일 났데이."

"어무이, 와 그카는교?"

"니 신체검사 나왔다카이. 이를 우짜믄 좋노."

"…… 너무 걱정 마이소. 우째 방법이 있겠지요."

이미 태평양전쟁은 극에 달했고, 일본은 패색이 짙어감에도 수많은 젊은이를 계속해서 전쟁터로 내몰고 있었다. 이에 더해 한국 젊은이들을 상대로 대대적인 강제징집령을 내려 자신들이 벌여놓은 전쟁을 한국 청년들의 피로 마무리하려 했다. 잡혀서 끌려가면 살아서는 돌아올 수 없는 그야말로 개죽음의 길이었다.

군대 갈 나이가 지난 사람들은 징용으로 끌고 가 전쟁에 필요한 강제노역에 종사케 했으며, 과년한 처녀들은 물론 나이 어린 소녀들까지 일본군 강제위안부로 잡아다가 자신들의 성적 노리개로 삼는 만행을 서슴지 않았다. 국가도 개인도 이성을 상실한 이런 광기 어린 집단의 싸움에 놀아난다는 것은 아무런 의미도 가치도 없는 일이었다.

하지만 서슬 퍼런 일제의 감시를 피해 징집에서 빠져나가는 것은 거의 불가능한 일이었다. 이때 할아버지가 한 가지 묘안을 생각해내셨다. 할아버지의 한방 지식으로 그에게 설사 약을 먹인 것이다. 할아버지는 한학에 밝으셔서 간단한 한방 처방쯤은 충분히 하실 수 있었다.

신체검사를 며칠 앞두고 김희수는 할아버지가 준 파두(巴豆) 한 알을 먹었다. 파두는 대극과의 상록 활엽 관목으로 열대 아시아가 원산지이며, 중국 남부와 대만 이남 등지에 분포하는 식물이다. 그 씨는 맛이 맵고 열성의 독이 있는 약재로 배에 물이 차서 더부룩한 경우나 변비를 치료하는 데 쓰이는 한약재였다.

그는 파두 한 알을 먹은 후 화장실을 수도 없이 들락거리며 설사를 했고, 신체검사 당일에는 그야말로 몸에서 모든 진액이 다 빠져나간 듯 파김치가 되었다. 그러나 그 몰골로 신체검사를 받았음에도 면제 판정이 내려지지 않았다. 죽을병이 아닌 다음에야 어차피 전쟁터에 나가면 곧 죽을 것이니 웬만하면 다 군대로 끌고 갈 심산이었다.

김희수는 제2을종 판정을 받았다. 제2을종은 당장 군대로 끌려가는 등급은 아니었지만, 순서를 기다리다가 제1갑종 판정을 받은 사람들이 군대에 다 가고 나면 그다음 단계로 징집을 당하는 대상이었다. 우선 급한 불은 껐지만, 불이 완전히 꺼진 게 아니어서 걱정이 태산이었다. 그해 여름 어느 날 어머니가 사색이 된 채 뛰어오셨다.

"아야, 이를 우야믄 좋노? 큰일 났데이."

"먼데 그라는교?"

"니 군대 끌려가게 생겼다. 입영 날짜가 나왔다카이."

"야? 언젠디요?"

"다음 달 초열흘이라 안 카나. 이를 우야믄 좋노?"

1945년 8월 10일. 김희수의 입영 날짜였다. 입영통지서에는 부산진에 있는 고사포사령부로 집합하라는 명령이 적혀 있었다. 이대로 일본을 위해 전쟁터에 나가 총알받이로 죽을 수는 없었다. 돌아가는 낌새로 보아 일본의 패전이 멀지 않았음을 알고 있었지만 그렇다고 마냥 버티고 앉아 있을 수만도 없는 노릇이었다. 고민은 깊어만 갔다.

"아부지, 저 일본 군대 안 갈랍니더. 버틸 때까정 버티다가 잡으러 오믄 고마 잡혀갈랍니더. 지를 잡아가 조사하고 우짜는 동안 전쟁 안 끝나겠심니꺼."

그러는 사이 히로시마(廣島)에 원자폭탄이 투하되었다. 제2차세계대전 당시 히로시마는 일본 육군의 근거지였고, 우지나항은 일본 해군의 근거지였다. 도시에는 커다란 병창이 있어 수송의 중심지 역할도 담당했다. 1945년 8월 6일 오전 8시 15분, 미군은 세계 최초의 원자폭탄인 '리틀 보이'를 히로시마 중심부에 투하했다.

당시 히로시마의 인구는 약 34만 명이었는데, 이 중 약 7~8만 명이 8월 6일 당일에 사망했고, 전쟁 이후 1945년 말까지 방사선 피해로 인해 약 9~14만 명이 사망한 것으로 추정된다. 도시 건물의 약 69퍼센트가 완전히 파괴되었을 정도로 엄청난 피해를 안겨주었다. 일본은 더 이상 버텨낼 재간이 없었다. 패전은 확실해졌다.

드디어 8월 10일이 되었다. 불안하긴 했지만 김희수는 평소처럼 일을 하러 나갔다. 그런데 하루 이틀이 지나도 그를 잡으러 오는 일본 군인들은 보이지 않았다. 닷새가 흘렀다.

"아부지, 어무이, 할배, 할매, 다들 나와보이소. 우리가 해방이 됐심더! 왜놈들이 망허고 우리나라가 해방됐단 말이라예!"

"점마가 이제 뭐라 카노?"

"해방됐다 안 카요? 아야, 니 거 참말이가?"

"참말이다. 왜놈들이 고마 두 손 들고 항복했다 안 카나. 인자 희수 군대 안 끌려 가도 된다카이. 우리는 고향에 돌아가도 되고……."

8월 15일, 그의 형 김희성이 해방의 소식을 알려주었다. 일본이 망하고 우리나라가 해방되었다는 소식을 듣는 순간 김희수의 가족은 서로 얼싸안고 기쁨의 눈물을 흘렸지만 정작 그는 이게 꿈인지 생시인지 어안이 벙벙하기만 했다. 해방은 그렇게 느닷없이 찾아왔다. 만약 해방이 조금만 늦게 되었더라면 그는 더 이상 버티지 못하고 일본 군대에 끌려가 전장의 이슬로 사라졌을지도 모른다.

일본이 처음부터 무모하게 승리할 수 없는 제국주의 침략전쟁을 도발했기 때문에 그 결과가 처참한 패전으로 이어진 것은 당연한 귀결이었다. 패전이 일본에 가져다준 것은 무엇보다 극심한 경제적·정치적·사회적 불안정이었다. 전후 일본 사회는 극도의 혼란 속에 무정부 상태로 빠져들었다. 무엇보다 그들의 정신적 공황은 심각한 수준이었다. 모든 물자와 무기, 인력을 총동원한 전쟁에서의 패배는 곧 국가 전체의 파탄을 의미하는 것이었다.

한국에서 맞이한 해방과 일본에서 맞이한 해방은 느낌이나 상황이 조금 달랐다. 해방을 맞은 재일한국인의 기쁨이야 말할 수 없었지만 일본의 주인은 여전히 일본인이었다. 한국에서처럼 대놓고 일본인을 응징할 수도 없었다. 사소한 마찰은 있었지만 큰 불상사는 일어나지 않았다. 일본에 미군이 주둔하면서 질서 유지를 맡았기 때문이다.

패전 직후 히로시마뿐만 아니라 일본 전역에 연합군의 대대적인 공습이 이어졌기에 일본 열도는 거의 폐허 상태였다. 수많은 사람이 죽거나 다쳤고 목조건물들은 남아 있는 게 없을 정도로 불에 다 타버렸다. 미군이 식량 배급을 했는데, 조금이라도 식량을 더 타내기 위해 목숨을 건 쟁탈전이 벌어지곤 했다.

해방 이후 한국 내에서 좌익과 우익으로 이념 대립이 격화되어 극심한 혼란을 겪었던 것처럼 일본 내에서도 재일한국인 사이에 이념 대립이 심화했다. 민족주의 계열의 우익세력들은 대한민국을 지지하는 재일본대한민국민단(在日本大韓民國民團)을 만들어 활동했으며, 친공산주의 계열의 좌익세력들은 이에 대항하기 위해 재일본조선인총연합회(在日本朝鮮人總聯合會)를 만들어 활동하기 시작했다. 이후 양대 세력과 단체는 화합과 단결보다는 대립과 반목을 거듭했고, 재일동포사회는 점차 갈등의 골이 깊어졌다. 지금은 많이 약화했지만 아직도 그 여파는 끈질기게 남아 있는 상태다.

피오줌이 나올 정도로
힘들었던 시절

전후 일본 경제는 그야말로 암흑기였다. 생산설비가 극도로 소멸한 데다가 국토는 황폐하여 식량 위기가 심각한 수준에 이르렀다. 해외로 나갔던 일본인과 군인들이 속속 들어왔지만, 군수산업이 붕괴한 관계로 일자리가 태부족하여 실업자들이 넘쳐났다. 1946년 당시 광공업 생산은 전쟁 전에 비해 약 30퍼센트, 농업 생산은 60퍼센트까지 감소했다.

이런 상황 속에서 악성 인플레이션이 발생하여 미 군정이 예금 봉쇄라는 극약처방을 내렸지만, 물가는 끝없이 폭등을 거듭했다. 1945년 12월에는 몇 달 사이에 두 배 이상 올랐으며, 1946년에는 1년 동안 무려 네 배나 올랐고, 다시 1년 후인 1947년 말에는 또다시 네 배나 상승했다.

식료품이나 의복 등 생활필수품은 좀처럼 구하기 어려웠다. 통계에 따르면 당시 실업자는 무려 1,300만 명에 달했으며, 엥겔지수(총지출 중 식료품비 지출이 차지하는 비율을 계산한 값)는 80퍼센트나 되었다고 한다. 이러다 보니 온 가족이 번 돈을 다 모아서 몽땅 식량을 사도 배불리 먹기가 힘겨울 지경이었다.

이런 극한의 경험을 해보지 않은 사람은 아무리 말로 설명해도 실감할 수 없을 것이다. 김희수 형제는 공부가 문제가 아니라 먹고살기 위해 그전보다 더 열심히 돈을 벌어야 했다. "궁하면 통한다"는 말이 있듯 그 와중에도 찾아보면 일자리는 얼마든지 있었다. 한 달 내내 쉬지 않고 죽어라 일하면 요즘 돈으로 4만 원에서 5만 원 정도를 벌 수 있었다. 많지 않은 돈이었지만 당시 그들에게는 목숨줄과도 같았다. 얼마나 힘들었으면 어느 날 소변을 보는데 붉은빛의 피오줌이 섞여 나오기도 했다고 한다.

이렇게 비정상적인 구조가 이어지자 일본인은 물론 수백만 명에 달하는 재일한국인의 생활은 비참해질 대로 비참해졌다. 애당초 먹고살 길을 찾아 일본으로 건너온 사람들은 이제 먹고살기 위해서라도 다시 고향으로 돌아가는 게 나을 지경이었고, 강제로 징병이나 노무자로 끌려온 사람들은 자유의 몸이 되었으니 고국으로 돌아가려고 했다.

하지만 해방이 되었다고 해서 한국으로 돌아가는 길이 그렇게 쉬웠던 건 아니다. 한국으로 귀환하려는 사람들이 일시에 몰려드는 바람에 극심한 혼란이 이어졌기 때문이다. 재일한국인 단체를 중심으로 한국인 귀환자들을 돕기 위한 건국추진위원회가 결성되었다. 김희수는 그 와중에도 조금이나마 이들을 돕기 위해 약 1년 동안 거기서 틈틈이 일했다.

해방 이후 일본인은 자기들도 먹고살기 어렵게 되자 한국인을 모조리 고향으로 돌려보내려고 했다. 이러다 보니 시모노세키항에는 언제나 배를 타려는 사람들로 인산인해를 이뤘다. 며칠씩 줄을 서서 배를 기다리며 노숙을 하고, 길바닥이든 어디든 아무 데서나 마구 용변을 보는 등 질서가 엉망이었다.

배편도 많지 않아서 한 번 배가 들어오고 나갈 때면 서로 먼저 타려고 난리였다. 건국추진위원회는 질서를 바로잡고 한국으로 돌아가려는 사람들을 무사히 돌아가도록 돕는 일을 했다. 기다리다 못해 작은 돛단배를 타고 현해탄을 건너려던 사람들이 바다 한가운데서 거센 파도에 배가 부서져 죽은 사람들도 많았다.

그 먼 바닷길을 작은 돛단배를 타고 건넌다는 건 말이 되지 않는 이야기였다. 한마디로 일본 정부는 정말 무책임했다. 자기들 때문에 억지로 일본으로 건너와 살다가 겨우 해방이 돼서 고향으로 돌아가려는 한국 사람들을 일절 나 몰라라 했으니 말이다.

"아부지 어무이, 우리도 인자 고마 진동으로 다시 돌아가야 안 합니꺼?"

"험…… 글씨 가긴 가야 헐 턴디…….”

"가긴 우델 간다 카노? 우린 여그 남아야 한데이."

"해방된 지가 언젠디 우리가 와 여그 남아야 한단 말인교?"

"진동에 다시 가믄 밭이 있나 논이 있나? 뭐 묵구살긴데? 느그들 공부도 더 허야 쓰겄고. 인자 느그 할배 할매도 여기서 같이 살게 되었는디 고향이 무신 고향이고? 어른들 계시고 가족들 있는 데가 고향 아이가? 여태 여그서 고생하믄서 자리 잡았응께 쪼매만 더 고생허믄 된다. 알았제?"

그의 어머니는 가족들이 고향으로 다시 돌아가는 데 대해 완강하게 반대하셨다. 정치적으로 해방만 되었을 뿐 경제적으로 어렵고 사회적으로 혼란스럽기는 일본이나 한국이나 매한가지였으므로 이왕 고생한 거 일본에서 자리를 잡으면서 자식들 공부나 마저 시키는 게 낫다는 판단이었다. 아버지나 할아버지 할머니도 어머니 생각에 동의했다.

그즈음 평생소원이던 조국의 광복을 맞이하고, 넉넉지 않은 살림이었지만 떨어져 지내던 가족들과 함께 살게 되면서 마음이 놓여서인지 할아버지는 하루가 다르게 기력이 쇠약해지시더니 6·25전쟁이 일어나기 한 해 전에 세상을 떠나 작은아버지 곁으로 가셨다. 1949년 2월 2일의 일로 향년 만 83세셨다.

할아버지는 김희수에게 특별한 존재였다. 그의 정신세계의 절반은 할아버지에 의해 형성된 것이나 다름없었다. 아버지가 안 계신 고향에서의 유년 시절 할아버지는 그에게 아버지이자 친구였으며, 스승이자 멘토였다. 할아버지를 통해 천자문을 배우고, 인생을 배우고, 말을 배웠다. 할아버지의 죽음은 그에게 인생의 한 기둥이 무너져 내리는 것 같은 아픔이었다.

장례가 끝난 뒤 할아버지 시신을 집 근처에 있는 고토쿠지(豪德寺)라는 절에 모셨다. 독실한 기독교인이었던 할머니를 생각하면 교회 묘소에 모시는 게 옳았지만, 일본에는 교회가 많지 않아서 일반적인 관습에 따라 절에 모신 것이다. 한동안 그곳에 모셔두었다가 나중에 할아버지와 할머니의 유골을 함께 수습해 고향 진동 선영으로 이장했다.

고향으로 돌아가는 걸 포기하고 일본에 정착하기로 한 이상 김희수는 뭔가 남다른 각오로 새로운 도전을 해야 했다. 상급 학교에 진학해서 공부도 계속해야 했고, 생활 기반도 좀 더 확실하게 다져놓아야 했다. 하지만 그게 말처럼 쉬운 일이 아니었다. 그의 번민은 점점 깊어졌다.

그러던 어느 날이었다. 동경 시내 번화가를 돌아다니며 이런저런 생각에 잠겨 있던 김희수의 눈에 번쩍 띄는 게 있었다. 이리저리 분주히 오가는 사람들의 모습이었다. 그들의 옷과 신발, 모자, 장갑 등이 시야에 들어온 것이다. 다들 먹고살기 위해 혈안이 되어 있었지만 벗고 돌아다니는 사람은 단 한 사람도 없었다.

"그래, 바로 이기야. 바로 이기라꼬!"

그는 시내 한복판에서 무릎을 치며 소리를 질렀다.

돈이 흘러드는
우물을 파라

————

1947년 김희수는 동경 시내 최고 번화가인 유라쿠초(有樂町)역 앞에 작은 가게를 하나 얻어 양품점을 시작했다. 유라쿠초역 앞은 온종일 많은 사람이 오가는 길목이라서 장사를 하기엔 더없이 좋은 곳이었다. 그 무렵 사람들에게 인기 있던 스웨터나 블라우스, 셔츠, 바지, 모자, 양말, 스타킹 등 남녀노소 누구에게나 필요한 패션 용품들을 도매로 가져다가 소매로 되파는 일이었다. 처음에는 종업원 두 명을 두고 문을 열었다.

"와 하필 양품점이고?"

"어무이, 고마 사람들이 아무리 힘들어도 묵고 입는 건 안 할래야 안 할 수 없다 안 캅니꺼? 그란데 묵는 장사는 너무 흔하고 치열해가 그보다는 양품점이 딱이라예. 두고 보이소. 인자 우리

가게 손님들이 꽉꽉 넘쳐나가 장사가 잘될 테이끼네.”

양품점을 차리는 데 들어간 밑천은 그동안 닥치는 대로 일하면서 생활비에 보태고 남은 돈을 모아둔 것이었다. 한창 혈기왕성한 나이였으니 먹고 싶은 것, 입고 싶은 것, 쓰고 싶은 것이 얼마나 많았겠는가. 이 모든 걸 참아가며 한 푼 두 푼 모아 마련한 종잣돈은 그에게 말 그대로 목숨과도 같았다. 그런 돈을 투자해서 양품점을 연 것은 김희수 나름대로 성공에 대한 확신이 있었기 때문이다.

양품점 이름은 ‘금정양품점(金井洋品店)’이라고 지었다. ‘금정’이란 일본 사람들이 부르던 김희수의 일본식 이름이었다. ‘가나이’라고 읽었는데, 뜻을 풀이하면 ‘돈이 나오는 우물’이라는 의미였다. 상점 이름으로는 최고라고 할 수 있었다. 그는 그 뜻이 마음에 들어 양품점 이름을 ‘금정’이라고 지은 뒤 ‘반드시 돈이 흘러드는 우물을 파고야 말겠다’는 결심을 다졌다.

처음에는 경험도 없고 장사도 서툴러 고전을 면치 못했지만, 인내심을 가지고 꾸준히 손님 입장에서 장사하다 보니 갈수록 매출이 늘었다. 조금 지나자 물건이 없어서 못 팔 지경이 되었다. 요즘 말로 대박이었다. 전후 워낙 물자가 부족하던 때라 어딜 가나 섬유제품들이 귀한 대접을 받았다. 정부에서도 물가안정과 유통질서를 위해 아무 데서나 함부로 팔지 못하도록 철저히 통제할 정도였다. 그런 시절 정식으로 허가를 받고 번화가에 양품점을 냈으니 물건만 있으면 얼마든지 팔 수 있었다.

개업할 때는 진열창 두 개 정도에 물건을 진열해놓고 손님을 받기 시작했는데, 장사가 잘되는 바람에 얼마 지나지 않아 가게 규모를 두 배로 늘리고 종업원도 더 채용하게 되었다. 김희수의 확신이 맞아떨어진 것이다. 그는 신바람이 났다. 물건을 가져다 놓기만 하면 날개 돋친 듯이 팔려나가니 아무리 일해도 힘든 줄을 몰랐다.

작은 가게일망정 양품점을 운영하면서 그가 배운 것은 신용의 중요성이었다. 그는 손님 한 사람 한 사람에게 신용을 지키기 위해 최선을 다했다. 좋은 물건을 제값에 팔아 믿고 살 수 있는 가게라는 믿음을 심어준 것이다. 작은 이윤을 남기기 위해 손님을 속이거나 하자 있는 물건은 절대 가져다놓지 않았다. 거래처에도 똑같이 신용을 지켰다. 신용은 신용을 낳으면서 계속해서 매출 증대로 이어졌다.

구멍가게 수준의 장사였지만 그는 어려운 상황에 부닥칠 때마다 한국인이라는 자부심을 가지고 일했다. 일본인의 차별이 심하면 심할수록 그들보다 더 열심히 일하고, 철저하게 신용을 지킴으로써 좋은 결과를 만드는 것이 바로 그들에게 복수하는 길이었다. 이런 과정을 통해 그는 일본에서 사업가로 성공하기 위한 기초를 닦아나갈 수 있었다.

해방 이후 한국에서는 물론 일본에서도 젊은이들 사이에서는 정치와 이념이 최대의 관심사였다. 그들은 모이기만 하면 정치와 이념을 놓고 공방을 벌이거나 정당이나 정파에 가입하여 활동했다. 조국의 운명과 미래가 모두 정치나 이념을 통해 건설되어갈 것으로 여겼기 때문이다. 그러나 김희수의 생각은 달랐다. 정치도 이념도 먹고사는 문제, 즉 경제가 해결되지 않고서는 한낱 구호에 불과하다는 생각이었다. 부강한 나라, 독립된 조국을 건설하는 길은 정치나 이념에 있는 것이 아니라 경제적 능력에 있다고 판단했다.

양품점이 잘되면서 생활비와 학비 걱정이 없어지자 중단했던 학업을 계속해야겠다는 생각이 들었다. 1949년 그는 동경전기공업전문학교에 입학했다. 이때부터 그의 삼각형 인생이 전개되었다. 매일 집과 학교, 양품점을 오가며 그야말로 주경야독의 고단한 생활을 이어가야 했다. 하루 4시간 이상 잠을 잘 수 없었지만, 어느 때보다 행복한 나날이었다.

그러던 차에 3년제 동경전기공업전문학교가 4년제 동경전기대학으로 승격되었다. 김희수는 1년을 마친 상태에서 동경전기대학 공학부 전기공업과 학생이 된 것이다.

양품점 운영도 잘되고, 오랜만에 다시 시작한 공부에도 재미를 들일 즈음 조국에 또다시 시련이 닥쳤다. 1950년 6월 25일, 전쟁이 터진 것이다. 일본 교포사회는 다시 한 번 파도가 일었다. 조국에 전쟁이 났으니 빨리 돌아가야 한다고 주장하는 사람들도 있었고, 지금은 전세가 너무 급박하니 나중에 좀 안정되면 가야 한다고 주장하는 사람들도 있었다. 해방의 기쁨도 잠시뿐 끝을 알수 없는 혼란과 불안이 이어졌다.

그런데 최악의 상황을 헤매던 일본 경제가 6·25전쟁을 기점으로 기적처럼 살아나기 시작했다. 이른바 '전쟁특수'가 생겨난 것이다. 해방 이후 미국의 원조물자에 의존하여 연명하던 한국 경제는 전쟁으로 초토화된 반면, 패전 이후 암흑기를 이어가던 일본 경제는 우리의 비극을 딛고 기사회생하게 되었으니 참으로 알 수 없는 운명이었다.

1949년 말까지 겨우 2억 달러에 불과하던 일본의 외화 보유액은 1951년 말에 이르러 약 10억 달러로 다섯 배나 증가했다. 광공업 생산지수는 1950년에 비로소 전쟁 이전 수준을 회복하기 시작했고, 1951년에는 전쟁 이전보다 무려 32퍼센트나 증가한 수치를 보였다. 일본 경제는 순풍에 돛 단 듯 상승세를 타면서 패전국으로서의 암울한 분위기가 사라지고 당당한 독립국으로서의 활기가 넘쳐났다.

'전쟁특수'라는 것은 전쟁에 수반되어 발생하는 물자와 서비스에 대한 특별수요를 말하는 것으로, 주로 주일미군조달본부가 발주한 것이다. 애초에는 면포, 모포, 마대 등 섬유류와 트럭, 강재 등 전장에서 직접 사용되는 자재가 대부분이었다. 특수계약액은 전쟁 발발 1~2년째에 각각 3억 달러, 3년째에는 5억 달러에 달했으며, 전쟁이 마무리 단계에 접어들기까지 5년 동안에는 무려 16억 달러나 되었다. 이 같은 특수 규모는 당시 일본 수출액의 평균 50퍼센트를 차지할 정도로 어마어마한 것이었다.

이런 시대 상황 속에서 김희수는 1953년 3월 드디어 동경전기대학을 졸업했다. 만 13세의 어린 나이에 현해탄을 건너온 이후 수많은 역사의 풍랑과 생활의 모진 비바람을 맞으며 이뤄낸 값진 결과였다. "배워야 산다"는 할아버지와 아버지의 가르침이 이로써 작은 결실을 보게 되었다. 이때 그의 나이 스물아홉 살이었다. 돈을 벌어 생계를 책임지면서 학업을 계속하느라 휴학을 밥 먹듯한 탓이었다.

이 16년의 세월은 그의 육체와 정신을 함께 성장시킨 시간이었다. 온갖 어려움 속에서도 신용과 용기만으로 모든 고난을 극복해나갈 수 있다는 자신감을 느끼게 되었으며, 어떤 일을 해도 일본 사람들보다 더 잘해낼 수 있다는 긍정적인 신념을 갖게 되었다. 할아버지께서 늘 강조하시던 '사필귀정(事必歸正, 모든 일은 반드시 바른 길로 돌아간다는 뜻)'이라는 말이 책 속에만 있는 허망한 경구가 아니라 모든 인간관계와 생활 속에서 그대로 적용되는 구체적이고 실용적인 삶의 가르침임을 깊이 깨닫게 되었다.

형과 함께 어군탐지기
회사를 설립하다

———

김희수가 대학을 마치고 금정양품점 일에 푹 빠져 있을 무렵 그
의 형 김희성도 동경대학 조선학과를 졸업한 뒤 새로운 사업을
구상 중이었다. 그때는 이미 일본 경제가 회복되어 성장을 계속
하고 있었고, 산업 활동도 활발했으므로 그의 형처럼 머리가 좋
은 사람이라면 무슨 일을 해도 앞서 나갈 수 있는 좋은 여건이 마
련되어 있었다.

한국은 국토의 삼면이 바다이지만 일본은 국토 전체가 바다에
둘러싸인 섬나라다. 따라서 수산업은 일본의 산업 중에서도 그
중요도가 대단히 높은 산업이었다. 게다가 전후 경제가 좋아지고
국민소득이 올라갈수록 일본 사람들이 좋아하는 수산물에 대한
수요가 증가하리라는 것은 누구나 예상할 수 있는 일이었다.

그동안 많은 전쟁을 치른 일본 해군은 바다에서 적의 잠수함이나 함정, 어뢰 등을 탐지해내는 기술을 확보하고 있었다. 하지만 패전 이후 해군이 보유한 이 기술은 무용지물이 되었다. 막강했던 군수산업은 다른 산업 분야로 잇따라 흡수되고 있었다. 김희성이 주목한 것은 바로 이 부분이었다. 수산업과 첨단군사기술의 조화를 생각해낸 것이다.

당시만 해도 원양어선이 고기를 잡는 방식은 현대적이지 못했다. 어부들의 오랜 경험과 몇 가지 재래식 기계에 의존해서 고기를 잡는 식이었다. 김희성이 구상한 것은 해군의 군사기술을 응용해서 바닷속 어류의 분포를 탐지해내는 최신 어군탐지기의 발명이었다.

"니 어군탐지기가 뭔지 아나?"

"그기 먼데?"

"배를 타고 먼바다에 나가가 어느 바다 밑에 무슨 물괴기가 얼매나 있는지를 탐지해서 배가 가라앉을 맹키로 괴기를 많이 잡게 맹글어주는 기계다."

"와, 세상에 그런 기 다 있나?"

"내 그 어군탐지기를 발명해가 팔아묵는 회사를 맹글라칸다."

"그래? 거 참 잘되겠네. 형 참 대단하데이."

"긍게로 니 내헌티 투자 쪼매 해라."

어군탐지기 발명에 성공한 김희성은 이를 사업화하기 위한 회사 설립에 나섰고, 동생 희수에게 투자를 요청했다. 김희수 역시 이를 시기적으로 적절한 사업이라고 판단했다. 이런 획기적인 기술을 바탕으로 한 제품이라면 성공은 보증수표나 다름없었다.

그렇지만 돌다리도 두들겨보고 건너야 했다. 김희수는 수산업에 종사하는 어부들과 원양어업 회사들을 상대로 사업 전망에 대한 설문을 했다. 이런 제품이 꼭 필요한지, 제품이 출시된다면 구매할 의사가 있는지 등을 자세히 조사한 것이다. 그 결과 사업 전망은 기대 이상이었다. 제품을 구매할 의사가 있다는 응답이 거의 100퍼센트에 가까웠다.

1953년 4월, 그는 형과 함께 쌍엽어탐기주식회사(雙葉魚探機株式會社)를 설립했다. 어군탐지기의 제작과 판매가 본격적으로 시작되었다. 형이 발명한 어군탐지기의 성능은 매우 뛰어났다. 일본은 물론 다른 외국 기업의 제품과 비교해도 전혀 손색이 없었다. 일본의 원양어업이 하루가 다르게 발전함에 따라 어군탐지기의 수요는 폭발적으로 증가했다. 마침내 김희수 형제가 꿈꾸던 성공이 코앞으로 바짝 다가왔다.

그런데 이상한 일이 벌어졌다. 날이 갈수록 주문이 밀려들었지만, 회사는 늘 돈이 없어 전전긍긍이었다. 제작비와 인건비는 계속해서 들어가는데, 판매된 어군탐지기 대금이 들어오질 않았기 때문이다. 선금을 받고 어군탐지기를 내주는 게 아니라 먼저 주문한 사람에게 어군탐지기를 보내준 후에 후지급으로 수금하는 방식이 문제였다.

일단 필요에 따라 어군탐지기를 주문하여 배에 장착한 후 원양

어업을 나가버리면 그 배가 다시 돌아오기까지 몇 달 혹은 몇 년
이 걸리기도 하는데, 그 안에는 돈을 받을 수 없었다. 만선을 해
서 돌아온다고 해도 차일피일 미루며 돈을 주지 않았다. 험악한
뱃사람들이라 돈을 떼먹을 마음을 먹으면 어떻게 손을 쓰기가 어
려웠다.

이런 상황이었으니 제품은 불티나게 팔렸지만, 회사의 경영은
점점 더 악화했다. 김희수는 수금하기 위해 온종일 걸어 다니며
사람들을 만나 통사정하기 일쑤였다. 일본 전역이 어촌이고 바다
이다 보니 전국 곳곳을 안 가본 곳이 없을 정도로 누비고 다녔다.
그러나 수금은 정말 힘들었다. 그때 그는 발명보다 힘든 게 수금
이라는 사실을 깨달았다.

김희수는 처음 몇 년 동안 형을 도와 일하다가 나중에는 모두
형에게 맡기고 자신만의 사업을 하기 위해 회사를 그만두었다.
이미 금정양품점 일은 메이지대학(明治大學) 법학과를 졸업한 동
생 희중에게 넘겨준 상태였다.

그가 새로 시작한 일은 제강사업이었다. 1957년 삼택제강주식
회사(三澤製鋼株式會社)를 설립했다. 전후 복구사업이 본격화되면
철강이 많이 필요할 거라고 생각했다. 일본은 지진이 자주 일어
나는 나라여서 이에 대비해 내진 설계를 해서 공사해야 하므로
건물을 지을 때 우리나라보다 철강이 훨씬 많이 들어간다.

하지만 제강사업 역시 오래 하지 못했다. 때마침 대장성(大藏省,
일본의 과거 중앙 행정기관으로 메이지 유신 때부터 존재하던 기관. 2001년 중

앙 성청 개편 이후에는 재무성으로 권한이 넘어갔다)에서 제삼국인에게는 은행 융자를 하지 못하게 하는 법령이 발포되었기 때문에 자금 사정을 고려해 제강회사를 매각하게 된 것이다.

제강회사를 매각하고 나니 수중에 5,000만 엔 정도가 남았다. 그는 한동안 구상한 끝에 다음 사업으로 부동산임대업에 뛰어들었다. 몇 번의 사업을 거듭하는 동안 그는 나름대로 시대의 흐름을 읽고 판단하는 안목을 갖게 되었다. 지금 사람들에게 무엇이 필요할지를 생각하면 어렵지 않게 답이 나왔다. 전후 일본 사회에 의류제품 수요가 증가할 것으로 내다보아 양품점을 열었고, 건설 붐으로 철강이 많이 필요할 것이라고 판단하여 제강회사를 창업했으며, 이제 땅과 건물에 대한 중요성이 커질 거라는 생각으로 부동산사업을 시작하게 된 것이다. "필요는 발명의 어머니"라고 했듯이 사람들이 필요로 하는 것 속에 언제나 새로운 사업이 숨어 있는 법이다.

한편 그의 형 김희성은 우직할 정도로 한 우물만 파고 있었다. 회사 경영은 어려웠지만 여전히 형의 머리는 비상했고 기술은 최고였으며, 형이 발명한 어군탐지기는 순조롭게 판매되었다. 우리나라 원양어업은 그즈음이 초창기였는데, 한국이 가진 기술력은 변변치 못했다. 그래서 한국에서도 형의 어군탐지기는 인기였다.

1958년, 서울에서 대한민국 정부수립 10주년을 기념하는 산업 박람회가 개최되었다. 김희성의 회사에서는 이 박람회에 어군탐지기를 출품했다. 이를 본 한국 사람들은 모두 깜짝 놀라며 감탄을 연발했다. 박람회장에는 이승만 대통령도 참석했다.

"이것이 바닷속 물고기 떼를 감지해내는 어군탐지기입네까?"

"네, 그렇습니다. 각하!"

"아, 정말이지 대단합네다. 이것만 있으면 얼마든지 고기를 잡겠군요. 훌륭합네다!"

"감사합니다. 각하!"

김희성은 이승만 대통령으로부터 대단한 격려를 받고 함께 기념촬영을 하기도 했다. 이 일이 계기가 되어 그의 형은 대한조선공사에서 기술자문 역을 맡기도 했고, 해양대학에서 강의하기도 했다. 나중에는 박정희 대통령에게도 인정받아 거제도와 부산에 있는 조선소에서 배를 만드는 일에 심혈을 기울인 적도 있었다.

제3장

긴자에 23개의
빌딩을 세우다

그래, 이제 시작이다. 일본의 심장부인 이곳 긴자에 나 김희수의 빌딩들을 세우리라. 일본인의 자존심인 이 땅에 한국인의 웅지와 저력을 하늘 높이 치솟게 하리라.

일본에서 가장 비싼 땅의 주인이 되다

금정양품점의 성공으로 사업에 자신감을 갖게 된 김희수는 대학 졸업 후 의욕적으로 시작한 두 번의 사업에서 연거푸 실패의 쓴 잔을 맛본 다음 다소 의기소침해질 수밖에 없었다. 형과 함께한 쌍엽어탐기주식회사는 원활한 수금이 문제였고, 삼택제강주식회사는 은행 융자를 통한 자금 확보가 문제였다. 결국, 문제는 돈이었다.

그는 이러한 경험을 통해 큰 교훈을 얻게 되었다. 돈이 막히지 않고 자연스럽게 흘러갈 수 있는 사업을 하는 게 중요하다는 사실이었다. 더군다나 한국인으로서 일본 기업들과 경쟁하기 위해서는 이중 삼중의 견제를 받아야 하는데, 그러려면 자금 흐름에 어려움이 적은 업종을 선택해야 했다. 은행에서 융자를 받을 때 일본인은 보증인이 한 사람이면 됐지만, 한국인은 몇 사람의 보증인을 세우고도 모자라 담보까지 제공해야 했기 때문이다.

재일교포로서 이런 불리한 조건 속에서 사업을 한다는 건 그만큼 어려운 일이었다. 일본 사회는 이방인에게 절대 녹록하지 않았으며, 특히 한국인이 자리를 잡도록 결코 그냥 두지 않았다. 흔히 말하듯이 일본인은 강한 사람에게는 한없이 약하고, 약한 사람에게는 한없이 강한 사람들이었다.

삼택제강주식회사가 자금난을 겪기는 했지만, 그동안 공장부지 땅값이 많이 올라 매각대금으로 빚을 갚고도 무려 5,000만 엔이 남았다. 그때 김희수는 부동산의 가치에 대해 처음으로 눈을 뜨게 되었다. 전후 고도성장을 거듭하던 일본이었기에 산업화와 도시화가 급속히 이뤄지면서 땅과 건물에 대한 가치가 연일 수직으로 상승하고 있었다. 그는 부동산 사업이야말로 가장 안정적이고 현금 흐름이 좋은 사업이라고 판단했다.

부동산임대업의 가장 중요한 조건은 좋은 입지를 선정하는 것이었다. 어느 곳에 있는 건물이냐에 따라 임대업의 성공 여부가 판가름난다고 해도 과언이 아니었다. 그는 동경 시내 이곳저곳을 다니며 유동인구와 교통여건, 생활환경 등을 세심하게 살폈다. 자신의 눈으로 직접 보고 확인하는 것보다 더 확실한 정보는 없었다.

수없이 거리를 배회하며 확인한 결과 김희수는 첫 번째 빌딩을 세울 장소로 긴자(銀座)를 선택했다. 긴자는 동경 시내에서도 가장 번화한 중심가였다. 우리나라로 따지면 서울의 명동 같은 곳이었다. 그만큼 땅값도 비쌌다. 가진 돈을 다 털어서 빌딩을 지을 땅을 샀다. 땅값을 치르고 사무실을 나서면서 그는 긴자의 하늘을 올려다보며 다짐했다.

'그래, 이제 시작이다. 일본의 심장부인 이곳 긴자에 나 김희수의 빌딩들을 세우리라. 일본인의 자존심인 이 땅에 한국인의 웅지와 저력을 하늘 높이 치솟게 하리라.'

땅은 샀지만, 건물을 지을 돈이 없었다. 돈을 구하기 위해 이리저리 뛰어다녔다. 선뜻 도와줄 것처럼 하다가도 그가 한국인이라는 것을 알고 주저하는 사람들이 있었다. 은행도 마찬가지였다. 일본에 살면서 스스로 한국인임을 내세운다는 건 예나 지금이나 어려운 일이었다. 하지만 김희수는 손해 보는 것이 두려워 한국인이라는 것을 숨기고 싶지 않았다. 그럴수록 그는 더욱 당당하게 접근했다.

"나는 한국 사람입니다. 신용은 반드시 지키겠습니다. 한 번만 도와주신다면 은혜는 절대 잊지 않겠습니다. 저를 믿어주십시오."

사정은 하되 비굴하게 굴지는 않았다. 자신이 한국인임을 감추고 눈앞의 작은 이익에 연연한다면 그들에게 지는 거였다. 다행히 그의 신용을 믿고 돈을 빌려줄 사람을 만나 빌딩 건축이 순조롭게 진행될 수 있었다.

1961년 4월, 김희수는 빌딩임대업을 담당할 금정기업주식회사(金井企業株式會社)를 설립하고 대표이사에 취임했다. 맨 처음 금정양품점을 시작할 때의 그 순수했던 마음으로 다시 시작한 회사였기에 '금정'이라는 이름으로 회사를 설립한 것이다. 게다가 금정양품점이 이미 성공했기 때문에 유난히 애정이 가는 이름이기도 했다. 그리고 마침내 긴자 한복판에 금정 제1빌딩이 세워졌다. 이후 그는 새로 빌딩을 지을 때마다 '금정'이라는 이름을 써서 금정 제2빌딩, 금정 제3빌딩, 금정 제4빌딩 식으로 건물 이름을 붙여나갔다.

그는 금정기업주식회사의 경영철학으로 '절약, 내실, 합리, 신용'을 내세웠다. 건물을 효율적으로 관리하기 위해서는 작은 것 하나라도 절약을 실천해야 했으며, 입주자들의 편의를 위해서는 화려한 외형보다 실속 있는 구조를 갖춰나가야 했고, 이를 위해 줄일 것은 줄이고 투자할 것은 투자하면서 회사를 합리적으로 운영해야 했다. 나아가 입주자들은 물론 회사 직원 모두에게 믿을 수 있는 건물, 믿을 수 있는 회사가 되는 게 무엇보다 중요했다.

금정 제1빌딩은 지하 2층, 지상 6층으로 지어진 건물이었다. 지금이야 그다지 큰 건물이 아니지만, 그때는 꽤 근사한 빌딩이었다. 부푼 기대를 안고 가진 돈을 몽땅 투자한 데다 빚까지 내서 지은 건물이라 임대가 잘되지 않으면 큰일이었다. 그는 직원들과 함께 전단을 만들어 길거리에서 나눠주기도 하고, 부동산중개소를 찾아다니며 새로 지은 빌딩을 홍보하는 데 온 힘을 쏟았다.

하지만 결과는 좋지 않았다. 번듯하게 빌딩을 지어 임대를 시작했지만 가끔 문의만 들어올 뿐 임대가 제대로 되지 않았다. 가게나 사무실이 잘 나가서 매달 임대료가 꼬박꼬박 들어와야 빌린 돈 이자도 내고 직원들 월급도 주고 빌딩 관리도 할 수 있는데, 임대가 되지 않으니 참으로 난감한 상황이 계속되었다. 빈 사무실만 보면 한숨이 저절로 나왔다.

"좀 어떤가요?"

"오늘은 문의 전화 한 통도 없습니다. 큰일인데요."

"이거 참…… 무슨 좋은 방법이 없을까요?"

"전단을 좀 바꿔봤는데, 이따가 다들 거리로 나가 돌릴 생각입니다."

뾰족한 방법은 없었다. 입주자들을 통해 우리 빌딩이 쾌적하고 관리가 잘되며, 안전하고 편리하다는 좋은 소문이 나기 전까지는 절대적으로 시간이 필요한 일이었다. 빌딩을 짓고 나서 처음 2년 동안은 사글셋방에서 난방기구도 없이 겨울을 나기도 했고, 아이들 코 묻은 돈을 모아둔 저금통을 헐어서 쓸 정도로 힘들게 생활해야 했다.

그런 와중에도 그는 '절약, 내실, 합리, 신용'이라는 경영철학을 철저하게 지켜나갔다. 우수한 입주자들을 확보하고 주변의 신뢰를 얻으려면 정성을 다해 성실히 빌딩을 관리하는 길 외에 다른 방법이 없었다.

"빌딩은 기계와 같습니다. 따라서 항상 보고 또 보고 보살피지 않으면 반드시 고장이 나게 되어 있습니다. 그래서 우리는 매일같이 빌딩 구석구석을 점검해야 합니다."

그가 직원들에게 귀에 못이 박이도록 강조한 말이다. 결국, 진심은 통하는 법이다. 어려운 시기가 지나자 금정빌딩에 대한 소문이 좋게 나기 시작했고, 여기저기서 서로 입주하고 싶다는 문의가 쇄도했다. 한 번 가게나 사무실을 얻어 입주하면 좀처럼 나가려 하지 않았다. 임대료가 밀리는 경우도 거의 없었다. 김희수는 드디어 시부야(澁谷)에 금정 제2빌딩을 지었다. 인기 폭발이었다. 임대를 시작한 지 얼마 되지 않아 빌딩 안에 있는 모든 사무실과 가게들이 전부 계약 완료된 것이다.

내 집처럼 편안한
빌딩을 만들자

———

금정 제1빌딩 맨 꼭대기 층에는 일곱 평 남짓한 크기의 사장 사
무실이 있었다. 오래전에 지은 건물이라 엘리베이터도 없었다.
김희수는 늘 계단을 걸어서 건물을 오르내리며 틈나는 대로 이곳
저곳을 둘러보곤 했다.

"안녕하십니까?"

"네, 안녕하세요?"

"혹시 요즘 뭐 불편한 거 있으신가요?"

"아, 네…… 실은 엊저녁에 씻으려고 뜨거운 물을 틀었는데,
온도가 조금 낮은 것 같았어요. 난방 장치에 무슨 문제가 있는 게
아닌지 한 번 확인해주시면 좋겠습니다."

"아이고 저런, 즉시 확인해서 조치하도록 하겠습니다. 다른 불

편한 점이 있으시면 언제라도 전화 주십시오."

지나다가 만나는 입주자는 모두 그의 소중한 고객이었다. 그는 항상 웃으며 그들에게 다가가 인사를 건넸고, 그들이 무엇을 불편해하는지, 그들이 원하는 것이 무엇인지를 경청하려고 애썼다. 그리고 그것을 알아내면 즉각 조치해서 고치거나 바로잡은 후 이를 바로 통보해주었다. 입주자들이 내 집처럼 편안하게 일하고 쉴 수 있는 빌딩을 만드는 것이 김희수가 부동산임대업을 하면서 초지일관 지켜온 신조였다.

"사장님, 큰일 났습니다!"

"무슨 일입니까?"

"시청에서 수도관 공사를 하다가 사고가 나는 바람에 우리 빌딩으로 공급되는 수도관이 터져버려 이를 고치느라 며칠 동안 수돗물이 끊긴답니다. 수돗물이 며칠 동안이나 나오지 않으면 입주자들이 큰 불편을 겪을 텐데…… 항의도 폭주할 테고요. 어떡하죠?"

"이런…… 내가 시청에 전화할 테니 우리 기술자들을 다 데리고 가 직접 수도관 교체공사를 해서 내일 중으로 수돗물이 공급될 수 있도록 하세요. 자, 서두릅시다!"

"네, 알겠습니다!"

그때는 여러 가지 물자가 부족한 시절이었고, 주요 사회 기반 시설들도 충분히 갖추어져 있지 않았던 때라 툭하면 여기저기서 고장이 나거나 사고가 일어나기 일쑤였다. 때로는 수돗물이 안 나올 때도 있었고, 갑자기 전기가 끊어질 때도 있었으며, 가스가 안 나오거나 냉난방이 제대로 공급되지 않을 때도 잦았다. 한 번 그런 일이 발생하면 입주자들의 불편은 이만저만이 아니었다.

그는 이럴 때를 대비해서 미리 빌딩 내에 전기, 상하수도, 냉난방, 전화, 기타 보수 공사 등에 필요한 기술자들을 채용해서 확보하고 있었다. 나중에는 빌딩이 여러 개로 늘어나면서 아예 이런 기술자들을 모아 건물을 관리하는 회사를 별도로 만들어 운영했다. 이는 김희수가 전기 기술을 배운 공학도였기에 누구보다 이런 일의 중요성을 잘 알고 있었기 때문이다.

다른 빌딩에서는 사고가 한 번 발생하면 이를 고치는 데 여러 날이 걸렸지만, 금정빌딩에서는 기술자들이 대기하고 있다가 즉시 출동해서 바로 고쳐주곤 했다. 그러니 입주자들의 만족도가 올라가지 않을 수 없었다. 다른 어느 건물보다 김희수의 건물이 편안하고 안전하다는 소문은 꼬리에 꼬리를 물고 이어져 시간이 지날수록 금정빌딩에 입주하려는 사람들이 점점 더 많아졌다.

사고가 났을 때만 기술자를 불러다 고치면 늘 기술자들을 직원으로 데리고 있는 것보다 돈을 훨씬 절약할 수 있었다. 하지만 그가 그렇게 하지 않은 것은 두 가지 이유에서였다. 첫째, 기술자들을 직원으로 데리고 있으면 사고가 발생했을 때 신속하게 고칠 수 있을 뿐만 아니라 평상시 미리 점검해서 사고를 예방할 수 있으며, 빌딩 구석구석을 정확하게 파악하고 있어서 뭔가 고장이 나도 근원적인 처방을 할 수 있었다. 사고가 났을 때만 기술자를 부를 경우에는 임시방편으로 처방할 수밖에 없다.

둘째, 돈만 보고 사업을 한다면 모두 행복해질 수 없다고 믿었다. 모두의 행복을 위해 일하다 보면 돈은 자연스럽게 따라온다고 생각한 것이다. 입주자들에게 최대한 많은 임대료를 걷어들이고 입주자들의 편의를 위하는 일에는 최소한의 돈만 쓰고자 한다면 당장 몇 푼 더 벌 수 있겠지만, 사업을 오래 할 수는 없을 것이다. 긴 안목에서 보자면 입주자들의 행복을 위해 지금 돈을 더 쓰는 것이 결국 나중에 이익으로 돌아오게 되는 법이다.

이렇게 빌딩을 철저하게 관리한 덕택에 금정 제1빌딩은 지은 지 무려 50년이 넘었지만, 아직도 고장이나 사고가 나지 않는 튼튼하고 안전한 건물로 평가받고 있다.

부동산임대업을 하다 보면 때로는 이런 일도 겪게 된다.

"사장님, 제2빌딩 507호 입주자가 임대료를 3개월째 못 내고 있는데 어떻게 할까요?"

"한번 만나서 이야기를 해봤나요?"

"일이 잘 안 돼서 어렵다고 합니다. 무조건 좀 봐달라고만 하니……."

"돈이 없어 못 내는 게 확실합니까?"

"제가 보기엔 그런 것 같습니다."

"그러면 자꾸 독촉하지 말고 기다려봅시다. 그리고 무슨 일을 하는지 파악해서 일이 잘되도록 조언을 좀 해주세요. 힘들 때 서로 돕고 살아야 하지 않겠어요?"

"그래도 임대계약서에 따르면 3개월째 임대료를 내지 않을 경우 계약을 해지하고 사무실을 비워달라고 요구할 수 있습니다. 너무 입주자들 사정만 봐주시면 규정이 무의미해질 수 있다고 생각합니다. 사장님!"

"그래도 형편이 그렇다니 어쩌겠소? 내 말대로 해주세요."

사무실이나 가게를 얻어 입주한 사람들이라고 다 일이 잘되는 것만은 아니었기 때문에 월세나 관리비를 못 내는 경우도 종종 있었다. 때로는 알코올 중독자나 마약 중독자 등이 속이고 몰래 입주하여 말썽을 피우는 일도 일어났다. 그럴 때마다 법을 따지고 계약서를 따지며 모질게 대하면 빌딩 주인은 피해를 줄여 편할 수 있을지 몰라도 선의의 피해자가 발생하거나 억울한 사람이 나올 수도 있었다.

"우리가 조금 힘들어도 입주자들을 다 한 가족처럼 대해주세요. 우리가 그분들을 믿어야 그분들도 우리를 믿습니다. 그분들이 행복해야 우리도 행복합니다. 이걸 꼭 잊지 말고 실천해주시길 부탁드립니다."

김희수가 직원들에게 늘 당부하던 말이다. 처음에는 직원들이 이런 사장의 방침을 따르느라 굉장히 힘들어했고 입주자들이 이를 악용하는 경우도 생기곤 했지만, 시간이 흐르면서 직원들이나 입주자들이 자연스럽게 서로를 배려하는 인간적인 관계가 형성되었다. 빌딩은 사람들이 모여 사는 곳이다. 그는 사람이 사는 곳에 사람의 마음과 마음이 통하는 법보다 더 자연스럽고 구체적인 법은 없다고 생각했다.

요즘은 '휴먼 빌'이니 '인간공학적 건축'이니 하는 말이 유행처럼 쓰이고 있지만, 1960년대 당시에는 이런 개념조차 없었다. 그러나 금정빌딩은 이미 그때부터 어느 곳에 지어진 몇 번째 빌딩이든 간에 모두 인간을 위한, 인간의 편리를 위한, 인간의 행복을 위한 공간으로 건축되고 관리되었다.

철저한 사전조사와
계획을 세워 일하라

———

당시 일본인은 아직 부동산에 큰 관심이 없었다. 경제는 좋아졌지만, 패전의 악몽에서 완전히 벗어나지 못한 그들은 식생활이 개선되고 삶이 윤택해지며 문화적으로 풍요로운 환경을 누리는 것에 만족하고 있었다. 하지만 김희수는 일본 경제가 고도성장을 지속하면서 국민소득이 꾸준히 증가하면 머지않아 반드시 부동산 가격이 상승하리라고 판단했다. 그래서 자금이 모이는 대로 계속 토지를 매입해서 빌딩을 지어나갔다.

우리나라가 아직 보릿고개에 시달리며 먹고사는 문제를 해결하지 못해 힘들어하고 있을 시기에 일본은 이미 각 가정에 세탁기, 텔레비전, 냉장고 등 가전제품이 보급되고 있었으며, 1960년대 후반에 이르러서는 자동차, 에어컨, 컬러텔레비전까지 등장하게 되었다. 1964년에 일본은 아시아에서는 처음으로 OECD에 가입했고, 그해 10월 동경에서 제18회 올림픽 경기대회를 개최함으로써 패전의 쓰라린 흔적을 말끔히 지워내고 당당히 선진국 대열에 진입했다.

이런 사회의 흐름 속에 부동산임대업은 최고의 호황을 맞게 되었다. 그가 오랫동안 일본에 살면서 일본인의 국민의식과 생활양식의 변화를 정확히 예측하고 이에 대응해온 결과였다. 부동산 사업은 담보력 때문에 자금난에 심하게 허덕이지 않아도 된다는 점에서 재일교포가 할 수 있는 사업으로 적격이었다.

김희수는 큰 자본이 없었음에도 임대보증금으로 다른 빌딩 건축을 시작했고, 그 건물을 은행에 담보로 잡히고 융자를 받아 그 돈으로 다시 다른 토지를 매입하여 빌딩을 신축해나가는 방식을 통해 빌딩을 늘려나갈 수 있었다.

그는 대지를 매입하고 건물을 신축할 때 반드시 사전에 철저한 조사를 하고 계획을 세워 일을 추진했다. 긴자의 어느 길목에 빌딩을 지을 만한 땅이 나왔다고 하면 그는 적어도 3주 정도는 근처에 진을 치고 앉아 그 일대를 지나가는 사람들의 수나 행인들의 성격과 유형, 차량 통행 정도, 주변 환경과 발전 전망 등을 주도면밀하게 파악해나갔다. 그 결과를 토대로 빌딩 신축 여부, 건물의 성격과 규모, 설계와 시공의 차이 등을 결정했다.

1961년 금정 제1빌딩을 완공한 이후 5년 만에 금정 제3빌딩이 건축되었다. 1966년 3월에는 빌딩의 환경관리와 경비업무를 맡을 회사로 금성관재주식회사를 설립했고, 이어 1967년 5월에는 공기조절과 전기, 급수·배수, 위생설비의 설계와 시공을 맡을 회사로 국제환경설비주식회사를 설립했으며, 계속해서 1978년 8월에는 건축과 설계를 담당하는 회사로 국제건축설계주식회사를 설립했다. 바야흐로 빌딩의 설계, 건축, 임대, 관리업무까지 총망라한 금정기업이 출현한 것이다.

이즈음부터 긴자에서는 '금정'이라는 회사 이름과 '김희수'라는 사업가 이름이 알려지기 시작했다. 미묘한 변화는 작은 곳에서부터 감지되었다.

"사장님, 전화 받으십시오."

"어디서 온 전화인가요?"

"요 앞 사거리에 있는 은행 지점장님이시랍니다."

"은행에서? 지점장님이 내게 전화를 할 이유가 없는데⋯⋯. 여보세요? 아, 지점장님, 어쩐 일로 전화를 다 주셨습니까?"

"예, 사장님 안녕하십니까? 혹시 자금이 필요하시면 우리 은행에서 언제든지 대출해드릴 테니 말씀만 하시라고 전화를 드렸습니다. 이자도 싸게 해드리겠습니다."

"아, 네. 참 감사합니다. 지금 당장은 대출이 필요 없지만 차후 다른 빌딩을 지을 때 대출을 받게 되면 찾아뵙겠습니다. 전화 주셔서 고맙습니다."

부동산임대업을 처음 시작할 때는 자금 사정이 어려워 은행 문이 닳도록 들락거려도 융자해주지 않던 은행에서 김희수의 사업이 승승장구하고 믿을 만한 회사라는 소문이 나자 서로 먼저 융자를 해주겠다며 전화를 걸어온 것이다. 어느새 가만히 앉아 조건을 따져가며 은행 융자를 받는 입장이 되었으니 세태의 변화를 실감할 수 있었다.

대지를 매입하고 빌딩을 건축하는 과정에서 김희수는 세 가지 원칙을 고수했다.

첫째, 대지를 매입하되 매도는 하지 않았다. 좋은 길목의 땅을 사서 묵혀두었다가 값이 오르면 되팔아 이윤을 남기는 것은 부동산 투기꾼들이나 하는 짓이지 자신 같은 부동산 사업가가 할 일이 아니라고 생각했기 때문이다.

둘째, 건물은 대지의 용도와 목적에 맞게 새로 건축해서 사용할 뿐 기존에 지어진 다른 건물을 매입하여 사용하는 일은 절대하지 않았다. 기존 건물을 매입해서 임대업을 할 경우 해당 지역에 가장 잘 어울리는 맞춤형 빌딩 건축을 통한 임대라는 그의 경영철학을 제대로 실현해나가기 어려웠기 때문이다.

셋째, 건물이 들어설 자리는 아무리 작아도 최고의 요지여야 한다는 것이다. 무조건 싸다고 해서, 길목이 좋다고 해서, 환경이 마음에 든다고 해서 아무 곳에나 건물을 짓는다면 10년, 20년 후 그 건물은 텅텅 빈 건물이 될 수도 있다는 판단에서였다. 최고의 요지에, 반드시 건물이 필요한 곳에 제대로 지어야 생명력이 긴 빌딩을 세울 수 있다고 생각한 것이다.

부동산 사업을 통한 회사의 급속한 성장은 단순히 운이 좋았기 때문만은 아니었다. 동경 시내는 물론 긴자만 해도 김희수의 회사와 비슷한 시기에 시작한 부동산 임대 회사들이 많이 있었다. 그 회사들은 같은 조건에서 시작했지만 다 잘되고 성공한 것은 아니었다. 몇 년 안에 문을 닫은 회사에서부터 처음엔 곧잘 나갔지만 얼마 지나지 않아 흔적도 없이 사라진 기업들이 부지기수였다.

사업가로 성공하려면 결연한 의지와 과감한 추진력이 있어야 한다. 하지만 그것은 자기 분야에 대한, 자기가 걸어가야 할 길에 대한 철저한 사전조사와 계획을 수반한 것이어야 한다. 현장에서 자신이 직접 보고 듣고 파악한 생생한 자료를 바탕으로 심도 있는 연구와 학습을 통한 빈틈없는 계획이 수립되었다면 이를 의지와 행동으로 실천하면 된다.

김희수가 사업가로 성공 가도를 달리게 되면서 주변 사람 중에는 그럴 바에야 좀 더 일찍 상고나 상대를 나와 사업에 뛰어들었더라면 더 낫지 않았겠느냐는 질문을 던질 때가 많았다. 그러나 그는 그렇게 생각하지 않았다. 만약 그가 비즈니스를 전공한 사람이었더라면 부동산을 투자의 대상으로만 생각하여 설계, 건축, 시공, 관리, 보수 등에는 소홀했을 것이다. 그렇다면 그는 단기간에는 성공했을지 몰라도 장기적으로는 실패했을 가능성이 높다.

오히려 그가 전기공학을 전공한 공대 출신이었기에 부동산을 단지 투자의 대상으로만 보지 않고 사람이 사는 행복한 공간으로 파악하여 설계부터 관리까지 모든 단계마다 꼼꼼하게 챙기면서 최선을 다할 수 있었다. 배움의 중요성은 여기서도 여실히 증명되었다. 사람은 배운 만큼 알게 되고, 아는 만큼 일하게 되며, 일한 만큼 거두는 법이다. 이것이 바로 누구에게나 적용되는 인생의 법칙이다.

내 이익보다 고객의 이익을
먼저 생각하라

고도성장을 질주하던 일본 경제가 위기를 맞은 건 1970년대에 일어난 두 차례의 석유파동 때였다. 1973년 가을에 터진 제1차 석유파동의 결과 1974년 5월까지 일본이 수입한 원유 가격이 전년도에 비해 약 네 배나 증가했다. 이 같은 석유가격의 급등은 제조업에 필요한 원자잿값은 물론 각종 소비재 가격의 폭등과 서비스 가격의 상승을 촉발해 물가가 천정부지로 치솟았다.

1976년 이후 조금씩 안정 기미를 보이던 일본 경제는 1979년부터 또다시 발생한 제2차 석유파동으로 인해 심각한 침체 국면을 맞고 말았다. 1980년에는 도매물가가 전년도에 비해 무려 24퍼센트까지 올라갔다. 이에 따라 일본 경제는 전반적인 구조 변화와 조정을 거칠 수밖에 없었다. 그러나 이는 오히려 일본의 산업 구조를 더욱 튼튼하게 만드는 순기능을 하게 됨으로써 일본 경제의 체질을 반석 위에 올려놓았다.

즉, 풍부한 수입자원에 의존해서 발전해온 기존의 소비 지향적인 크고 중후한 제품 생산 위주의 산업이 작고 실용적인 제품을 생산하는 에너지 절약형 산업으로 탈바꿈한 것이다. 아울러 종래의 소품종 대량생산체제가 다품종 소량생산체제로 바뀌었다. 일본 경제의 구조가 다른 선진국들에 비해 훨씬 먼저 양 위주에서 질 위주로 변화한 것이다. 이는 일본 경제의 가장 취약했던 부분을 하루아침에 최대의 강점으로 바꿔놓은 셈이었다.

두 차례의 석유파동을 겪는 동안 많은 경제 전문가들은 일본 경제가 침몰하고 부동산 가격이 폭락할 것으로 예상했으나 결과는 오히려 그 반대였다. 일본 경제는 다시 살아났고 부동산 가격은 하늘 높은 줄 모르고 올라갔다.

김희수는 애초부터 무리한 투자를 하지 않은 데다 평소 근검절약을 생활화하고 있었기 때문에 이처럼 위기가 계속되는 기간에도 꾸준한 성장을 지속하며 사업을 확장해나갈 수 있었다. 그사이 계열사도 늘어나 건축물 수리와 인테리어를 담당하는 국제건축영선주식회사와 광고기획과 부동산에 대한 조사와 계획, 화재보험을 대행하는 금성산업기획주식회사를 각각 설립했다. 이로써 금정기업주식회사의 계열사는 모두 다섯 개로 늘어났다.

1981년 11월 10일, 동경 시내에 있는 데이코쿠(帝國)호텔에서 금정기업주식회사 창립 20주년 기념식이 거행되었다. 직원들과 손님들이 모인 자리에서 김희수는 이런 소감을 밝혔다.

"임직원 여러분 그리고 하객 여러분, 오늘로 우리 금정기업주식회사가 창립 20돌을 맞았습니다. 그동안 많은 어려움이 있었지만 이를 잘 극복하고 변함없는 사랑과 헌신으로 회사를 이만큼 성장시키는 데 기여해주신 모든 분께 진심으로 감사를 드립니다. 흔히 부동산 사업은 '땅 짚고 헤엄치는 격이다' 라고들 말합니다. 그러나 우리 회사는 절대 그렇지 않았습니다. 남들이 하지 않은 일을 하고, 남들이 가지 않은 길을 가고, 남들이 쉽게 일할 때 우리는 어렵게 땀 흘려 일했습니다. 그 결과 오늘의 금정이 있게 된 것입니다.

대개 작은 장사치는 먼저 자기 이익을 취한 뒤에 그 나머지를 가지고 손님에게 혜택을 주려고 합니다. 그러나 큰 장사꾼은 먼저 손님에게 혜택을 주고 나서 그 나머지를 자기 자신에게 돌리는 사람입니다. 이것이 진정한 사업가이자 올바른 기업 정신이라고 할 수 있습니다. 이렇게 하면 분명히 손해가 날 것 같지만 그렇지 않습니다. 멀리 보면 그것이 바로 이익을 창출하는 길이며, 그런 기업만이 오래갈 수 있습니다. 우리 금정기업주식회사는 바로 이런 정신을 가진 기업으로 성장하여 50년, 100년을 향해 나아가야 합니다."

이때까지 금정기업주식회사에서 신축한 빌딩은 긴자 인근에 모두 열한 개였으며, 금정 제12빌딩과 금정 제13빌딩이 건설 중이었다. 사업은 그야말로 탄탄대로를 걷고 있었다.

그가 1960년대부터 1970년대까지 일본의 고속성장과 궤도를 함께하며 부동산 사업을 통해 대표적인 재일교포 사업가로 승승 장구하고 있는 사이 집안에는 많은 일이 일어나고 있었다. 1966년에는 그동안 집 근처 절에 모셔두었던 할아버지와 할머니 유해를 수습하여 고향 진동면 교동리 선영에 이장했다.

근 30여 년 만에 다시 찾은 고향 땅은 여전히 그대로였다. 마을 주변 환경이 조금 달라지고 건물과 가옥들이 새로 지어졌으며 신작로가 번듯하게 뚫려 있기는 했지만, 옛 추억이 가득 담긴 고향의 정취는 변함이 없었다. 바다가 내려다보이는 고향 집 뒷산에는 봄볕이 따사로웠고, 진달래꽃과 노랗고 하얀 들꽃들이 흐드러지게 피어 있었다.

"아부지 어무이…… 이래 늦게 고향에 모셔 죄송시럽습니데이……. 인자 고마 고향 땅에서 편히 주무시이소. 자식들도 다 잘되었으니 지들도 쪼매 있다 뒤따라 갈랍니더."

할아버지가 고향을 떠나던 그 시절 모습보다 더 늙은 그의 아버지는 할아버지와 할머니를 이장하면서 하염없이 눈물을 흘리셨다. 그 눈물의 무게와 의미를 너무나 잘 알고 있었기에 김희수의 형제자매들은 말없이 아버지를 따라 흐느꼈다. 그날 할아버지 할머니는 더 이상 잃어버린 땅이 아닌 되찾은 우리의 땅에서 꿈에도 그리던 고향의 포근한 흙 속에 안겨 고요히 잠드셨다.

고향 친지들과 친구들을 다시 만난 아버지 어머니는 수십 년간 쌓아두었던 회포를 푸느라 며칠 밤 며칠 낮이 어떻게 지났는지도

모를 정도로 말잔치에 흥겨워하셨다. 김희수와 그의 형제자매들도 마찬가지였다. 친구들은 이미 머리가 희끗희끗한 중년이 되어 있었다. 세월은 그렇게 무수히 흘렀지만, 고향 사람들의 정겨운 마음씨는 예나 그때나 한결같았다.

할아버지 할머니를 고향 선영에 모신 후 어머니는 모든 짐을 다 벗은 듯 1973년 11월 향년 83세를 일기로 세상을 떠나셨고, 아버지도 88세가 되던 해인 1979년 10월에 어머니 뒤를 따르셨다. 두 분 역시 고향 선영의 할아버지 할머니 묘소 옆에 나란히 모셨다. 조부모님과 부모님 덕택에 그 어려운 시대 상황에서도 그의 형제자매들은 배움의 끈을 놓지 않을 수 있었고, 그분들이 원하셨던 것처럼 사람 구실을 하며 살 수 있게 되었다.

한편 1986년 회사 창립 25주년이 되었을 즈음 금정빌딩은 모두 23개에 이르렀다. 사람들은 이제 김희수의 회사를 '금정 재벌'이라 불렀으며, 그를 '재일교포 재벌 사업가'라고 불렀다. 불과 25년 만에 동경에서도 가장 비싼 금싸라기 땅인 긴자 일대에 빌딩을 무려 23개나 소유한 대기업을 이뤘으니 그들로서는 놀라지 않을 수 없었을 것이다.

세계에서 땅값이 가장 비싸다는 일본 동경 긴자에 자리한 23개의 빌딩. 당시 재산 가치가 얼마나 되었을까? 사람들은 이걸 가장 궁금해했다. 맨 처음 그가 5,000만 엔을 가지고 지은 금정 제1빌딩이 그 무렵 50억 엔을 호가했으니 전체 빌딩을 다 합치면 아마도 조 단위는 훌쩍 넘어갔을 것이다.

일본 언론들은 물론이고 재일교포 사업가들의 성공담을 다룬 책 속에는 이때부터 '김희수'라는 이름 석 자가 빠짐없이 등장했다. 그들은 김희수의 성공을 모두 기적이라고 표현했다. 행정적·제도적으로 수많은 장벽과 견제가 있었음에도 이를 모두 극복하고 재벌의 반열에 오른 재일교포 김희수를 바라보는 그들의 눈빛에는 '도저히 있을 수 없는 일이 일어났다'는 놀라움과 반신반의의 감정이 숨겨져 있었다.

하지만 김희수에게는 절대 기적이 아니었다. 땀과 눈물, 피나는 노력과 헌신의 결과였다. 그는 언론과의 인터뷰에서 늘 이렇게 강조했다.

"내 이익보다 고객의 이익을 먼저 생각한 것이 성공의 비결입니다. 우리 빌딩에 한번 와보십시오. 일본에서 우리 빌딩보다 더 좋은 빌딩은 어디에도 없습니다."

땅이나 건물을 되팔아
이윤을 남기지 않는다

───────

1980년대로 접어들면서 김희수는 서서히 젊은 인재를 육성하고 사회의 여러 문제를 개선하는 데 관심을 두기 시작했다. 이런 생각의 일환으로 1980년 금정기업주식회사 사회문제연구소를 개설하여 실적과 경험이 많은 관련 학자 일곱 분을 모셔와 시사, 노인, 교육 문제 등에 관해 깊이 있는 연구를 진행하도록 했다. 그리고 일정 기간 연구 성과를 모아 기관지를 발행하여 많은 사람이 이 문제에 관심을 두도록 유도해나갔다.

직원들에게도 자신의 개인 문제와 회사 일 외에 주변에 있는 다른 사람들의 문제나 사회 전체의 공동 문제에 대해 더 많은 관심을 둘 것을 당부했다. 이제는 그의 회사가 남들이 다 주목하는 대기업으로 성장한 만큼 이 사회에 뭔가를 보답하지 않으면 안 된다는 생각을 한 것이다. 그러려면 사장 혼자만의 생각이 아니라 전 직원이 이런 부분에 대해 좋은 생각들을 계속 모아나가야 한다는 취지에서였다.

김희수가 부동산 사업을 통해 사업가로 성공한 이후 일부 사람들은 혹시라도 부동산 투기로 부를 축적한 게 아닐까 오해하는 경우가 있었다. 특히 같은 한국 사람 중에 이런 사람들이 많았다. 우리나라 역시 1970년대와 1980년대 들어 경제가 급속히 성장하면서 서울의 강남권 등이 잇따라 개발되었고, 엄청난 양의 아파트와 건물들이 들어서자 대대적인 부동산 투기 바람이 불었기 때문일 것이다.

그러나 부동산 투기와 부동산 사업은 완전히 다른 것이다. 부동산 투기란 값이 오를 것 같은 땅이나 건물을 쌀 때 사서 가장 비쌀 때 팔아 차익을 챙기는 행위를 말한다. 이는 부동산 가격 폭등의 주범으로, 정작 내 집이나 사무실 등을 마련하고 싶은 꿈을 가진 실수요자들의 희망을 빼앗는 파렴치한 짓이다. 김희수는 부동산 투기를 전문적으로 일삼는 사람들은 범죄자와 같다고 생각한 사람이다.

그가 생각하는 부동산 사업이란 이런 게 아니었다. 아파트든 공장이든 오피스텔이든 상가든 해당 지역에 꼭 있어야 할 건물을 제때에 제대로 지어서 필요한 사람들에게 공급하고, 그들이 자기들의 필요와 용도에 맞게 그 공간을 잘 사용할 수 있도록 최대한 편리하게 보수관리를 유지해주는 사업이 바로 부동산 사업이었다. 부동산 사업에 최선을 다하다 보니 그 가치가 상승하여 부가 축적된 것이지 처음부터 땅과 건물의 가격을 보고 차익을 노려 투자한 게 아니라는 이야기다.

그는 처음 부동산 사업에 뛰어들 때 이런 부분 때문에 많은 고민을 했다. 유교적인 사고방식을 가지고 있는 사람이어서 그런지 몰라도 김희수는 사업이란 무에서 유를 창조하는 생산성이 있어야 한다고 믿어왔다. 그래서 제조업에 유난히 애정이 많았다. 굳이 제조업이 아닌 서비스업이라고 해도 뭔가 새로운 것을 만들어냄으로써 이 사회에 일정 부분 생산적인 기능을 담당해나가는 것이 기업의 사명이라고 생각했다.

그래서 그는 부동산 사업을 하더라도 이런 원칙들을 반드시 지켜나가기로 했다. 즉, 빌딩을 지은 후에 땅이나 건물의 가격이 아무리 올라가도 그것을 되팔아 이윤을 남기지 않는다는 것이었다. 또한, 금정빌딩은 반드시 철저한 사전조사와 계획을 거쳐 꼭 필요한 곳의 땅을 사서 새로 빌딩을 짓되 결코 기존 건물을 매입해서 임대하지는 않는다는 것이었다. 이 원칙을 흔들림 없이 지켜나감으로써 그는 가장 생산성이 높은 부동산 임대회사를 경영하는 사업가가 될 수 있었다.

사업이 한창 궤도에 오르자 그에게 여기저기서 만나자는 연락이 쏟아졌다. 다짜고짜 연락도 없이 사무실로 찾아오는 사람들도 늘어났다.

"어쩐 일이십니까?"

"아, 예. 하도 뵙기가 어려워서 실례를 무릅쓰고 이렇게 찾아 뵈었습니다."

"무슨 일이십니까?"

"네, 저는 부동산중개업을 하는 사람입니다. 사장님 건물과 땅을 사겠다는 사람이 많아서요. 금정 제1빌딩과 금정 제2빌딩은 지은 지도 오래됐고 하니 한번 팔아보시는 게 어떨지……. 가격은 원하시는 대로 시세보다 높게 쳐드리겠습니다."

"그런 일이라면 더 말씀하실 것 없습니다. 저는 그럴 생각이 없으니까요."

"사장님, 제발 그러지 마시고 한번 생각 좀 해주십시오. 최고의 가격으로 매입하겠습니다. 이런 좋은 기회를 놓치지 마십시오, 사장님!"

"죄송합니다. 그만 돌아가주십시오."

김희수는 하도 시달리다 못해 직원들에게 자신을 찾는 전화가 걸려오거나 연락도 없이 손님이 방문했을 경우 먼저 용건을 물어 부동산 매매와 관련된 것이면 모두 양해를 구하고 자신을 연결하거나 찾지 말아 달라는 지시를 내려야 했다.

1988년에는 조국의 수도 서울에서 제24회 올림픽 경기대회가 개막되었다. 24년 전 일본 땅에서 개최된 동경 올림픽 경기대회를 보며 '우리 대한민국은 언제 이런 올림픽을 치르는 나라가 될까?' 하고 부럽기만 했는데, 서울에서 치러지는 올림픽 경기대회를 지켜보면서 마음속에 간직했던 오랜 소원을 풀 수 있었다. 그는 기쁜 마음에 88서울올림픽후원회 추진위원을 맡아 활동하기도 했다.

그때는 금융 분야를 담당하는 금정기흥주식회사와 비즈니스 호텔을 관리하는 금성관광주식회사까지 설립하여 바야흐로 금정 그룹은 일본 동경을 대표하는 도시 개발의 선구자를 자임할 정도로 확고한 위치를 차지하게 되었다.

당시 올림픽을 앞두고 일본에서 마베 요이치가 쓴《재일본 한국인 상인 파워》라는 책이 출간되었다. 각 분야에 걸쳐 사업가로 성공한 재일교포들의 성공담을 취재해서 엮어낸 책이었다. 이 책에서 저자는 김희수를 "자산 10조 엔을 소유한 사나이"로 표현했다. 김희수와 함께 저자가 소개한 한국인 사업가들은 '친절한 택시'의 대명사가 된 MK택시의 유봉식 회장, 소프트뱅크를 이끄는 일본 벤처기업의 기수 손정의 회장, 롯데그룹을 굴지의 기업으로 일궈낸 신격호 회장 등 20명이었다.

그가 그때 김희수를 "자산 10조 엔을 소유한 사나이"로 표현한 것은 다소 과장된 것이었다. 10조 엔이라면 일반인들로서는 상상하기도 어려운 천문학적인 금액의 돈이다. 김희수의 사업이 창업 이후 최고의 절정기를 맞기는 했지만, 그렇다 해도 그 정도의 재산가는 아니었다. 하지만 사람들은 김희수의 말보다는 소문을 더 믿으려 했다. 그가 아무리 그렇지 않다고 해명해도 그 뒤로 김희수는 '자산 10조 엔을 소유한 사나이'로 불리게 되었다.

최고의 자산은
정직과 신용이다

———

김희수가 일본에서 사업을 하는 동안 수많은 일본 기업가들, 금
융인들, 공무원들, 그리고 입주자들을 만나며 느낀 것은 이들은
다른 사람의 어려움을 보면 선뜻 나서서 도와주는 걸 좋아한다
는 것이었다. 한편으로 일본인은 한국인에게 가까워지려야 가까
워질 수 없을 정도로 깊고 깊은 민족적 상처와 원한을 가져다준
사람들이었지만, 이것만큼은 인정하지 않을 수 없는 분명한 사
실이었다.

확실한 명분만 있으면 이들은 언제든지 기꺼이 협조하고 도와
주었다. 일본 사람들에게는 '적당히' 또는 '대충'이라는 게 없었
다. 뭐든지 정확해야 했고, 논리정연해야 했으며, 상식과 이치에
맞아야 했다. 사업을 하는 사람들, 특히나 금융업계에 종사하는

사람들에게 정직과 신용은 목숨과도 같은 것이었다. 이게 있으면 다른 건 조금씩 채워나가면 되지만, 이게 없으면 다른 게 다 있어도 사업을 성공적으로 이끌어나가기 어려웠다.

맨 처음 사업을 시작할 때는 번번이 은행으로부터 융자를 거절당했지만, 회사 경영 상태가 날이 갈수록 좋아지자 긴자의 금융가에서 김희수를 대하는 태도가 달라졌다. 새로 빌딩을 짓기 위해 융자를 받으려고 은행을 찾았을 때의 일이다.

"사업자금으로 융자를 좀 받으려고 왔습니다."

"사업계획서는 가져오셨습니까?"

"여기 있습니다. 다음 빌딩 건축과 임대에 관한 계획서입니다."

"네, 금정기업주식회사군요. 그새 빌딩을 또 지으시려고요?"

"예, 우리 빌딩에 대한 입주자들의 평이 좋아서 갈수록 입주 문의가 폭주하네요."

"그동안 거래 실적이 참 좋으시군요. 신용도가 매우 높습니다. 그런데…… 사장님은 한국분이시네요?"

"네, 그렇습니다."

융자를 담당하는 은행원은 사업계획서를 검토하며 김희수의 눈을 계속해서 응시했다. 그는 쭈뼛거리거나 어색해하는 표정 없이 그 은행원의 눈을 똑바로 주시했다.

"알겠습니다. 융자를 해드리겠습니다. 잠시만 기다리십시오."

융자는 즉각 이뤄졌다. 그동안 김희수의 은행 거래 실적이 믿을 만하고, 신용도도 좋으며, 사업계획서도 충실했기 때문이다.

하지만 무엇보다 이 은행원은 김희수의 눈을 뚫어져라 바라보면서 그 안에 담긴 정직성을 발견한 것이다. 이들은 대화하면서 늘 상대방의 눈을 주목한다. 눈빛 속에서 마음을 읽는 것이다.

일본 사람들은 "눈은 마음의 창"이라는 말을 믿는다. 그래서 눈을 보면서 이 사람이 믿을 수 있는 사람인지 아닌지를 가려낸다. 은행원이 융자를 결정할 때도 객관적인 정보와 신용도 외에 융자받는 사람의 눈을 통해 그가 얼마나 진실한 사람인가를 판단한다. 일본 은행에서 융자를 잘 받을 수 있는 비결은 은행원의 눈을 진심을 담아 정면으로 바라보는 것이다.

그때까지만 해도 재일교포들은 극심한 차별 속에서 일본 사회에 적응하며 힘들게 살아가느라 평소 정직과 신용을 지키기가 매우 어려웠다. 하루하루 먹고사는 것도 요원한 마당에 정직하게 약속을 지키며 사는 일은 절대 쉽지 않았다. 남을 속이고, 부풀리며, 거짓 웃음을 짓고, 새치기해야 겨우 먹고살 수 있었다.

그러나 그로 인해 일본인에게 한국인은 믿을 수 없고, 정직하지 않으며, 언제 거짓말을 할지 모르는 사람들로 낙인찍히고 말았다. 김희수는 한국인이 일본인으로부터 차별대우를 받고, 각종 견제와 불이익 속에서 어렵사리 살아가는 현실보다 이게 더 속이 상했다. 그래서 그는 어딜 가든, 누굴 만나든, 무슨 일을 하든지 간에 정직과 신용을 지키기 위해 최선을 다했고, 자신이 한국인임을, 한국인 사업가임을 먼저 밝히고 내세웠다. 일본인에게 한국인이 본래 가지고 있는 정직과 신용을 조금이나마 더 드러내기 위해서였다.

그는 한번 믿고 거래를 시작한 사람이나 거래처와는 상대방에서 정직과 신용을 변함없이 지키는 한 자신이 먼저 이를 어기거나 거래를 중단한 일이 없었다. 그와 관계를 맺은 사람이나 거래처는 대부분 수십 년 이상 관계를 유지해온 사이였다. 상대방 역시 김희수가 먼저 정직과 신용을 깨뜨리지 않는 한 그와의 관계를 지속해서 이어온 사람들이었다.

김희수가 한국 기자들을 만날 때면 거의 어김없이 듣게 되는 질문이 있었다.

"일본에서 한국인으로서 누구 못지않게 큰 성공을 거두셨는데, 그 비결이 있다면 뭐라고 할 수 있습니까?"

그러면 그는 늘 똑같은 대답을 했다.

"성공의 비결이라……. 그건 거짓말하지 않는 겁니다. 그리고 한 번 한 약속은 반드시 지키는 것이지요. 엽전이라고 아시오? 일본 사람들은 우리 민족성이 열등하고 게으르며 정직하지 못한 것처럼 꾸미기 위해 의도적으로 한국인을 비하해서 '엽전'이라고 불렀어요. 우리나라 사람들이 개화기에 쓰기 좋은 종이돈이 나왔는데도 옛날에 쓰던 엽전을 그냥 사용한다고 해서 봉건적 습관을 탈피하지 못했다는 의미로 쓰던 말이지요. 나는 그들에게 말했습니다. '그래, 나는 거짓말 안 하는 엽전이다'라고 말이에요. 거짓말을 안 하는 정직한 한국인이라는 말이죠. 평생 이걸 지키며 살아왔어요. 이게 바로 제 성공의 비결이라고 할 수 있습니다."

정직과 신용. 성공한 사업가 김희수를 만들어낸 이 신조는 사실 그가 할아버지와 아버지로부터 물려받은 최고의 유산이었다.

"느그 자신을 너무 비하할 필요는 없다. 글타꼬 지나치게 자만해서도 안 된다카이. 항시 자만에 빠지지 않게끔 느그 자신을 경계해야 한데이. 글고 넘을 속이묵을라카거나 다른 사람에게 절대로 피해를 주믄 안 된다. 쪼매 힘들어도 항시 겸손허고 정직허믄 언젠가 반드시 잘사는 날이 올 끼다. 고마 명심하그래이."

할아버지는 그에게 이런 말씀을 남기셨다.

"일본에서 조센징이나 한도징이 아이고 한국인으로 당당허게 살아가려믄 첫째도 둘째도 정직해야 헌데이. 무신 일이 있어도 남을 속이거나 남헌티 해가 되는 일을 하믄 안 되는 기라 이 말이다. 니가 남을 속이묵으믄 남도 니를 고마 똑같이 속이묵으뿐다카이. 절대 명심하그라. 왜놈들헌티 무시당하고 안 당하고는 니하기 달린 기다."

아버지 역시 어린 김희수에게 늘 이렇게 당부하셨다.

그는 할아버지와 아버지로부터 물려받은 정직과 신용이라는 무기를 가지고 차별과 견제라는 폭풍우가 몰아치는 일본의 망망대해로 나아가 모진 세월을 이겨내고 기어코 만선의 기쁨을 안고 돌아왔다. 항구에는 할아버지 할머니, 아버지 어머니가 모두 나와 그를 반겨주셨다.

"장하데이, 우리 손자!"

"애썼데이, 우리 아들!"

만약 그가 할아버지와 아버지로부터 많은 돈이나 땅을 물려받았더라면 후일의 김희수는 절대 존재하지 않았을 것이다. 정직과 신용보다는 돈과 땅을 더 의지할 게 뻔했기 때문이다. 그랬다면 일본이라는 이름의 바다로 나아간 그의 배는 이내 폭풍우 앞에 파선한 채 영영 항구로 돌아오지 못했을 것이다.

제4장

나는 한국인이다

하늘이 자신에게 재물을 내리신 것은 헐벗고 굶주린 이웃을
먹이고 입히는 데 따뜻한 밥 한 그릇 되게 하기 위함이며, 어
둡고 그늘진 세상을 환하게 밝히는 데 밝은 등불 하나 되게
하기 위함이라고 믿었다. 이것이 재물을 가진 자의 소명이어
야 한다.

된장찌개와
칼국수

───────

김희수가 결혼한 것은 1955년의 일로 해방된 지 꼭 10년 만이었다. 동경전기대학을 졸업하고 금정양품점을 동생에게 맡긴 후 형과 함께 쌍엽어탐기주식회사 일에 몰두하고 있을 때였다. 그의 나이 만 서른한 살이었으니 당시로서는 노총각인 셈이었다. 그전까지는 일제강점기와 해방, 6·25전쟁 등의 혼란을 겪으며 언감생심 혼례란 생각할 수도 없었다.

대학도 졸업한 데다 금정양품점 일이 잘되고 있었고, 한국이나 일본의 정세가 어느 정도 안정을 찾게 되자 주변에서는 더 늦기 전에 빨리 장가를 가라며 채근이 이어졌다. 실제로 거의 매일같이 부모님을 통해 여기저기서 혼담이 들어오기 시작했다. 그는 벌여놓은 사업 때문에 몸이 열 개라도 모자랄 지경이었지만 틈나는 대로 맞선을 보러 다녀야 했다.

"희수야, 니 이번엔 좀 잘해보거래이. 무뚝뚝허게 하지 말고. 벌써 몇 번째고 이기."

"알았다카이. 아, 글타꼬 엄한 처자헌티 막 장가갈 수는 없다 아임니꺼?"

"아, 누가 엄한 처자헌티 막 장가가라드나. 잘 골라보라 이 말이다."

"고마 알았심니데이."

아침에 출근할 때마다 그는 어머니와 이런 대화를 반복해야 했다. 그리 까다로운 편은 아니었는데, 이상하게도 맞선 자리에서 만난 여자들은 하나같이 마음에 들지 않았다. 그가 내건 결혼 조건은 두 가지였다. 첫째 한국 여성일 것, 둘째 가정적인 여성일 것. 일본 여성과의 결혼은 아예 생각조차 해본 일이 없었으며, 그가 사업 때문에 바쁘게 지내야 했으니 아내는 아이들을 키우면서 가정을 잘 지켜줄 수 있기를 바랐다.

그러던 차에 형의 절친한 친구인 박봉열 선생이 그에게 한 처자를 소개해주었다. 박봉열 선생은 교토대학(京都大學) 물리학과를 나와 훗날 서울대학교 교수를 역임한 분이다.

"저…… 혹시 이재림 씨신가요?"

"네, 맞습니다."

"안녕하십니까? 저는 김희수라고 합니다."

"네, 안녕하세요?"

"예, 처음 뵙겠습니다."

어느 호텔 커피숍에서 만난 처자의 첫인상이 꽤 괜찮았다. 다소곳하며 예쁘장하고 단아한 느낌이 드는 여자였다. 그녀의 부모님 고향은 경상북도 포항시 북구 청하면으로 일찍이 일본으로 건너와 자리를 잡은 까닭에 그녀는 일본 교토에서 태어났다. 인근에 있는 시가현여자고등학교를 졸업한 그녀는 4남매 중 외동딸로 김희수보다 여섯 살 아래였으며, 부모님과 함께 시가 현(滋賀縣)에 살고 있었다. 재일교포 2세여서 한국어에 서툴러 두 사람은 일본어로 대화를 나누었다.

박봉열 선생은 교토에서 생활하며 학교에 다니던 중 그녀의 집안에 대해 알게 되었고, 평소 참한 규수로 점찍어놓고 있다가 친구 동생인 김희수를 소개해준 것이다.

맞선 이후 서로에 대해 호감을 느끼게 된 두 사람은 본격적인 교제를 시작했다. 본격적인 교제라고는 하나 김희수는 동경에서 형과 함께 사업하느라 바쁘고, 그녀는 동경에서 멀리 떨어진 시가 현에 살고 있어 자주 만날 수 없는 처지였다. 둘은 주로 편지를 주고받으며 서로에 대해 알아갔고, 마음을 나누었으며, 사랑을 쌓아갔다. 김희수는 자신이 편지를 쓸 때보다 그녀가 보내올 답장을 기다리는 게 더 설렜다고 한다.

"무슨 음식을 좋아하시나요?"

"저는 된장찌개와 칼국수를 좋아합니다."

"술은 어느 정도 드시나요?"

"거의 마시지 않습니다. 피치 못할 경우 한두 잔 마시는 게 전부입니다."

"혹시 담배는 피우시나요?"

"전혀 피우지 않습니다."

"취미가 뭔가요?"

"독서나 등산 정도입니다."

대략 이런 내용이었다. 지금 젊은이들 처지에서 보면 싱겁기 짝이 없는 편지였다. 요즘처럼 젊은 연인들을 위한 다양한 데이트 코스가 있었던 것도 아니고, 즐거운 시간을 보낼 만한 장소도 많지 않았던 때라 어쩌다 한 번 만나면 다방에서 시간을 보내기 일쑤였다. 두 사람이 주로 만난 장소는 중간 지점인 마이바라(米原, 시가 현 북동부에 있는 도시로 예부터 이름난 교통의 요충지)였다. 소재가 바닥날 때까지 이야기를 나누다가 지치면 밖에 나가 하염없이 걷는 게 전부였지만, 만나면 만날수록 좋은 여자라는 느낌이 들었다고 한다.

그렇게 둘은 2년 정도 연애를 했다. 그 시절 중매로 만난 사이치고는 연애 기간이 길었던 셈인데, 무슨 이유로 연애를 길게 했는지는 잘 기억이 나질 않는다고 했다.

결혼 이후 그의 아내는 가정주부로 살림에 충실했다. 그녀는 결혼 이전이나 이후에 별로 달라진 게 없었다. 늘 차분하게 곁에서 남편을 챙겨주고 지켜보는 그런 존재였다. 남편이 워낙 낭비하는 걸 싫어하고 절약하는 습관이 있어 아내도 따라서 그렇게 된 것인지는 잘 모르겠으나 어쨌든 그녀도 김희수만큼이나 검소하고 소박했다. 그는 늘 정성을 다해 부모님을 섬기는 아내에게 고맙고 감사한 마음을 갖곤 했다.

그는 한 달에 한 번 정도 아내와 함께 등산하러 다녔다. 아사히신문(朝日新聞)에서 주최한 등산회에는 거의 빠짐없이 나갔다. 일본에 있는 웬만한 산은 그 시절에 다 다녀본 것 같다고 했다. 나중에 한국에서도 몇 차례 등산했는데, 그의 아내는 설악산이 그렇게 좋았다며 두고두고 칭찬을 아끼지 않았다고 한다.

그의 아내는 요리 솜씨도 좋았다. 김희수가 좋아하는 된장찌개와 칼국수는 물론 도미 요리, 채소 요리도 잘했으며, 한식·양식·일식 가리지 않고 골고루 잘하는 편이었다. 덕분에 그는 매일 왕 같은 밥상을 마주 대하곤 했다.

결혼한 지 몇 년쯤 지난 어느 날 저녁, 그는 밥상을 물린 뒤에 차를 마시면서 아내에게 넌지시 물었다고 한다. 오랫동안 가슴에 품어온 궁금증이었다.

"여보, 나는 키도 작고 잘생긴 것도 아닌데…… 왜 나랑 결혼했어요?"

당시 아내의 대답은 그에게 두고두고 감동을 주었다.

"제 성격이 좀 소극적이었는데 당신은 굉장히 적극적이었어요. 그게 참 마음에 들었지요. 술도 안 마시고, 담배도 안 피우고, 골프도 안 치고, 항상 가족들과 시간을 보내려고 노력하는 당신이 좋았고요. 매사에 최선을 다해 일하는 모습도 멋있었어요. 당신은 내가 아는 남자 중에 가장 자상하고 존경할 만한 남자예요.
모르셨어요?"

버스와 지하철을 타고
다니는 재벌

―――――

김희수는 이동할 때는 꼭 대중교통을 이용했다. 동경 외곽에 있는 집 근처 메구로(目黑)역에서 지하철을 타고 긴자에 내려 사무실이 있는 금정 제1빌딩까지 걸어서 출근했다. 긴자 7번가 낡은 건물 맨 위층에 있는 일곱 평짜리 작은 방이 한때 서른 개가 넘는 빌딩과 일곱 개의 자회사를 거느렸던 금정그룹을 움직이는 야전사령관의 집무실이었다.

퇴근할 때도 마찬가지였다. 그는 직원들이 거의 다 퇴근하고 나면 저녁 7시쯤 가방을 들고 지하철을 타기 위해 집무실을 나섰다. 가끔 저녁 약속이 있거나 행사에 참석할 일이 있으면 지하철이나 버스가 닿지 않는 곳에 한해서 택시를 탔다. 버스로 서너 정거장쯤이면 조금 일찍 나서서 걸어가는 게 편하다고 했다.

그가 일본에서 성공한 사업가로 막대한 재산을 가진 부자라는 소문이 퍼지자 많은 사람이 김희수를 만나기 위해 집무실을 찾았다. 그들은 값비싼 양탄자와 으리으리한 샹들리에가 번쩍이는 호화로운 집무실 앞에서 잘 갖춰 입은 여러 명의 비서가 늘어서서 자신들을 맞이할 거라고 생각했던 것 같다. 그래서인지 대개 그의 방 앞에서 두리번거리거나 우왕좌왕하곤 했다.

오래된 책상에 낡은 의자 하나, 서너 명이 앉으면 딱 맞는 응접 세트가 김희수의 방에 있는 집기 전부였다. 방문객은 놀란 표정을 지으며 그를 앞에 두고서도 연신 믿을 수 없다는 듯 주위를 살폈다. 유달리 한국인 중에 이런 사람들이 많았다. 그러나 김희수는 시간이 멈춰버린 것 같은 그 공간 속에서 젊음을 불태웠고, 야망을 키웠으며, 신화를 창조해냈다.

언젠가 어떤 지인이 그에게 이런 말을 했다.

"세간에 떠도는 이야기가 있습니다. 김희수 사장님을 만나면 누구나 세 번 놀라는데, 첫 번째는 그분의 재산을 보고 놀라고, 두 번째는 그분의 집무실을 보고 놀라며, 세 번째는 그분의 검소한 모습을 보고 놀란다고 합니다. 저는 이게 꼭 좋은 이야기라고만 생각하지 않습니다. 젊었을 때야 그렇다 쳐도 이제 주변에 있는 사람들을 생각해서라도 집무실 좀 번듯하게 꾸미시고, 기사 딸린 승용차도 좀 타고 다니십시오. 뵙기 민망합니다."

그러자 김희수는 그에게 이렇게 대답했다.

"이것 보시오. 집무실이야 일하는 공간이니 내가 일하기 편리하게 되어 있으면 그만인 것 아니오? 그리고 아직은 걸어 다니는 데 지장이 없으니 차가 무슨 필요가 있겠소? 걸어 다니면 건강에도 좋고, 돈도 절약하고, 환경오염도 시키지 않으니 얼마나 좋아요?"

먹는 것도 그랬다. 그는 몸에 좋은 음식을 저렴하게 잘 먹으면 그만이지 음식에 사치를 부릴 이유가 없다고 생각했다. 그는 일본에 있을 때면 오래전부터 다니던 작은 우동 가게에 자주 갔고, 한국에 있을 때면 된장찌개나 칼국수를 즐겨 먹었다. 지나치게 비싼 음식을 탐하거나 많이 시켜놓고 잔뜩 남기는 것은 낭비 중의 낭비라고 생각했다.

나중에 서울을 자주 오가게 되면서 한국 사람들과 어울려 식사할 때가 점점 많아졌다. 그런데 그가 보기에 한국 사람들은 부자는 무조건 비싼 걸 먹어야 한다고 생각하는 것 같았다. 한 끼에 무려 5만 원, 10만 원 이상 하는 고급 음식점을 아무렇지도 않게 들어가는 것을 보고 깜짝 놀랐다고 한다. 일본에서는 상상할 수도 없는 일이었다.

"점심 한 끼 먹는데 어떻게 몇만 원짜리를 먹습니까? 저는 한국을 오가면서 만 원짜리 이상 되는 음식을 거의 먹어본 적이 없습니다. 5천 원짜리 된장찌개면 족합니다."

그가 이렇게 말하면 식사 자리 분위기가 순식간에 썰렁해졌다. 그리고 주섬주섬 눈치를 살피며 다들 싼 것으로 주문했다. 아마 속으로는 구두쇠라고 욕했을지도 모른다. 하지만 김희수에게 돈이란 그렇게 쓰는 것이 아니었다. 아무리 비싸고 좋은 음식을 먹어도 몇 시간만 지나면 또 배가 고파지게 마련이다. 또 아무리 좋은 차를 타고 다녀도 걸어 다니는 사람보다 건강하게 오래 살지 못한다. 그에게 돈은 자신의 욕망을 채워주는 도구가 아니었다.

중앙대학교 재단 이사장으로 취임한 이후의 일이다. 점심시간이 되어 그가 식사하기 위해 현관을 나서는데, 여기저기서 대기하던 승용차들이 줄지어 나타났다.

"이사장님, 차에 오르시지요."

"이게 뭡니까?"

"식사하러 가셔야지요."

"밥 먹으러 가는데 차는 왜 탑니까?"

"네? 아, 저기…… 예약해둔 식당이 좀 멀어서 차를 타고 가셔야 합니다."

그는 이날 내내 기분이 좋지 않았다. 점심때 잠깐 밥 먹으러 가기 위해 다들 승용차를 몰고 다닌다면 이 나라가 어찌 되겠나 싶었다고 한다. 한국보다 훨씬 더 잘사는 일본에서도 이렇지 않은데, 우리가 이렇게 낭비하며 살면 어떻게 선진국이 될 것인지 걱정스러웠다는 것이다. 그래서 그는 서울 생활을 별로 좋아하지 않았다. 사치가 심하다고 생각했기 때문이다.

1987년에 한국의 어떤 신문기자는 그를 소개하는 기사를 쓰면서 이런 제목을 붙였다.

'신임 중앙대학교 김희수 이사장은 칼국수로 점심을 때우는 1조 5,000억 원의 부동산 재벌'

그 기자가 보기에 '재벌'과 '칼국수'는 기사 제목으로 뽑아도 충분히 화젯거리가 될 만큼 어울리지 않는 단어들인 모양이었다.

한국의 부자들이 사는 집은 그야말로 궁궐이다. 집을 지키기 위해 여러 마리의 맹견과 경호원까지 두고 산다. 그는 이런 사람들은 자면서도 얼마나 불안할까 측은한 생각이 든다고 했다. 일본에 있는 그의 집은 평범하기 짝이 없었다. 여느 서민들 집에서나 볼 수 있는 소박한 가구들뿐이었다. 그나마 그 집도 개인 재산이 아니라 회사 소유의 관사였다.

그가 한국을 오갈 때마다 타던 비행기는 늘 이등석이었다. 가장 비싸고 좋은 자리에 앉아 오간다고 해서 일을 잘하는 건 아니라는 생각에서였다. 그는 양주를 마시지 않았지만, 이런저런 일로 선물을 해야 할 경우가 있어 비행기 안에서 파는 면세 양주를 사서 보관해두었다가 선물하곤 했다. 술을 마실 자리가 있으면 대개 소주 몇 잔이면 충분했다.

중앙대학교 재단을 인수한 후 동경과 서울을 오가며 일을 봐야 했기 때문에 서울에 있는 동안 묵을 살림집을 마련했다. 학교 근처에 집은 마련했지만 이렇다 할 세간이 없었다. 그래서 그는 동경에서 서울에 올 때마다 집에서 쓰던 이런저런 물건을 실어 날랐다.

한 번은 김포공항 세관원이 그의 짐을 보더니 이렇게 말했다.

"아니, 돈도 많으신 분이 이런 헌 물건들은 왜 자꾸 가지고 오십니까?"

돈이 많으면 무조건 있는 것도 또 사야 하는가? 일본에서 한국으로 나오는 김에 집에 있는 걸 가져다 쓰는 건 백번 옳은 일이었다. 그는 그 뒤로도 계속해서 동경 집에 있는 잡동사니들을 서울 집으로 옮겨다놓았다.

그는 사업을 해서 돈을 버는 것은 자기 자신을 위해 쓰고자 함이 아니라고 생각했다. 하늘이 자신에게 재물을 내리신 것은 헐벗고 굶주린 이웃을 먹이고 입히는 데 따뜻한 밥 한 그릇 되게 하기 위함이며, 어둡고 그늘진 세상을 환하게 밝히는 데 밝은 등불 하나 되게 하기 위함이라고 믿었다. 이것이 재물을 가진 자의 소명이어야 한다.

그래서 부자들은 더욱 근검절약하며 겸손하고 소박하게 살아야 한다고 생각했다. 부와 성공은 인생의 최종 목표가 아니다. 자신이 이룬 부와 성공을 통해 사회와 국가를 위해 뭔가 생산적으로 기여하는 것이 궁극적인 목표가 되어야 한다. 그렇지 않을 때 부자들이야말로 사회와 국가에 가장 위험한 존재가 될 수도 있다는 것이다.

가정부와 파출부를
두지 않는 아내

———

이런 그의 물질관을 가장 잘 이해하고 지지해준 사람은 바로 아내 이재림이었다. 그가 아무리 근검절약을 강조하며 겸손하고 소박하게 살고자 해도 아내가 동의해주지 않았다면 모두 헛일이 되고 말았을 것이다. 아내가 사치와 낭비를 일삼고, 아이들을 호의호식시키는 데만 정신이 팔려 있다면, 그가 어떻게 남들에게 검소하게 살라는 말을 할 수 있었겠는가.

그의 아내는 남편처럼 승용차를 타지 않고 버스나 지하철을 타고 다니면서 볼일을 봤다. 세탁기도 사용하지 않고 직접 손으로 빨래했다. 세탁기를 사주려 해도 손으로 빨아야 개운하다며 한사코 손사래를 치곤 했다. 아이들 셋을 낳아 키우면서 한 번도 가정부나 파출부를 부른 일이 없었다. 물론 음식도 다 본인 손으로 만들었다.

장을 볼 때는 언제 어디를 가야 좋은 물건을 싸게 살 수 있는지 훤히 꿰뚫고 있어 반드시 그곳에 가서 사야만 직성이 풀리는 사람이었다. 할인 쿠폰이나 특별 행사 초대권, 경품 교환권 등을 받으면 꼭 챙겨두었다가 활용했다. 옷은 늘 수수한 차림을 좋아하고, 액세서리도 별다른 걸 하지 않았다. 그 흔한 보석 반지 하나 끼는 걸 본 적이 없다고 했다.

사업이나 학교 일로 아내와 함께 외국에 나갈 때면 관광지나 쇼핑 단지 등을 둘러볼 기회가 생기곤 한다. 이럴 때도 그의 아내는 여자라면 누구나 관심을 가질 만한 가구나 보석, 패션 용품들에 별 관심을 보이지 않았다. 때로는 자신이 그래도 일본에서 내로라하는 부자인데, 아내가 너무 심한 게 아닌가 하는 생각이 들 정도였다고 한다.

그가 하는 일 없이 빈둥거리는 걸 가장 싫어하는 것처럼 그의 아내 역시 잠시도 시간을 낭비하지 않고 끊임없이 뭔가 일을 만들어서 하는 사람이었다. 살림하기에도 시간이 빠듯할 텐데 자투리 시간을 이용해서 틈틈이 가야금도 배우러 다니고, 꽃꽂이나 요리, 수예 등을 배워 어느덧 아마추어 수준을 넘어설 만큼 상당한 경지에 이르렀다. 생전에 집에 있던 침대보나 이불, 베개, 쿠션, 테이블보 같은 것들은 다 아내가 만든 것들이다.

한국의 부자들은 본인은 물론 그 가족까지 기사가 딸린 외제 승용차를 타고 다니면서 고급 백화점 VIP룸에서 호화 쇼핑을 즐기는 경우가 많다. 집에 가정부와 파출부를 여러 명씩 두고 사는 집도 흔하다. 김희수는 그런 얘기를 들을 때마다 그들이 과연 돈을 정당하게 땀 흘려 번 것인지 의문스러워했다.

또 한 가지 그에게 이해되지 않는 일이 있었다. 왜 한국 부자들의 아내는 많은 경우 미술관이나 박물관 관장으로 일하는지 알 수 없었다. 처음에는 부자들이 미술이나 고고학을 전공한 여자들하고만 결혼해서 그런 것인가 생각하기도 했다. 그의 아내도 누구 못지않게 미술을 좋아하고 조예가 깊지만, 미술관 운영에 대해서는 꿈에서도 생각해본 일이 없다고 했다.

그가 중앙대학교를 맡게 된 어느 날, 그의 아내가 갑자기 이런 말을 했다.

"여보, 저 이제부터 한국어를 좀 체계적으로 배워보고 싶어요."

"한국어를? 느닷없이 왜 그런 생각을 했어요?"

"당신이 본격적으로 한국 교육계에 뛰어들었으니 앞으로 한국 사람들과 만나는 자리가 점점 더 많아질 거 아니에요? 그러면 저도 함께 가야 할 모임이 늘어날 텐데, 그때 제가 한국어를 잘하면 도움이 되지 않겠어요? 한국어를 열심히 배워서 당신 일을 돕고 싶어요."

"어떻게 그런 생각을 다 했어요? 그렇게 하도록 해요."

이재림은 그 후 연세대학교 부설 한국어학당에 등록하여 1년 6개월 동안 열심히 한국어를 익혔다. 공부하는 사이 그녀의 한국어 실력은 눈에 띄게 향상되었다. 그녀의 예상대로 부부 동반으로 가야 할 모임들이 많아졌고, 그때마다 그녀는 자신의 실력을 마음껏 뽐내며 한국말로 모임의 분위기를 화기애애하게 만들어 주었다고 한다.

한국어 공부에 푹 빠져 있던 그녀가 하루는 이런 이야기를 들려주었다.

"여보, 한국인들은 일본인들에 비해 훨씬 더 화려한 것 같아요."

"그래요? 어떤 점이 그렇소?"

"옷도 비싼 옷을 많이 입고, 액세서리도 명품들을 선호하고……. 집만 해도 일본인은 토끼장 같은 집에 사는데, 한국인들 사는 집에 초대받아 가봤더니 거의 다 수십 평대 맨션아파트에 살고 있더라고요."

그녀는 이어 이런 의미심장한 말을 덧붙였다.

"한국은 부자들이 조금 더 밑으로 내려오고, 가난한 사람들은 조금 더 위로 올라갔으면 좋겠어요. 그러면 참 보기 좋을 텐데……."

김희수는 이런 아내가 참 고맙고 자랑스럽다고 말했다. 아내는 남편을 존경한다고 했지만, 남편 또한 아내를 존경했다. 김희수가 처음 아내를 만났을 때 그는 형과 함께 어군탐지기를 만드는 회사를 운영하고 있었다. 그런데 몇 년 뒤 수금 때문에 경영이 어려워지자 회사를 그만두고 제강사업에 뛰어들었다. 이때 그녀는 묵묵히 그를 지지해주었다.

얼마 후 제강사업마저 접고 다시 부동산임대업에 뛰어들었을 때도 아내는 남편을 믿어주었다. 빚을 얻어 겨우 지은 금정제1빌딩이 임대가 되지 않아 한겨울에 난로도 없는 사글셋방에서 생활해야 할 정도로 힘든 시절을 보냈지만, 그의 아내는 불평 없이 잘 참아주었다. 아내가 그의 옆에 있어주지 않았더라면 아마도 그는 좌절하고 포기했을지 모른다.

그가 인재양성에 관심을 가지지 않았더라면, 조국의 교육을 위해 헌신하려는 마음을 먹지 않았더라면 그의 아내는 과거의 고생을 추억 삼아 일본에서 편안한 여생을 보낼 수 있었을 것이다. 그가 중앙대학교 재단을 인수하고 일본에서 번 돈을 한국의 교육을 위해 쏟아부으며 고군분투하는 동안 그녀는 또다시 남편을 위해 밤낮으로 노심초사해야 했다.

학생들이 이사장실을 점거하고 데모가 끊이지 않을 때면 그녀는 새벽마다 집 근처에 있는 교회에 나갔다. 서울행 비행기를 타러 집을 나서는 날, 그녀는 남편 등 뒤에 대고 속삭였다.

"요즘 열심히 기도하고 있어요. 힘내세요, 여보!"

앞에서는 내색하지 않았지만, 당시 그의 아내 이재림은 학교 문제로 남편의 건강이 상하지나 않을까 많은 걱정을 했다. 김희수는 자신이 평생 아내에게 걱정만 끼치는 존재인 것 같아 마음이 무거울 때가 많았다고 한다.

이런 아내를 위해 김희수 나름대로 작은 보답을 한 일이 있었다. 교육 분야에 첫발을 내디디며 일본에 외어전문학교(外語專門

學校, 외국어를 전문으로 배우는 2년제 대학)를 세울 때의 일이다.

"여보, 학교 이름을 정했어요."

"뭐라고 정하셨나요?"

"수림외어전문학교예요. 어때요?"

"그게 무슨 뜻인가요?"

"김희수의 '수' 자와 이재림의 '림' 자를 합쳐서 만든 거요. 한자로 하면 '빼어날 수(秀)'에 '수풀 림(林)'이니까 '빼어난 숲' 혹은 '아름다운 숲'이라는 뜻이니 좋지 않소?"

"그러네요. 우리 이름을 합치니 그런 좋은 뜻이 나오네요. 괜찮아요."

수림외어전문학교는 이렇게 해서 탄생했고, 계속해서 '수림'이라는 이름은 장학사업과 문화사업을 목적으로 세워진 재단에도 사용되어 수림재단이 만들어졌다. 김희수가 빼어난 한 그루의 거목이었다면 그걸 울창한 숲으로 가꾸어준 것은 다름 아닌 그의 아내였다.

윤리 없는 금전은
다 쓸데없는 것이다

———

동경에 있는 김희수의 집 부엌 앞에는 자그마한 액자 하나가 걸려 있었다. 만당(晚堂) 이혜구 선생이 직접 쓴 글씨를 담은 액자다. 만당 선생은 1931년 경성제대 영문학과를 졸업하고 경성방송국에 취직한 뒤 국악 프로그램을 맡으면서 우리 음악과 인연을 맺은 분이다. 해방 후에는 서울대 음악부 교수로 부임했고, 1959년 서울대에 국악과를 창설하여 초대 과장으로 재직했다. 국악 이론의 기틀을 마련해 국악을 학문의 한 분야로 자리매김한 한국 음악학의 태두로 꼽히는 분이다. 액자에 담긴 글의 내용과 뜻은 이렇다.

- 국정천심순(國正天心順): 나라가 올바르면 하늘도 순조롭다.

- 관청민자안(官淸民自安): 관리가 깨끗하면 백성은 자연히 편안해진다.
- 처현부화소(妻賢夫禍少): 아내가 현명하면 남편이 입을 화가 줄어든다.
- 자효부심관(子孝父心寬): 자녀가 효도를 다하면 부모의 마음이 넓어진다.

이 글귀의 의미가 바로 김희수 가정의 생활 철학이었다고 할 수 있다. 묵묵히 자기 일에 최선을 다하고 자기 자리를 지키면 나라도, 사회도, 가정도 다 편안한 법이다. 제 분수를 모른 채 자기 자리를 벗어나고, 정도를 비켜나 요행과 술수에 빠지면 나라도, 사회도, 가정도 파탄에 이르지 않을 수 없게 된다. 그는 흔들림 없이 자기 자리를 지키고자 노력했다. 아내는 아내대로, 자녀들은 자녀들대로 자기 분수를 잃지 않는 삶을 살아왔다.

1982년 여름부터 1983년 가을까지 일본에서 발행되는 교포계 신문인 〈통일일보〉에서 '내일을 열고 있는 재일동포 상공인들'이라는 제목으로 기사를 연재한 일이 있었다. 교포사회에서 성공적으로 사업을 이끌어가고 있는 사람들을 매일 한 사람씩 소개하는 코너였다. 김희수는 이 연재물에 열 번째로 소개되었다.

"사업체를 이끌어가시려면 굉장히 바쁘실 텐데, 평소 건강은 어떻게 유지하십니까?"

"건강이라…… 안 쓰면서 없는 듯이 사는 것입니다. 간단하지요? 돈 쓸 일이 없으면 스트레스를 받지 않아 좋고, 대중교통을 이용하거나 걸어서 다니면 운동이 되어 좋고, 적게 먹고 뭐든지 맛있게 먹으면 소화 잘돼서 좋고…… 안 그렇습니까?"

인터뷰 끝에 담당 기자가 정색하며 물었다. 아마도 기자 본인이 가장 궁금한 내용인 듯했다.

"많은 부를 소유한다는 것은 어떤 의미입니까?"

김희수는 인터뷰에 답한다기보다는 젊은 기자를 향해 말했다.

"부자가 된다고 다 좋은 것은 아닙니다. 윤리관 없는 금전은 사실 아무 쓸 데가 없는 것이지요. 부자가 되기 전에 먼저 올바른 윤리관이 확립되어 있어야 합니다."

이것은 진심이었고, 확고부동한 그의 철학이었다. 그는 나라 잃은 설움을 안고 배움의 끈을 놓지 않기 위해 열세 살 어린 나이에 현해탄을 건넌 이래 일본에서 반드시 성공하여 일본 사람들로부터 존경받는 인물이 되고 싶었다. 그러기 위해서는 첫째, 기술을 배우고 기업을 일으켜 튼튼한 경제적 기반을 다져야 했다. 둘째, 언제나 자신이 한국인이라는 사실을 잊지 않고 한국인으로서 긍지를 지닌 채 살아야 했다. 셋째, 사업을 하는 동안 어떤 어려움이 닥치더라도 합리적이고 윤리적인 경영의 정도에서 벗어나지 않아야 했다. 그가 많은 부를 소유한 사람이었다면 그 결과는 이런 과정에서 자연스레 얻어진 것이다.

한국 속담에 "개처럼 벌어서 정승처럼 쓰라"는 말이 있다. 김희수는 이 말이 대단히 잘못되었다고 생각했다. 이는 윤리관이 전혀 없는 배금주의 사상일 뿐이라는 것이다. '개처럼 벌어서'라는 말에는 부자만 될 수 있다면 어떤 수단과 방법을 가리지 않고 돈을 벌어도 괜찮다는 의미가 담겨 있는 셈이다. 돈을 버는 과정은 반드시 청렴하고 윤리적이어야 하며, 땀 흘려 정당하게 번 돈만이 이 사회에 순기능을 하는 촉매가 된다는 것이 김희수의 생각이었다.

'정승처럼 쓰라'는 말에도 잘못된 부분이 있었다. 일단 자신이 번 돈은 다 자기 것이므로 어떻게 써도 무방하다는 의미가 담긴 데다가 마치 적선하듯 돈 없는 사람들을 내려다보며 베풀어준다는 권위적인 생각이 내포된 것이다. 돈은 벌기도 어렵지만 잘 쓰기는 더 어렵다고 했다. 김희수는 겸손하고 조용하게 나누는 돈만이 사람들을 감동하게 하는 따뜻한 기운이 된다고 믿었다.

그가 일본의 한 은행 간부와 만난 자리에서 이런 이야기가 오간 적이 있다.

"누구나 다 성공하기를 원하는데, 왜 성공한 사람은 늘 소수일까요?"

"성공이 그만큼 어렵기 때문이기도 하고, 또 성공에 대한 기준도 제각각 다르기 때문이겠지요."

"요즘은 부자가 되는 걸 다들 성공이라고 여기는 분위기 아닙니까?"

"글쎄요. 저는 사람이란 누구나 주변 사람들로부터 존재가치가 있는 인물로 인정되기를 바라지 않을까 생각합니다. 이웃과 사회로부터 자기 존재를 충분히 가치 있게 평가받거나 인정받는 사람이라면 그 위치가 어디든, 무엇을 하든 그는 성공한 사람일 겁니다."

그는 한 사람의 인생에서 성공이란 그가 이룬 업적이나 그가 가진 소유의 정도에 의해 판가름나는 게 아니라 그가 평생 쌓아온 내면의 품격과 그의 존재가치를 인정하는 주변 사람들의 평에 의해 가늠되는 거라고 생각했다.

중앙대학교 이사장 시절, 신규 직원을 채용할 때나 신임 교수를 면접할 때마다 빠뜨리지 않고 던진 질문이 있다.

"삼강오륜이 뭔지 아시오?"

외국 대학에서 그 어려운 박사 학위를 받고, 최첨단 학문 분야에서 선두를 달린다는 쟁쟁한 실력자들도 이 질문 앞에서는 다들 땀을 뻘뻘 흘렸다. 머릿속에 아무리 다양한 지식과 위대한 사상을 가득 담고 있다 해도 가슴속에 윤리와 도덕이 없으면 그 학문과 지식이 우리 이웃과 사회, 국가에 무슨 이바지를 할 수 있겠는가? 그들에게 이런 한결같은 질문을 던진 것은 김희수가 고리타분한 옛날 사람이어서가 아니라 바로 이것을 알려주기 위함이었다. 지금 한국 사회는 여러 분야에서 많은 병폐를 안고 있다. 그 가운데 가장 근본적인 문제는 철저한 윤리와 도덕으로 무장되지 못했다는 것이다. 모든 사람이 수단과 방법을 가리지 않고 일류 대학을 가기 위해, 부자가 되기 위해, 성공하기 위해 앞만 보고 질주한다면 그 사회와 공동체에는 희망이 없다. 공부도, 사업도,

성공도 이웃과 더불어 자기가 속한 사회 속에서 윤리와 도덕이라는 기준을 가지고 이뤄나가야 한다.

김희수는 교육을 통해 젊은 세대들이 윤리와 도덕으로 무장한 바른 지식인이 되기를 진심으로 바랐던 사람이다. 그가 환갑이 넘은 나이에 편안한 삶을 마다하고 조국의 교육에 투신한 것은 바로 이 때문이었다. 사회에 대한 기여나 국가에 대한 충성, 인류에 대한 봉사는 다 여기서 자연스럽게 잉태되는 거라고 굳게 믿은 것이다.

예술을 사랑하는
아내와 자식들

김희수에게는 세 자녀가 있다. 큰딸 이름은 양삼(洋三), 작은딸은 양주(洋珠), 그리고 막내이자 아들은 양호(洋浩)인데, 모두 돌아가신 그들의 할아버지가 지어준 이름이다.

양삼 씨는 가쿠슈인대학(學習院大學)에서 금속공예를 전공했으며, 목공예가인 남편과 결혼한 후 활발하게 작품 활동을 하는 예술가다.

양주 씨도 언니와 같은 대학에서 서양미술사를 전공했는데, 이공계 대학을 나와 소니에서 엔지니어로 근무하는 남편과 함께 살고 있다. 둘째 양주 씨가 부모님 집 근처에 살면서 자주 집에 들러 어머니의 말벗이 되곤 했으며, 모녀가 같이 취미 활동을 할 정도로 정겨운 사이다. 김희수는 가끔 집에서 두 사람의 대화를 들고 있으면 아내에겐 남편도 필요하지만, 딸도 꼭 필요한 존재라는 생각을 하게 된다고 했다.

아들 양호 씨는 게이오대학(慶應大學) 경제학과를 졸업하고 공인회계사가 되어 일본 굴지의 회계법인회사에서 일하고 있다. 아버지가 돌아가신 후에는 인재양성에 힘쓴 선친의 뜻을 이어가기 위해 수림재단 이사장 일을 함께 맡고 있다.

양호 씨는 원래 플루트를 좋아해서 음악대학에 가려고 했으나 아버지의 권유를 받아들여 경제학을 전공하게 되었다. 하지만 학교에 다니는 동안 학생들로 구성된 오케스트라에 들어가 음악 활동을 열심히 하기도 했다. 이때 음악 동아리에서 피아노를 담당하던 한 여학생을 만나게 되었는데, 지금의 아내가 바로 그때 그 여학생이라고 한다. 학교 공부도 버거웠을 텐데 그토록 열정적으로 오케스트라 활동을 한 걸 보면 그도 자신의 아버지처럼 집념이 대단한 사람이라는 생각이 든다.

그러고 보면 그들은 예술 가족인 셈이다. 그의 아내 이재림도 미술이나 음악 감상을 누구보다 좋아한다. 그리고 패치워크(patchwork, 수예에서 크고 작은 헝겊 조각을 쪽모이하는 기법 또는 작품을 가리킴)에 관한 한 배우는 단계가 아니라 가르치는 수준이어서 전시회를 몇 번 열기도 했다. 그 일 역시 예술적 감성과 열정이 없으면 하기 힘든 일이다.

김희수는 시간이 날 때마다 아내와 함께 미술전시회를 보러 가거나 음악회에 참석하곤 했다. 공예전시회에 갈 때면 큰딸이, 미술전시회에 갈 때면 작은딸이, 그리고 음악회에 갈 때면 아들이 함께 가주면 설명도 들을 수 있어 더욱 좋았다고 한다. 부부 동반으로 해외 출장을 갈 때는 반드시 현지 미술관이나 박물관을 견학하고, 좋은 음악회를 찾아다니기도 했다.

김희수 자신 또한 예술 분야에 관심이 많은 사람이어서 기회가 되는 대로 몇몇 미술 작품을 구해 소장하기도 했다. 생전에 이방자 여사가 복지사업 기금을 마련하기 위해 자선 전시회에 내놓았던 손수 제작한 도자기 두 점을 구매하여 소중히 간직했다.

이방자 여사는 일본 국왕 메이지의 조카인 나시모토노미야 모리마사 친왕의 딸로서 대한제국의 마지막 황태자 영친왕(英親王) 이은(李垠)과 정략적으로 약혼하여 황태자비가 된 분이다. 1945년 광복으로 일본 왕족에서 제외되어 재산을 몰수당하는 등 불행을 겪으면서도 1962년 한국 국적을 취득한 후 '내 조국도, 내가 묻힐 곳도 한국'이라는 신념을 가지고 사회사업에 전념했다. 그분의 도자기는 단정하고 기품 있는 모양의 백자 화병이라고 한다.

서양화와 한국화 몇 점도 소장하고 있었는데, 그중에서 원제(元齊) 정해준 화백의 〈설중홍(雪中鴻)〉이라는 작품은 김희수가 늘 가까이에 두고 보던 명작이다. 눈밭의 큰 기러기를 그린 그림인데, 그림 가운데 '부귀공명설외사 설중독립사무사(富貴功名雪外事 雪中獨立思無邪)'라는 화제(畵題)가 적혀 있다. 이 글귀는 "모든 부귀와 공명은 눈 쌓인 경치의 바깥에 있고, 나는 그 눈 속에 홀로

서서 사악한 것은 생각하지 않네"라는 뜻이다.

비록 어지러운 세상에 살게 되었다 해서 나까지 사악한 것을 생각하면 안 된다는 것, 즉 "마음을 바르게 하여 어그러짐이 없는 생각을 해야 한다"는 말로 《논어》의 '위정편(爲政篇)'에 나오는 글이다. 김희수는 이 그림 속 풍경이나 글귀가 지나온 자신의 삶과 비교되면서 절실히 가슴에 와 닿아서인지 특히나 이 그림을 즐겨 감상했다고 한다. 아울러 문화예술인들의 모임에 나가 이야기할 일이 있으면 이 글귀를 종종 인용하곤 했다.

또한, 그는 우리 전통음악에 많은 애정을 품고 있었다. 늘 바다 건너에서 조국을 그리워하며 살아서 그런지도 모른다. 국악 연주를 듣고 있으면 다른 어떤 음악에서도 느낄 수 없는 같은 민족으로서의 깊은 정서적 울림을 감지할 수 있었다. 그리고 우리 전통음악 속에는 서양음악이나 현대음악이 줄 수 없는 한 많은 지난 세월에 대한 잔잔한 위로가 흘러넘친다고 했다. 그가 국악에 심취한 이유는 바로 이런 데 있었다.

그의 아내 역시 오래전부터 가야금을 배웠다. 가야금의 명인으로 잘 알려진 성금연 씨의 딸인 지성자 씨의 연주회가 동경에서 열린 적이 있었다. 그와 함께 연주회에 참석한 아내는 가야금의 매력에 푹 빠져들었다. 이후 그의 아내는 서울대 음대를 졸업하고 동경에서 활동하던 임치미 씨에게 가야금을 배우기 시작해 꽤 높은 기량을 터득하게 되었다고 한다. 집에서 한적한 시간에 아내가 들려주는 가야금 연주를 듣고 있으면 모든 시름이나 걱정이 햇살 앞의 봄눈처럼 녹아내리는 것만 같았다고 한다.

1991년 중앙국악관현악단이 미국 순회공연을 할 때는 아내와 함께 연주회에 참석했으며, 같은 해에 일본 쓰루가(敦賀)에서 열린 남북한 합동국악연주회에도 역시 부부 동반으로 참석했다. 이어 1992년 일본 가고시마(鹿兒島)에서 열린 중앙국악관현악단 연주회에는 모처럼 그의 온 가족이 시간을 내서 다 함께 관람한 일이 있었다. 그는 우리 문화와 예술을 발전시키고 이해의 폭을 넓히는 일에 돈을 쓰는 것은 하나도 아까워하지 않았다.

김희수의 집에는 그가 오랜 세월 정성을 다해 만들어온 여러 권의 스크랩북이 있었다. 젊었을 때부터 신문이나 잡지, 사보 등에 실린 우리나라의 역사와 문화, 전통과 예술에 관한 기사나 자료들을 정리해놓은 것이었다. 《삼국사기》나 '석굴암' 등에 관한 해설 기사에서부터 민속, 풍물, 전통놀이, 우리 악기와 국악에 대한 해설 기사에 이르기까지 내용은 매우 다양했다.

그는 지면으로 이런 자료를 접하면 그냥 버리기가 아까워 오려두고 보면서 자기 나름대로 지식과 교양을 넓혀나갔다. 이런 과정을 오래 거치다 보니 문화나 예술에 대한 이해는 단지 머리에만 머무는 것이 아니라 가슴을 거쳐 손발을 통할 때 비로소 더욱 깊이 있는 단계로 들어갈 수 있다는 사실을 깨닫게 되었다고 한다.

남의 밥을 먹어봐야
세상을 안다

———

대개 사람들은 부모가 부자이면 자식들도 부자라고 생각한다. 부모가 살아있을 때는 부를 함께 누리다가 부모가 세상을 떠나면 그 소유를 자식들이 다 물려받으니 부모의 재산은 곧 자식들의 몫이나 마찬가지라는 계산이다. 특히나 한국 사람들에게는 이런 생각이 너무나 자연스럽게 고정관념으로 자리 잡고 있다. 그래서 부모가 부자인 집안치고 나중에 자식들끼리 부모의 재산을 놓고 서로 더 갖겠다고 분쟁이나 소송을 벌이지 않는 집안이 드물다.

이렇게 되면 부모가 부자인 아이들은 별다른 노력 없이도 쉽게 부를 손에 넣을 수 있고, 반대로 부모가 가난한 집 아이들은 죽어라 노력해도 먹고살기가 쉽지 않은 세상이 되고 만다. 부자는 갈

수록 더 부자가 되고 가난한 사람은 갈수록 더 가난해지는 현상이
나 부자는 대물림하여 부를 이어가고 가난한 사람은 계속 가난을
대물림하며 이어가는 구조가 모두 이런 인식에서 출발하는 게 아
닐까.

김희수의 조부모님과 부모님은 그에게 단 한 푼의 재산도 물
려주신 게 없다. 그렇지만 그는 일본에 있는 한국인 사업가를 대
표할 정도로 큰 기업을 일궜다. 조부모님과 부모님께서는 그에
게 배움의 길을 열어주셨다. 그에게 돈을 물려주는 대신 돈을 벌
고, 관리하고, 사용하는 법을 가르쳐주셨다. 자식에게 눈에 보이
는 물질 대신 눈에 보이지 않는 가치와 정신, 지혜를 남겨주셨
다. 이것은 돈보다 훨씬 더 크고 오래가는 진정한 재산이라고 할
수 있다.

김희수의 자녀들은 부자인 아버지 덕분에 아버지처럼 뼈에 사
무치는 고생을 하며 살지 않아도 됐다. 닥치는 대로 일해서 학비
가 마련되면 학교에 다니고, 돈이 없으면 휴학을 하느라 3년만
다니면 되는 학교를 4~5년씩 다니고, 20대 중반 이전에 끝마칠
학업을 30대가 다 돼서야 끝마치는 일은 당하지 않아도 됐다. 또
한 주린 배를 채우느라 진달래꽃을 따먹고, 쓰디쓴 소나무 껍질
을 씹으며 눈물 흘리는 일은 경험하지 않아도 됐다.

한창 유치원에서 뛰놀거나 초등학교에 다닐 만한 어린 시절에
먹고살 길을 찾아 머나먼 이국으로 떠나버린 아버지 어머니가 그
리워 틈만 나면 마을 언덕에 올라 먼바다를 바라보며 하염없이

눈물짓던 그런 체험을 할 필요도 없었다. 김희수와 그의 아내는 세 자녀를 정성껏 사랑으로 돌보며 키웠다. 공부는 본인들이 했지만 아무 걱정 없이 학교에 다닐 수 있게끔 뒷바라지했다. 김희수는 평소 "부모로서 자식들에게 해줄 몫은 바로 여기까지"라는 말을 자주 했다.

그는 할아버지와 아버지에게서 배운 대로 자기 자식들을 가르치려고 노력했다. 물론 시대가 다르고 살아온 환경이 다르니 같은 말이라도 받아들여지는 게 다를 수 있겠지만, 할 수 있는 대로 본인이 물려받은 정신적 유산을 고스란히 자식들에게 돌려주고 싶었다.

첫째, 자녀들에게 끝없이 공부하는 사람이 되라고 가르쳤다. 수림재단의 장학생 중에는 정말 어려운 여건임에도 모든 시련을 이겨내고 공부에 매진하는 학생들이 많이 있다. 그런데 여건이 충분히 갖추어져 있는데도 공부를 하지 않는다면 말이 되지 않는 이야기다. 다행스럽게도 그의 자녀들은 다 공부를 열심히, 잘했다. 부모가 그래서인지 손자 손녀들도 공부를 잘한다. 그는 언제나 그들에게 공부는 평생 하는 거라고 일러주었다.

둘째, 자녀들에게 부지런히 노력하는 사람이 되라고 가르쳤다. 수재(秀才)는 학문에 의해 형성되지만, 인재(人才)는 고생과 노력에 의하지 않고는 형성되지 못하는 법이다. 부귀의 원천은 금은보화가 아니라 부지런히 일하는 것이다. 그는 자본과 자원이 없어도 근면과 성실로 얼마든지 부귀를 만들어낼 수 있다고 믿었다. 운명에 순응하는 삶을 살기보다는 운명을 개척하는 삶을 살아야 한다는 것이다. 하늘은 게으른 사람에게 그 어떠한 보상도 내려주지 않는다는 게 그의 신념이었다.

셋째, 자녀들에게 절대 다른 사람에게 신세를 지거나 손해를 끼치며 살아서는 안 된다고 가르쳤다. 사람들에게 존경받는 삶을 살기 위해서는 베풀고 돌보고 나누며 살아야 하는데, 오히려 신세 지고 손해를 끼치며 산다면 그 인생이 어떻게 되겠는가. 비록 남에게 속거나 피해를 보더라도 자신은 결코 남을 속이거나 못할 짓을 하지 않는다면 비로소 그 삶은 가치 있게 빛날 거라고 말했다. 이런 자세로만 산다면 정직과 신용은 저절로 자신을 따라다니게 된다는 것이다.

"우리 아이들은 손에 물 한 방울 묻히지 않고 곱게 키웠습니다."

이렇게 자식 자랑을 하는 부모들이 있다. 김희수의 인생 철학에 따르면 이는 정말 부끄러운 일이다. 그런 아이들이 자라서 뭐가 될 것인가. 정말 자식을 사랑한다면 일부러라도 고생을 시켜가며 키워야 한다. 김희수의 아내는 두 딸이 결혼하기 전에 장 봐서 밥을 하고, 반찬을 만들고, 빨래하는 일을 돌아가며 골고루 시켰다고 한다. 아이들도 불평하지 않고 어머니를 도와 부엌일이며 집안일을 거들었다는 것이다. 김희수 자신도 시간이 나는 대로 집 안 청소도 하고 설거지도 했다. 이것은 그에게 지극히 당연하고 자연스러운 일이었다.

그는 생전에 자식들이 자신의 가르침을 잘 이해하고 따라줘서 사치하거나 낭비하는 일 없이 열심히 맡은 바에 충실하게 살아가는 모습을 보면 늘 대견하고 뿌듯하다고 말했다.

언제부턴가 점점 나이가 들어가면서 그는 사람들로부터 이런 질문을 자주 받는다고 했다.

"회사는 아들에게 물려주실 건가요? 당연히 그렇겠지요?"

예전에 중앙대학교 이사장으로 있을 때는 이렇게 묻곤 했다.

"재단 이사장 자리를 아드님에게 물려주실 생각이 있으신가요? 그렇다면 지금부터라도 서서히 훈련을 시키고, 이사진에도 참여할 기회를 주셔야 하는 게 아닙니까?"

그는 이런 질문을 받을 때마다 아무리 부모와 자식 사이라 해도 사람마다 타고난 개성이 다르고 관심사가 다른데 다른 것도 아니고 학교나 사업과 관련된 일을 어떻게 억지로 할 수 있겠느냐며 그 아이들은 그 아이들의 길을 가고, 나는 내 길을 갈 뿐이라고 말하곤 했다. 자녀들 인생은 자녀들 인생이고, 내 인생은 내 인생이라는 그의 간단명료한 대답은 참으로 김희수다운 대답이 아닐 수 없었다.

양호 씨가 대학을 졸업할 무렵의 일이었다. 회사 임원들은 당연히 아버지 회사에서 일을 배우도록 해야 한다고 말했다. 그때 김희수는 사람들에게 이렇게 대답했다고 한다.

"아닙니다. 내 아들이라고 해서 회사에 쉽게 들어와 일한다면 제대로 땀 흘려 일하는 의미를 알 수 없습니다. 그 아이도 처자식을 먹여살리기 위해 얼마나 힘들게 고생해야 돈을 벌 수 있는

지를 알아야 합니다. 남의 밥을 먹어봐야 비로소 세상을 아는 법
입니다. 알아서 잘할 겁니다. 다른 회사에 취직하게 그냥 놔두십
시오."

제5장

일본 땅을 팔아
한국 땅을 일구다

그는 일본에서의 경제적 성공을 바탕으로 조국의 교육 분야에 뛰어들어 인재를 육성하는 일에 남은 인생을 걸어야겠다는 결심을 하게 되었다. 조국의 인재를 길러내는 일이야말로 가슴에 담아둔 한을 풀 수 있는 유일한 길이었다.

평생 가슴에 담아둔
세 개의 한

김희수는 평생 세 개의 한을 가슴에 담아둔 채 살아왔다. 그것은 배우지 못한 한, 가난하게 살아온 한, 나라를 잃은 한이었다. 기회가 있을 때마다 그는 사람들에게 이 '한의 철학'을 이야기해왔다. 배우지 못해 나라를 빼앗긴 채 온갖 차별과 업신여김 속에 살아야 했고, 가난 때문에 늘 헐벗고 굶주리는 고통을 겪으며 살아야 했으며, 나라 잃은 백성으로 태어난 죄로 온 가족이 고향을 등지고 이국땅에서 조롱을 받으며 살아야 했다.

　그러나 그는 이런 한이 마음속의 한으로만 머물러서는 안 된다는 생각을 했다. 이것을 극복하고 넘어서서 언젠가는 현실 속에서 정당하게 한을 풀 날을 기대하며 살아왔다. 또한, 이 한풀이는 자기 개인에게만 국한된 것이 아니라 우리 민족 전체에 해당하는 것이라는 인식을 가지고 있었다. 이렇다 보니 본인의 작은 성공에 도취하거나 자만에 빠져 있을 수 없었다. 한을 풀 때까지는 아직도 가야 할 길이 너무 멀었기 때문이다.

그는 일본에 살면서 우리 민족이 아무리 개인적으로 훌륭한 자질을 갖추고 있다 해도 그 역량을 발휘할 수 있는 경제적·정치적·문화적 토대가 갖춰져 있지 않은 한 국제사회에서 절대 좋은 대우나 평가를 받을 수 없다는 사실을 뼈저리게 절감했다. 그래서 진정한 애국이란 입으로만 떠들어대는 것이 아니라 우리 민족이 가진 우수한 역량을 길러낼 수 있는 확고한 토대를 마련하는 것이라 믿게 되었다. 그것은 바로 교육이었다.

1980년대에 접어들면서 그는 일본에서의 경제적 성공을 바탕으로 조국의 교육 분야에 뛰어들어 인재를 육성하는 일에 남은 인생을 걸어야겠다는 결심을 하게 되었다. 스스로 내가 죽은 뒤 돈을 남길 것인가, 사람을 남길 것인가를 자문해봤을 때 대답은 당연히 사람을 남기는 것이었다. 조국의 인재를 길러내는 일이야말로 가슴에 담아둔 세 개의 한을 풀 수 있는 유일한 길이었다. 드디어 쓰지 않고 모으기만 했던 돈을 풀 때가 된 것이다.

하지만 무엇을 먼저 해야 할지 막막하기만 했다. 지속해서 관심을 기울임과 동시에 사람을 놓아 한국에 인수할 만한 교육기관이 있는지 알아보았다. 그러던 차에 1983년 11월경 한 인사에게서 연락이 왔다. 부산에 가면 금정산(金井山)이라는 800미터쯤 되는 산이 있는데, 이 산 아래에 금정고등학교를 세워달라는 것이었다. 모든 행정적 절차를 마치는 등 준비는 철저히 되어 있으나 자금이 부족하니 도와달라는 이야기였다.

하필 산 이름이나 학교 이름이 '금정'이라서 보통 인연이 아니라는 생각이 들었다. 게다가 부산은 고향 진동에서도 가까운 곳이라 은근히 마음이 끌렸다. 반가운 마음에 선뜻 뛰어들었지만 알고 보니 그 인사가 무리하게 일을 진행하는 바람에 처음 이야기와 달리 여러 가지로 준비가 미흡한 상태였다. 무엇보다 여건이 좋지 않았다. 다음을 기약하며 거기서 손을 떼야 했다. 그러나 이 일로 그가 교육에 관심이 있다는 소문이 차츰 퍼져나갔다.

1985년에 이르러 김희수는 인수할 만한 교육기관이 없다면 직접 학교를 설립하는 게 어떻겠냐는 주변의 권유에 따라 대학을 세울 계획을 추진했다. 그렇지만 당시 제5공화국 정부는 대학 신설을 억제하는 정책을 펴고 있어 한국에 대학을 설립하는 건 사실상 어려운 일이었다. 그러는 사이 경영 상태가 좋지 않거나 이런저런 학내 분규에 휘말려 있던 몇몇 사립학교에서 그에게 재단 인수 의사를 타진해오기도 했다.

한국에서의 학교 설립이나 인수 계획에 이렇다 할 진전이 없자 그는 일본에 먼저 학교를 세우기로 마음먹었다. 1985년부터 동경 시내에 수림외어전문학교 설립 준비를 시작한 것이다. 그는 앞으로 세계는 점점 더 가까워지고 긴밀해져서 국제화가 급속도로 진행되리라 내다봤다. 따라서 외국어를 능숙하게 구사할 줄 아는 인재들을 배출하는 대학을 세운다면 시대에 맞는 경쟁력을 갖춘 좋은 학교로 성장하리라 판단했다. 신경호 수림문화재단 상임이사는 당시 유학생 신분으로 학교 설립 준비위원을 맡아 김희수를 측근에서 보좌했으며, 지금은 수림외어전문학교 이사장 겸 교장으로 일하고 있다.

김희수는 이 학교를 통해 한국어를 배우고자 하는 일본 젊은이들에게 우리말을 체계적으로 가르칠 수 있으며, 나아가 일본에서 태어나 한국어를 구사할 줄 모르는 재일교포 2세나 3세 등에게도 모국어를 배울 기회를 제공할 수 있다는 생각을 했다. 아울러 한국의 젊은이들은 일본어를 배워 일본에 대해 더 잘 알게 되고, 일본의 젊은이들은 한국어를 배워 한국에 대해 더 잘 알게 된다면 이 학교가 한국과 일본 사이에 이해와 교류의 폭을 넓히는 가교 구실을 하게 될 수도 있으리라는 희망을 품게 되었다.

수림외어전문학교 설립 준비에 분주하던 1986년 여름 무렵, 일본에 있는 김희수의 집무실로 서울에서 한 대학 관계자가 찾아왔다.

"안녕하십니까? 저는 서울 동작구 흑석동에 있는 중앙대학교 재단 이사장 임철순이라고 합니다."

"네, 안녕하십니까? 그런데 어쩐 일로 저를 찾아오셨습니까?"

"사장님께서 한국의 교육 사업에 많은 관심을 두고 계시다는 소문을 듣고 의논드릴 게 있어 이렇게 불쑥 찾아뵙게 되었습니다."

"무엇을 의논하시려고 합니까?"

"지금 중앙대학교에 부채가 많아서 경영이 상당히 어렵습니다. 그래서 사장님께서 학교 재단을 인수하실 의향이 있으신지 의논을 드리고 싶습니다."

임철순 이사장은 중앙대학교 설립자인 고 임영신 여사의 조카로 현역 국회의원이자 집권당 정책위원회 의장을 겸하고 있었는데, 당시 중앙대학교 재단이 막대한 부채 때문에 부도 위기에 놓이게 되자 이를 해결하기 위해 그를 만나러 온 것이다. 요지는 학교가 진 빚을 다 갚아주는 조건으로 김희수에게 학교 재단을 인수해 달라는 것이었다.

그런데 문제는 임철순 이사장이 내건 또 다른 조건이었다. 김희수가 부채 문제를 해결하고 재단을 인수하게 되면 중앙대학교 전체 재단을 맡는 게 아니라 서울캠퍼스 재단만 맡고, 안성캠퍼스 재단은 계속 본인이 이사장을 맡겠다는 것이었다. 김희수는 이건 좀 말이 안 되는 이야기라고 생각했다. 같은 이름을 가진 한 학교의 두 캠퍼스를 각각 다른 재단이 운영한다는 건 있을 수 없는 일이었다. 김희수는 그 자리에서 이 제안을 정중히 거절했다.

그 후 김희수는 이 일을 까마득히 잊은 채 계속해서 수림외어전문학교를 설립하는 일에만 관심을 집중했다. 1985년 가을부터 시작된 학교 설계와 건축공사가 2년 만인 1987년 가을에 마무리되었다. 그리고 1988년 1월 마침내 수림외어전문학교는 학교법인 금정학원의 2년제 대학으로 설립인가를 받아 한국어, 일본어, 영어, 중국어를 가르치는 4개 학과를 개설하고, 최신식 설비를 갖춘 신축 교사에서 첫 입학생 320명을 뽑아 개교했다.

그때만 해도 중국은 서방세계와 교류가 거의 없던 냉전 시대의 상대 진영이었다. 그러나 그는 중국의 인구가 세계 인구의 25퍼센트 가량을 차지한다는 점에서 중국어는 국제화 시대를 대비하는 주요 외국어라고 판단했다. 머지않아 개방만 이뤄진다면 일본은 물론 한국에서도 중국어를 할 줄 아는 인재들의 수요가 폭발적으로 증가하리라 예상한 것이다.

수림외어전문학교가 개교하던 날 김희수는 실로 벅찬 감격에 휩싸였다. '배워야 산다'는 각오 하나만 가지고 일본에 건너와 모진 시련 끝에 이룩한 성공을 바탕으로 드디어 일본의 수도 동경 한복판에 자신과 아내의 이름을 딴 학교를 세웠기 때문이다. 입학식장에 앉아 있는 동안 김희수의 눈앞에는 돌아가신 할아버지와 아버지 모습이 자꾸만 아른거렸다.

부도 직전의
중앙대학교를 인수하다

———

수림외어전문학교를 설립하는 일에 전념하면서도 김희수는 어떻게 하면 한국에 학교를 세워 본격적으로 인재양성에 매진할 수 있을까를 모색했다. 그러면서 제대로 된 인재를 길러내기 위해서는 고등학교보다 대학교를 인수하는 게 낫겠다는 생각을 굳히게 되었다. 한국에서 고등학교는 대학 입시를 위한 과정으로만 여겨지고 있었기 때문이다. 최고학부를 통해서만 그가 꿈꾸는 진정한 교육의 목표를 이룰 수 있겠다고 생각했다.

사실 설립자가 있는 대학을 인수한다는 건 많은 위험 부담을 떠안는 일이었다. 자기 나름의 교육철학과 뜻을 가지고 대학을 설립한 사람이 스스로 운영을 포기할 정도라면 그 학교의 재정은 보나 마나 심각한 상태일 것이기 때문이다. 그런 학교를 정상화할 수 있을 정도의 자금이라면 웬만한 대학을 새로 설립하는 데 필요한 자금과 맞먹을지도 모른다. 게다가 그런 대학에 남아 있는 잘못된 관행과 질서를 바꾸는 건 좀처럼 쉽지 않은 일일 것이다.

그럼에도 김희수는 기존에 있는 대학 중 한 곳을 인수하기로 했다. 경영 상태가 부실해서 위태로운 대학이 있는데도 이를 모른 체하고 새로운 대학을 설립한다면 국가적으로나 우리 민족 전체로 봐서도 대단한 낭비라고 생각했다. 또한, 자신이 한국에서 대학을 운영하겠다는 것은 순수하게 조국의 인재를 양성하자는 차원일 뿐이지 명예를 얻거나, 재산을 늘리거나, 어떤 파벌을 세우기 위함이 아니었기 때문이다.

그는 대학을 인수한 이후를 대비해서 한국에 사업체를 따로 두기로 했다. 학교 재단의 재정적 뒷받침은 물론 금정그룹과의 연계를 위해서도 이런 작업이 필요했다. 1986년 5월 서울에 있는 일양상호신용금고를 인수하여 한국에 있던 고모의 아들, 즉 고종사촌인 조병완 사장에게 회사 경영을 맡겼다. 그는 국회에서 사무차장으로 일하다가 은퇴한 후 김희수가 한국에서 사업체를 운영하고 대학을 인수할 즈음 실무적으로 많은 도움을 주었다.

그즈음 또다시 정부 관계자로부터 지금 중앙대학교가 매우 위험하니 인수를 검토해보지 않겠느냐는 제의를 받았다. 그러고 나서 얼마 되지 않아 대주상호신용금고 변칙예탁금 및 고소사건이 터지고 말았다. 이 사건은 전형적인 사학재단의 비리 사건으로 임철순 이사장이 정치자금으로 사용했으리라 의심되는 36억 원의 변칙예탁금의 출처와 사용처, 그리고 비자금을 마련하기 위해 저지른 부정입학설 등에 관해 수많은 의혹을 불러일으켰다. 이에 각 은행에서 임철순 이사장이 발행한 어음들을 부도 처리하면서 713억 원의 학교 부채가 고스란히 드러났다. 사건이 커지자 임철순 이사장은 책임을 지고 모든 공직에서 사퇴했다. 김희수는 이러한 소식을 접하고는 중앙대학교 재단을 인수하기로 전격 결정했다. 그가 부도 위기에 직면한 중앙대학교 재단을 인수하기로 한 이유는 세 가지였다.

첫째, 70년 이상의 유수한 역사를 가진 한국의 유명 종합대학이 부도가 나서 문을 닫는다면 이는 국가적으로 너무나 큰 손실이 아닐 수 없었기 때문이다. 대학을 세워 70년 동안 유지하고 성장시킨다는 건 보통 어려운 일이 아니다. 비록 전임 재단이 경영을 잘못해서 엄청난 부채를 짊어지고 있기는 했지만, 어쨌든 중앙대학교라는 학교 공동체는 사회와 국가가 모두 끌어안아야 할 소중한 우리의 자산이라고 생각했다.

둘째, 자신보다 더 훌륭한 사람이나 좋은 기업이 중앙대학교를 인수한다고 했다면 그는 당연히 그쪽에 양보하고 학교 인수를 포기했을 것이다. 그러나 당시 국내의 그 어떤 기업이나 사업가, 교육자도 중앙대학교를 인수하려 하지 않았다. 군사정권 시절의 어수선한 정국 속에서 각종 시위가 끊이지 않고 일어나던 대학을 누가 그 많은 돈을 들여 인수하려 했겠는가. 아무도 나서지 않았기에 그가 나설 수밖에 없었다.

셋째, 그 시기는 어렵사리 유치한 서울 올림픽 경기대회를 불과 1년 정도 남겨둔 시점으로 세계의 이목이 한국에 집중되어 있었다. 이런 때에 그렇지 않아도 연일 계속되는 시위 때문에 한국에 대한 이미지가 좋지 않은데, 거기다가 재단의 부정으로 인한 부도가 현실화된다면 나라 꼴이 뭐가 되겠는가. 외국인에게, 특히 일본 사람들에게 그런 모습을 보이고 싶지 않았다. 아직 한국에는 고고한 선비 정신이 살아있다는 걸 보여주고 싶었다.

실제로 그가 학교를 방문해서 이곳저곳을 둘러보니 말이 아니었다. 문이 부서졌는데도 그대로 놔두고, 강의실 유리창도 깨진 채로 방치되어 바람이 강의실까지 불어 들어왔다. 학교에 워낙 돈이 없어 10년 동안 페인트칠 한 번 한 일이 없었다고 했다.

무엇보다 학생들이나 직원들, 교수들의 의기소침한 모습, 뭔가 패배주의에 찌든 것 같은 암울한 표정이 더 큰 문제였다. 학교가 오랫동안 침체해 있었던 데다가 전 재단 이사장이 학생들 등록금을 정치자금으로 사용하는 등 비리를 저질러 학교가 쓰러지기 일보 직전이었으니 전체적인 학내 분위기가 침통한 건 어쩔 수 없는 일이었다.

중앙대학교가 안고 있던 부채는 안성캠퍼스 기숙사 및 도서관 공사비를 포함하여 모두 713억 원에 달했다. 당시 중앙대학교 1년 예산이 약 200억 원 규모였다. 그러니까 이 정도 부채라면 교수, 직원, 학생 등 중앙대학교 전 구성원이 월급도 받지 않고 돈한 푼 쓰지 않으며 꼬박 4년을 모아야만 갚을 수 있는 어마어마한 돈이었다.

일단 빚부터 갚아야 했다. 그 많은 현금이 있을 리 만무하니 일본에 있는 땅과 빌딩들을 담보로 대출을 받아 돈을 들여왔다. 그런 다음 엔화를 우리 돈으로 환전해서 전임 이사장이 발행한 어음을 전부 회수해 현금으로 변제해주었다. 정확하게 확인하고 대조해서 정말 학교 일로 재단에서 발행한 진성어음인지 아니면 개인적으로 임시변통을 위해 발행한 융통어음인지 구분하지 않고 회수된 어음은 전부 학교 부채라 생각하고 변제했다.

김희수는 그 시절 한국의 사회적 풍토나 분위기, 대학 사회의 현실 등에 대해 잘 알지 못했다. 그저 일본에서 하듯이 정직과 신용으로 대처하면 모든 일이 잘 해결되리라 믿었다. 더구나 대학은 진리를 탐구하는 이 시대 최고 지성인들의 요람인데, 그런 곳에서 거짓과 술수가 통하리라고는 상상조차 하지 못했다. 전 재단 관계자들과 학교 직원들, 그리고 교수들의 말을 전적으로 믿을 수밖에 없었다.

그런데 나중에 알고 보니 그걸 악용해서 쓰지도 않은 돈을 가짜 어음으로 만들어 학교에 찾아와 현금으로 받아가는 사례가 많았다고 한다. 기업이 파산 신청을 하거나 부도가 나면 법원의 판결을 받아 진성어음을 구분해서 순차적으로 결제를 해주는 게 상식이었지만 당시는 이런 기준을 가지고 일을 처리한 게 아니었다. 심지어 전 재단에서 학교와는 전혀 무관하게 개인적으로 끌어다 쓴 사채까지도 전부 갚아주었다.

우여곡절 끝에 막대한 학교 부채를 다 청산한 후 1987년 9월 12일 김희수는 학교법인 중앙문화학원 이사장으로 취임했다. 참으로 감개무량한 일이었다. 진동공립보통학교를 졸업하고 고향을 떠난 지 50여 년 만에 조국으로 다시 돌아와 명문대학의 재단 이사장이 되었다는 사실, 그리고 꿈에도 그리던 조국 땅에서 독립된 대한민국의 자손들로 태어난 젊은이들을 교육하는 일에 자신이 앞장서게 되었다는 사실에 가슴이 벅차올랐다.

중앙대학교의 교육이념은 '의에 죽고 참에 살자'는 것이었다. 의롭고 참되게 살자는 것이니 김희수의 인생관이나 교육철학과도 잘 맞았다. 그는 전 재산을 털어서라도 중앙대학교를 반드시 한국 최고의 사립대학, 나아가 세계에 자랑할 만한 유수한 대학으로 성장시키겠다고 결심했다. 일본의 대학들처럼 각 분야에서 노벨상을 받을 수 있는 인재들을 배출하여 일본 사람들도 부러워할 만한 그런 대학을 만들겠다는 원대한 계획을 가슴속에 품고 있었다.

오직 조국의 인재양성에 대한
부푼 꿈 하나로

김희수가 부도 직전의 중앙대학교 재단을 전격 인수하며 이사장에 취임하자 사람들은 대체 그가 어떤 사람인지 궁금해했다. 그때까지 그는 일본에서는 꽤 알려져 있었지만, 한국에서는 그야말로 무명의 존재였다. 온 가족이 다 일본으로 건너간 이래 한국에는 이렇다 할 연고나 지인들이 없었기 때문이다. 중앙대학교 재단 문제로 연일 지면을 장식하던 신문사 등 언론사로부터 때와 장소를 가리지 않고 인터뷰 요청이 쇄도했다.

'재산 6,000억 원 재일동포 재벌, 한 해 임대수입만 1조 원대'
'맨손으로 거부 된 일본 부동산업계 큰손, 빚 713억 떠안고 중앙대 인수한 교포재벌 김희수 씨'

'중앙대 인수한 재일동포 김희수 씨, 찾아간 동생에게 전차표 한 장 선물. 종이 한 장도 아껴 써라가 평소 신조. 98억 원짜리 빌딩 2시간 만에 거래'

'칼국수로 점심 때우는 1조 5,000억 원의 부동산 재벌, 중앙대 인수한 재일동포 김희수 씨'

'10년 안에 국내 최고 대학 만들겠다는 김희수 신임 중앙문화학원 이사장'

'중앙대 인수한 김희수의 육영의 꿈'

'일본에서 만난 중앙대 새 이사장 김희수 이재림 부부, 돈 번 자의 허영으로 육영사업 손댄 건 아닙니다'

그의 이사장 취임을 전후해서 각종 언론에 게재된 기사의 제목들이다. 원래 언론 인터뷰 같은 걸 싫어하던 김희수는 마지못해 몇몇 언론에만 인터뷰에 응했는데, 그걸 토대로 다른 여러 매체에서 추측성 기사와 과장된 기사를 쓰기 시작했다. 그러다 보니 사실과 다르게 완전히 엉뚱한 내용이 보도되기도 했고, 앞뒤 내용이 모순되는 이상한 기사가 게재되기도 했다. 그들로서는 보도하긴 해야겠는데, 인터뷰를 할 수 없으니 애가 탔을 것이다.

이들 기사를 보면 대부분 그를 좀 엉뚱한 사람, 이해할 수 없는 사람, 상식적이지 않은 사람쯤으로 보고 있는 듯하다. 내로라하는 국내 굴지의 기업들도 모두 나 몰라라 하는 판에 생전 듣도 보도 못한 재일교포 한 사람이 나타나 천문학적인 액수의 돈을 선뜻 내놓으며 학교를 인수하겠다고 하니 그렇게 보인 모양이다. 그들 눈에는 그가 세상 물정을 전혀 모르는 순진한 사람이거나 아니면 돈이 너무 많아 쓸 데가 없는 벼락부자로 보였을 수도 있다.

'재일동포 한국에서 처음으로 대학 경영에, 동경의 김희수 선생 중앙대 이사장에 취임, 문교부가 정식으로 허가, 부채 등 120수억 엔을 짊어지고'
'한국에서 인재를 육성하겠다'
'한국의 중앙대학 재일동포 경영에, 동경의 김희수 씨, 713억 원에 인수'

김희수에 관한 소식이 화제가 되기는 일본에서도 마찬가지였다. 비슷한 시기에 일본 언론에서는 그에 관한 기사를 앞다투어 다뤘다. 특히나 재일동포 사회에서는 단연 뉴스의 초점이었다. 재일동포가 경영하는 몇몇 회사가 일본에서도 굴지의 기업으로 성장한 사례는 심심치 않게 있었지만, 그 재력을 바탕으로 조국의 교육을 위해 뛰어든 기업은 없었기 때문이다. 그를 아는 많은 재일교포는 이 일로 인해 자신의 뿌리와 조국에 대해 다시 한 번 생각해볼 기회가 되었다며 김희수 본인보다 더 기뻐하고 뿌듯해했다.

워낙 말도 많고 탈도 많던 시절이다 보니 그에 대해 무슨 이야기들이 어떻게 세간에 오르내렸는지는 일일이 다 알 수 없지만, 이사장으로 취임한 다음 해에 한 잡지사와 가진 인터뷰에서 김희수는 자신의 속내를 편안하고 솔직하게 고백한 바 있다.

중앙대학교를 인수하게 된 동기와 육영사업에 대한 이사장님의 견해를 밝혀주십시오.

사실 고국에서의 육영사업이 갑자기 이뤄진 것은 아닙니다. 중앙대 인수 이전에도 4~5개 대학에서 인수 교섭이 있긴 했어요. 그래서 여러 가지로 연구 중에 있었는데, 하늘의 뜻이었는지 70년 전통의 중앙대학교를 인수하게 되었습니다. 간혹 "부족한 것 없이 생활하고 있으면서 고민스러운 대학 운영은 왜 하려 드느냐?" 하는 질문을 많이 받았습니다. 하지만 현재 우리 중앙대학교의 문제를 하나씩 해결해나간다면 역사, 전통, 규모 등 모든 면에서 미뤄볼 때 반드시 세계적인 일류 대학이 될 것으로 확신합니다. 작년 재단 인수 직후 당시 문교부 장관이던 서명원 장관을 만나서도 "어떠한 어려움이 있더라도 모범적인 경영으로 반드시 훌륭한 대학을 만들겠다"는 약속을 했습니다. 이 약속은 저 자신에게 한 약속이기도 합니다. 어떤 일이 있더라도 이 약속은 꼭 지키겠습니다.

학생, 교수, 교직원을 포함한 모든 대학인의 바람직한 자세는 어떤 거라고 생각하시는지요?

한마디로 혼연일체가 되어야지요. 대학의 발전은 한두 사람의 힘으로 이뤄지는 게 아닙니다. 학생, 교수, 교직원 모두 '학교 발전'이라는 대명제를 염두에 두고 각자 맡은 일에 열의를 가지고 임해야 한다고 생각합니다. 학생은 우선 학업에 충실하며 자기 발전을 도모해야 한다고 봅니다. 그리고 교수님들은 연구와 교육에 몰두해야 합니다. 진지하게 연구하여 얻어낸 결과가 강의에 반영되는 작업이 끊임없이 이뤄져야 할 것입니다. 또 교직원들은 모든 학교 행정업무의 효율 극대화에 힘써야 할 것입니다. 대학은 학문을 연구하고 교육하는 곳입니다. 따라서 행정업무의 선진화도 대학 내에서 반드시 이뤄져야겠지요. 물론 오늘날 대학의 현실을 보면 학교와 학생, 교수와 학생 간의 '신뢰회복'이 선행되어야 할 가장 큰 과제라고 생각합니다. 서로를 믿고 존경하는 풍토가 하루 빨리 만들어져야 합니다.

앞으로 중앙대학교가 나아갈 방향과 계획 등을 좀 더 구체적으로 밝혀주시겠습니까?

일류 대학이 된다는 게 결코 쉬운 일은 아니겠지요. 모든 것을 이루려면 긴 세월이 걸릴 것입니다. 우선은 세 가지에 힘써 볼까 합니다. 첫째, 졸업생의 취업 문제에 좀 더 관심을 두고 노력하겠습니다. 이를 위해 한국 리크루트를 인수했습니다. 이 문제에 대해서는 500여 교수님들의 노력과 관심이 절대적으로 필요하다고 생각합니다. 취업을 위한 적성검사, 기술교육 등 인력관리를 충실히 해나가겠습니다. 둘째는 두 개의 부속병원과 의대를 통합하여 '메디컬 캠퍼스'를 만드는 것입니다. 여기에 원폭 피해자 3만 명을 치료할 원자력병원도 세울 계획입니다. 이를 위한 재원으로는 일본인의 침략을 사죄하는 의미의 기부금과 재일교포 실업가들의 조국 동포를 위한 재산의 사회 환원 차원의 기부금을 끌어내는 것이 가능할 것이므로 강력히 추진해나갈 것입니다. 셋째로는 교내의 비리와 부조리의 청산입니다. 이것은 저 혼자 힘으로는 해내기 어려운 과제입니다. 모든 중앙대학교 가족들이 한마음이 되어 함께 노력해야 할 문제라고 생각합니다.

이전의 그는 사업가였다. 사업을 할 때 그는 누구보다 철저하고 신중했다. 더구나 새로운 사업을 벌일 때는 사전조사와 분석이 완벽하지 않으면 결코 실행에 옮기지 않았다. 하지만 중앙대학교 재단을 인수할 당시 그는 사업가가 아닌 교육자였다. 따라서 사전조사와 분석보다는 뜨거운 열정과 사명감에 무게중심을 두었다. 오직 조국의 인재양성에 대한 부푼 꿈 하나에 그의 모든 것을 다 걸었다.

학생들을 위해 기숙사와
도서관부터 짓다

———

한국에서 유일하게 부채 없는 대학인 중앙대학교는 그렇게 다시 태어났다. 이제 남은 일은 구체적으로 학교를 어떻게 이끌어나가 느냐 하는 것이었다.

김희수는 한국의 물정을 잘 모르고, 더구나 대학에 대해서는 거의 아는 게 없어 국내 사정에 밝은 금정상호신용금고 조병완 사장을 재단 상임이사로 임명해 자신을 돕도록 했다. 그리고 그의 추천으로 이재철 총장을 자신과 함께 일할 첫 번째 총장으로 모셔왔다. 이 총장은 일본 교토대학 법학과를 졸업하고, 과학기술처 차관과 교통부 차관 등을 거쳐 인하대와 국민대 총장을 역임한 분이었다.

그런 다음 김희수는 이백순 선생을 찾아갔다. 그전부터 그는 한국에 들를 때마다 선생을 자주 찾아뵙고 이런저런 이야기도 나누며 한국의 사정과 교육계의 현실 등에 대해 많은 조언을 듣곤 했다. 때로는 함께 고향 진동에 들러 옛 추억을 더듬으며 선산을 둘러보기도 했다. 그는 선생께 중앙대학교 재단 이사를 맡아 자신을 도와달라는 부탁을 드렸다. 선생은 흔쾌히 이를 수락해 재단 이사로서 그에게 많은 힘이 되어주셨다.

이사장 취임식이 끝난 후 그는 아내와 함께 흑석동 캠퍼스와 안성캠퍼스를 천천히 돌아보았다.

"일본에서 번 돈 죽으면 가져갈 것도 아니니까 이왕이면 조국을 위해 뭔가 큰일을 할 때 써야겠다고 늘 입버릇처럼 말씀하시더니 끝내 소원을 이루셨네요."

"아, 내가 그랬던가요?"

"이사장에 취임하셨는데, 무슨 일부터 먼저 하실 생각이세요?"

"가난한 학생들을 위해 우선 기숙사부터 대폭 확장하고, 도서관도 더 넓혀야겠어요."

그는 그날 학교 곳곳을 둘러보고 나서 설립자인 고 임영신 여사 묘소에 참배했다. 기숙사에도 가보았다. 방 숫자도 워낙 적은 데다가 한창 자라나는 학생들이 쓰기에 방이 너무 좁았다. 좁은 방에 여러 명의 학생이 바글거리는 판에 무슨 공부가 제대로 되겠나 싶었다.

"이사장님, 기숙사 좀 새로 지어서 많은 학생이 이용할 수 있게 해주십시오."

"방 하나에 너무 여러 명의 학생이 배정돼 있어 생활하기 무척 불편합니다."

학생들의 요구사항이 봇물 터지듯 쏟아져 나왔다. 체육관에도 가보았다. 학생들이 땀을 뻘뻘 흘려가며 운동에 열중하고 있었다.

"저희 과에 실습시설이 너무 부족합니다. 신경 좀 써주십시오."

"이사장님, 우리 과는 조금만 더 지원해주시면 학교를 대표하는 과로 성장할 겁니다."

여기서도 학생들의 건의는 그칠 줄을 몰랐다. 모두 공감이 가는 이야기들이었다. 그는 참으로 해야 할 일이 많다고 생각했다. 무엇보다 공부하는 분위기를 만드는 일이 시급했다.

"전 재단 문제와 어수선한 시국 등으로 학교 안팎에 많은 문제가 있는 줄 압니다. 저에 대해서도 이런저런 근거 없는 소문이 난무하고 있습니다. 하지만 학생들이 제 순수한 뜻을 이해한다면 아무런 문제가 없을 거라고 생각합니다. 저는 이사장으로서 앞으로 우리 중앙대학교를 공부하는 학교, 연구하는 대학으로 만들고자 합니다. 따라서 우선 면학에 열중할 수 있는 환경을 만들 생각입니다. 기숙사나 도서관 시설을 확충하고, 가난한 학생들을 위해 장학금 제도를 개선하며, 교수님들과 교직원들의 보수를 사립 명문대 수준으로 인상하겠습니다. 여러분이 모두 마음을 모아 도와주신다면 10년 안에 중앙대학교를 국내 최고 수준의 대학으로 키우도록 노력하겠습니다."

김희수는 전체 교수회의를 통해 이렇게 다짐하고 선포했다. 두 번 다시 우리 세대가 겪은 불행한 역사가 되풀이되지 않도록 하기 위해서는 누구도 넘보지 못할 실력을 길러야 했다. 자신처럼 평생 가슴속에 한을 품고 살아야 하는 사람들이 또다시 생겨나지 않기 위해서는 아무도 무시할 수 없는 능력을 갖춰야 했다. 그가 할 일은 대학을 통해 인재들을 길러내는 것밖에 없었다.

김희수는 이런 인재들을 길러내기 위해 대학이 달성해야 할 교육의 목표를 '인격 형성을 위한 전인교육(全人敎育)'으로 설정했다. 이 목표를 달성하기 위해서는 중용(中庸)의 덕을 쌓은 지성인(知性人)을 육성하여 사회와 국가에 배출해야 한다고 강조했다. 좀 더 구체적으로는 겸허한 인간, 정의로운 인간, 창의적인 인간, 그리고 민족을 사랑하는 인간을 육성하는 데 교육의 목표를 둬야 한다고 생각했다.

겸허한 인간이란 윗사람에게 예의를 지키고, 동료에게는 아량을 베풀 줄 알며, 약자에게는 애호의 정신을 발휘하는 사람이다. 정의로운 인간은 바른 것과 그른 것을 명확히 판단할 수 있으며, 모든 일에 정정당당하게 행동하는 사람을 말한다. 창의적인 인간은 남에게 의지하지 않고, 자신의 의지와 노력으로 난관을 극복해나가는 사람을 말한다.

끝으로 민족을 사랑하는 인간은 우리 전통사상의 하나인 유교의 덕목을 갖춘 인간으로서 한민족이 가질 수밖에 없었던 한을 극복할 수 있는 인간을 말한다. 그가 생각하는 지성인이란 바로 이런 덕목을 고루 갖춘 인간을 말하며, 대학 교육은 이런 인재를 배출하는 데 모든 초점이 맞춰져야 한다는 것이다.

이런 김희수의 교육관이 대학이라는 현실사회 속에서 구체적인 모습으로 드러나려면 그가 생각했던 것보다 훨씬 더 오랜 시간이 걸릴지도 몰랐다. 그는 서두르지 않고 한 걸음 한 걸음 나아가기로 마음먹었다.

학교 분위기가 살아나려면 교수들이 먼저 기운을 내야 했다. 그때까지 중앙대학교는 몇 년째 교수들의 봉급을 올려주지 못하고 있었으며, 그나마 최근에는 제때 지급도 하지 못하고 있었다. 그는 교수들의 봉급을 30퍼센트 정도 인상하여 지급했다. 그동안 몇 년째 봉급이 동결되었던 것에 대한 보상이자 신임 재단 출범에 따른 보너스 형식을 띤 것이었다.

그즈음 어떤 교수는 그에게 이런 이야기를 들려주었다.

"이사장님, 어제 학회 모임이 있어 나갔더니 다른 대학 교수들이 이제 중앙대학교가 좋아졌다면서 부럽다고 하더군요. 게다가 봉급이 그렇게 많이 올랐으니 한턱 내야 하는 것 아니냐고 놀리기까지 했습니다. 그동안 어딜 가도 다 망해가는 대학의 교수라고 눈총만 받았는데, 모처럼 기 좀 펴고 왔습니다. 살맛이 납니다."

언제 페인트칠을 했는지 모를 정도로 흉물스럽던 건물 외벽과 내부를 산뜻하게 다시 칠하고, 깨진 유리창과 문짝들도 새것으로 교체했다. 그리고 영하 5도 이하일 때만 공급했던 난방용 유류를 수시로 공급하여 냉난방 시설 때문에 학생들이 수업에 지장을 받지 않도록 조처했다. 그는 새로운 시설을 갖추고, 제도를 도입하고, 필요한 건물을 신축하고, 실력 있는 우수한 교수들을 채용하는 일에 돈을 아끼지 않았다.

약속했던 기숙사는 1991년 봄까지 지하 1층 지상 3층에 연면적 1,800여 평 규모로 건설했고, 도서관은 지하 1층 지상 5층에 연면적 5,000여 평 규모로 1988년 봄에 완공했다. 계속해서 학생회관, 법과대학, 조소과 실습동, 전산센터, 경영대학, 대학원, 교수 숙소, 건설대학, 복지관, 여학생 기숙사, 이과대학 건물 등을 새로 지었으며, 산업대학, 사회과학관, 공과대학, 서라벌홀, 예술대학 건물 등을 증축했다.

근검절약을 평생 신앙처럼 여기며 살던 김희수가 50년 만에 고국으로 돌아와 돈을 아낌없이 펑펑 쓰는 모습을 보면서 평소 그를 알던 많은 일본 사람들은 일본에서는 돈을 벌기만 하더니 한국에서는 돈을 쓰기만 한다며 곱지 않은 시선을 보내기도 했다.

참으로 어설프게 발표된
학교발전계획안

———

그때 김희수가 미처 생각하거나 깨닫지 못한 것이 있었다. 그것은 한국과 일본은 너무도 다른 나라라는 사실이었다. 사람들의 정서나 풍토, 기업이나 조직을 운영하는 방식, 공무원들의 생각과 자세, 대학의 분위기, 학생들과 교수들의 관계, 공적인 것과 사적인 것을 대하는 태도 등이 달라도 너무 달랐다.

그런데 그는 이런 것들을 별로 대수롭지 않게 여겼다. 한국은 자신의 조국이고, 자신은 한국 사람이니 본인의 진심이 제대로 전달되지 않을 일이 없다고 판단한 것이다. 그는 일본에서 평생을 살며 사업을 해온 사람이라 일본식 사고방식과 정서에 너무나 익숙해져 있었다. 그래서 한국에서도 당연히 이런 사고방식과 정서가 쉽게 받아들여지리라 생각했다.

그런 까닭에 그는 기업을 하듯, 새로운 사업을 벌이듯 그렇게 학교 일을 시작하고 싶지 않았다. 자기가 조국을 위해 모든 것을 내놓고 헌신하는 마음으로 최선을 다하면 학생들이나 교수들, 교직원들, 그리고 학부모들과 한국 사회 나아가 정부에서도 이런 자신을 이해하고 협조하며 한마음으로 믿어줄 것이라 확신했다.

하지만 언론은 연일 그를 "돈 나와라 뚝딱!" 하고 방망이 한 번 휘두르면 얼마든지 돈을 만들어낼 수 있는 도깨비방망이를 가진 사람처럼 묘사하고 있었고, 교수들은 그동안 참아왔던 목소리를 한꺼번에 내기 시작했으며, 학생들은 학교가 하루아침에 천지개벽하듯 바뀌리라는 장밋빛 환상을 갖기에 이르렀다. 교직원들과 보직교수들은 민주화 열기에 편승하여 인기 발언만을 일삼으며 아무런 책임도 질 수 없는 허망한 약속을 남발하고 있었다.

김희수가 중앙대학교 재단을 인수하면서 공식적으로 약속한 것은 기존의 학교 부채를 전액 청산하고, 중앙대학교의 숭고한 창학 이념을 받들며, 교가와 교명을 그대로 유지한 채 70년 학교 전통을 이어나가고, 서울과 안성 두 캠퍼스를 분리하지 않고 공동으로 발전시켜나가면서 임영신 박사의 동상 등 그분을 기리는 유물들을 잘 보존한다는 것 등이었다. 그 외에 구체적인 투자 계획은 당장 급한 것부터 실행하되 중장기적인 것은 좀 더 학교 현황을 파악한 뒤에 면밀한 연구와 검토를 거쳐 세워질 일이었다.

그런데도 이사장에 취임하고 얼마 지나지 않아 학교에 얼마를 더 투자할 것인지를 밝혀 달라는, 즉 학교 발전을 위한 종합적인 마스터플랜을 내놓으라는 요구가 터져 나오기 시작했다. 이런 와중에 몇몇 학교 책임자들에 의해 엉성하기 짝이 없는, 뭔가 구체적인 연구와 검토가 전혀 되어 있지 않은, 게다가 이사장인 김희수에게 일언반구 보고되지 않은 그런 마스터플랜이 불쑥 발표되고 말았다.

그것은 신임 이사장이 개인 재산을 털어 흑석동 캠퍼스와 안성 캠퍼스 시설을 획기적으로 확충 또는 개선하며, 1,000병상 이상 크기의 대학병원을 새로 지어 동양에서 가장 큰 최신식 병원으로 만들겠다는 등의 내용이었다. 그 무렵 이 정도 규모의 병원은 서울대병원과 세브란스병원밖에 없었다. 이런 내용이 아무런 여과 없이 그대로 언론에 발표되었다.

그러자 학생들이나 교수들은 불과 얼마 전까지만 해도 빚 때문에 학교가 곧 부도 날 위기에 처했다는 사실을 까맣게 잊은 듯 일순 들뜬 분위기에 휩싸이고 말았다. 물론 심층적이고 구체적인 연구와 분석 작업 끝에 모두의 지혜를 모아 중장기적으로 그런 계획을 세워 합리적인 비용이 산출되었다면 김희수는 이를 얼마든지 감당할 각오가 되어 있었지만, 이건 그야말로 아닌 밤중에 홍두깨 같은 이야기였다.

나중에서야 그가 들은 이야기로는 당시 일부 보직교수들과 학교 책임자들이 사석에서 공공연하게 이런 이야기를 하고 다녔다고 한다.

"돈에 대해서는 전혀 걱정하지 마라. 이사장님이 다 알아서 해주기로 하셨다."

"머지않아 중앙대학교는 동양의 하버드대학이 될 거다. 두고 봐라."

본격적으로 검토해보니 마스터플랜에 있는 사항들을 단기간에 이뤄내려면 1,000억 원 가지고는 어림도 없었다. 시간이 갈수록 비용은 점점 더 불어나 2,000억 원이 들어갈지 3,000억 원이 들어갈지 알 수 없는 일이었다. 어떻게 재단 이사장에게 아무런 보고도 없이 이런 발표를 할 수 있었는지 도저히 이해되지 않았다. 어쨌든 그 후유증은 너무도 컸다. 누가 어떤 과정을 거쳐 발표했든 간에 최종적인 책임은 이사장이 질 수밖에 없었다.

그래서 그는 재단 이사회를 통해 실무진을 구성해서 상세한 연구 검토를 거쳐 이듬해 봄에 수정된 마스터플랜을 발표했다. 수정안은 두 캠퍼스의 균형적인 발전을 기초로 하여 제1캠퍼스는 3만 3,941평을 신축 또는 증축하거나 기존 시설을 대폭 보수하고, 제2캠퍼스는 1만 6,000평을 신축 또는 증축하여 총 5년 동안 395억 원의 예산을 투자하기로 했다.

여기에 더해 필동 성심병원과 용산병원의 2개 부속병원, 그리고 의과대학을 통합하여 메디컬 캠퍼스를 만들기로 했다. 이를 위해 1만여 평에 달하는 부지를 물색하고, 부지 매입과 건설 등에 약 500억 원 정도의 예산을 확보하기로 했다. 이는 워낙 규모가 큰 사업이라서 대상 부지가 마련되는 대로 별도의 건설 계획을 수립하기로 했다.

내 돈이 소중하면 남의 돈도 소중히 여길 줄 알아야 한다. 내 의견이 중요하면 남의 의견도 중요하게 귀담아들을 줄 알아야 한다. 내 생각과 신념이 아무리 옳다고 판단할지라도 다른 사람이 가진 생각과 신념도 그만큼 옳을 수 있다는 걸 인정해야 한다. 이 것이 성숙한 민주시민과 지성인의 바른 자세다.

하지만 그 시절 우리 사회의 분위기는 그렇지 못했다. 민주화 바람을 타고 무조건 목소리 큰 사람의 말이 다 옳다고 여겼으며, 내 것은 양보하려 하지 않으면서도 다른 사람의 것은 거저 생긴 것처럼 공동의 것으로 치부하기 일쑤였다.

1988년 봄 어느 날 학교 강당에서는 김희수 이사장과 이재철 총장, 상임이사, 평교수협의회장, 총학생회장, 그리고 학생들 500여 명이 참석한 가운데 열띤 분위기 속에서 '중앙의 발전을 위한 대토론회'가 열렸다. 많은 학생 앞에서 그는 호된 질문에 답 변해야 했다.

이사장님이 갖고 계시는 실자산액과 학교에 투자할 수 있는 금액 은 모두 얼마입니까?

실질적인 재산 공개는 어렵습니다. 다만 동경 긴자의 평당 땅값 이 1억 엔인데……. 건물이 여러 개 있습니다. 인재양성을 위해 모든 재산을 사용하고자 하니 믿어주시기 바랍니다.

이사장님이 육영사업을 위해 학교를 인수한 것이 아니라 자본시장 진출을 위해 학교를 인수한 거라는 루머에 대해 답변을 요구합니다.

육영사업에 뜻을 두고 한 일입니다. 또한, 중앙대학교를 좋은 대학으로 만들 수 있도록 투자할 만한 충분한 재력을 가지고 있습니다.

지난해 9월과 방학 중에 수정 보완되어 발표된 마스터플랜 그 어느 것에도 재단의 공식적인 발표와 재정 지원에 관한 확약을 찾아볼 수 없습니다.

방학 중에 기획실이 중심이 돼 입안한 계획안에 대해 재단 측은 이미 심의를 끝내고 통과시킨 상태입니다.

그는 훗날 당시 자신이 왜 학생들 앞에서 뭔가 잘못한 사람처럼 그렇게 심한 추궁을 당해야 했는지 도저히 이유를 알 수 없었다고 했다. 그때 우리 대학의 모습은 그렇게 일그러져 있었다.

양심소리투쟁위원회와의
고단한 싸움

———

중앙대학교 재단을 인수한 직후 그가 누린 벅찬 감격과 환희는
그리 오래가지 못했다. 학교 곳곳에 그에 대해 반감을 품는 세력
들이 있었다. 과거 전임 이사장과 함께했던 일부 교직원들과 교
수들, 총동문회 인사들이 서서히 김희수를 궁지로 몰아갔다.

　김희수는 이사장으로 취임하면서 온갖 비리에 연루되어 물러
난 전임 이사장과 친분이 있던 교직원들, 그리고 그가 임명한 보
직교수들과 재단 관계자들을 한 사람도 징계하지 않고 그대로 감
싸 안았다. 그들로서도 조직 체계상 어쩔 수 없는 부분이 있었을
것이기에 새로운 재단에서 함께 일하게 되면 자기 뜻을 충분히
이해하고 협조해주리라 믿었다.

그들이 김희수에 대해 반감을 품은 이유는 세 가지였다.

첫째, 임철순 전 이사장이 그에게 학교를 빼앗겼다고 생각한 것이다. 자신이 잘못해서 모든 학교 구성원들에게 고통과 불명예를 안기고 물러났다고 생각하지 않고, 김희수에게 학교를 빼앗겼다고 생각했기 때문에 틈만 나면 친분 있는 학생들과 교직원들을 동원하여 신임 이사장에 대한 잘못된 소문을 퍼뜨리면서 스스로 물러나게 하려고 했다.

둘째, 김희수가 국내에 인맥이나 기반을 가지지 않은 재일교포라는 것 때문에 그를 상대하기 쉬운 존재로 본 것이다. 일단 김희수를 이사장에 취임시켜 학교를 부도 위기에서 구해놓은 다음 못 견딜 만큼 흔들어대면 귀찮아서라도 학교를 포기하고 일본으로 돌아갈 거라고 생각한 것이다. 김희수가 무명의 재일교포라는 사실이 그들에겐 죄 아닌 죄였다.

셋째, 김희수는 부동산 사업을 통해 정당하게 돈을 번 사람인데, 그들은 그를 부동산 투기를 일삼는 사람으로 치부한 것이다. 툭하면 대자보나 유인물을 이용해 그를 부동산 투기꾼으로 몰아붙이면서 신임 이사장 때문에 학교의 품위가 떨어진다는 소리까지 서슴지 않았다. 그들은 김희수 이사장이 한국에서 본격적인 부동산 투기를 벌일 계획이라고 주장했다.

그 무렵 한국 사회는 1987년에 있었던 6·29선언 이후 서울 올림픽을 앞두고 그야말로 질풍노도와도 같은 민주화 열기에 휩싸여 있었다. 많은 기업과 사업장에는 노조가 만들어졌고, 대학에는 평교수협의회와 교직원노동조합, 총학생회 등이 생겨나 저마다 자기들의 주의주장만 내세웠을 뿐 이성적인 토론과 민주적인 협상은 발 붙일 곳이 없을 정도였다.

이런 시기에 김희수 이사장에 대해 반감을 품은 세력들은 '범민족중앙양심소리투쟁위원회'라는 이상한 이름의 단체를 만들어 활동하기 시작했다. 학교 여기저기에 대자보를 써서 붙이고, 유인물을 만들어 배포했으며, 김희수와 재단을 비방하는 현수막을 내걸었다. 대다수 학생과 교수들은 반신반의하면서도 혹시나 하는 의혹을 가지지 않을 수 없는 상황이었다.

이들의 주장은 처음에는 김희수 이사장 개인에 대한 의혹에서 출발했으나 이어 재단 측의 학교 발전에 대한 투자 의혹으로 옮겨갔고, 나중에는 마스터플랜을 왜 빨리 실행하지 않느냐면서 재단 퇴진 주장으로까지 이어졌다. 그리고 툭하면 우르르 몰려다니며 총장실과 이사장실을 점거하고 농성을 벌였다. 심지어 집무실에 있는 집기들을 끌어내 본관 앞에 있는 연못에 빠뜨리는 일마저 아무렇지도 않게 자행했다.

1988년 3월 23일 〈중대신문〉에 실린 기사 내용이다.

자칭 '범민족중앙양심소리투쟁위원회' 40여 명은 지난 21일 밤 12시 20분경 본관 2층을 점거, 농성을 시작했다. 이들은 현 김희수 이사장과 재단이 부실함에도 지난해 학생들이 요구한 50개 조항을 들어준다는 말은 중앙인들을 속이는 처사라고 주장하며,

현 이사장과 재단이 퇴진할 때까지 농성을 계속해나갈 것이라 밝혔다.

이어 같은 해 10월 17일 자 〈중대신문〉에도 다음과 같은 기사가 게재되었다.

제1·2캠퍼스 학원자주화추진위원회 위원 20여 명이 지난 11일 오후 3시 30분경 총장실 점거 농성에 들어갔다. 이날 제1캠퍼스 학자추 출범식을 거행하면서 학자추는 '김희수 재단을 폭로한다'는 내용의 백서를 발표했다. 출범식을 마친 1·2캠퍼스 학자추 위원들은 '재단의 기만성과 재단 인수 과정에서 나타난 문제점에 대한 응징과 해명을 위함'이라며 본관 총장실 점거 농성에 들어간 후 다음날인 12일 교무위원들과 만나 철야농성에 대한 입장을 표명하고 15일까지 백서에 관련된 학교당국의 답변을 요청하는 〈공개질의서〉를 전달했다. 철야 농성 3일째인 13일에는 농성장을 이사장실로 옮기고, 50여 명의 학생이 참석한 가운데 '보고대회'를 가진 후 계속 농성 중이다.

이들의 왕성한 활동은 이후 몇 년 동안이나 이어졌다. 심지어 일부 학생들은 일본에까지 건너와 금정그룹 대표 김희수라는 사람이 한국에서 부동산 투기를 한 의혹이 있으니 철저한 세무조사를 해야 한다며 국세청에 고발장을 접수해 파문을 일으키기도 했다. 일본인의 눈에 한국 사람들의 이런 모습이 얼마나 한심해 보였겠는가.

"고생해서 번 귀한 돈을 뭐 때문에 학교에 다 털어 넣고 이런 수모를 당하십니까?"

"당장 손 떼고 돌아오십시오. 일본에서도 얼마든지 교육 사업을 하실 수 있습니다."

가족들과 일본에 있는 지인들의 걱정스러운 만류가 이어졌다. 하지만 그는 그럴 수 없었다. 이 일을 위해 50년을 기다려왔는데, 조금 어려움이 있다고 해서 여기서 그만둘 수는 없었다. 지금은 저들이 뭔가 오해하고 있지만 언젠가 때가 되면 진심을 알아줄 거라고 생각했다. 본인이 한 일에 대해 한 점 부끄러움도 없었기에 흔들림도 후회도 없었다.

그즈음 그는 한 언론사와의 인터뷰를 통해 몇 가지 의혹에 대해 해명한 바 있다.

양투위 측에서는 전두환 전 대통령이 일해재단의 부속대학을 물색하던 차에 임철순 씨가 6·29를 전후해 노태우 당시 대표위원과 친밀해지자 배신감을 느껴 중앙대를 지목했다고 주장한다. 전 씨가 직접 나설 수 없어 김희수 이사장을 대타로 내세웠다는데……

대학 인수 당시 대학 외의 문제에 대해서는 일체 아는 바도 없고, 그런 터무니없는 뒷거래가 이뤄졌다고 생각지도 않는다. 또 전

대통령이나 그의 측근들은 만난 적도 없다.

일부 학생들은 재단 인수 시 문교부 감사가 필수적인데, 이번 인수에 감사가 없었다는 것은 권력의 비호를 받았다는 방증이라고 주장한다.

그건 학생들이 잘 모르고 한 말이다. 관선 이사가 선임됐을 경우에만 문교부 감사가 있지 정상적인 인수·인계에는 감사가 필수적 사항은 아니다.

현재 대학에 투입한 돈은 얼마나 되는가?

이번 국정감사에서 밝혔듯이 작년 말까지 618억 원, 올 7월 31일까지 800억 원가량이다. 이 중 700억 원가량이 부채 청산에 쓰였고, 나머지는 공과대학 증축 공사비, 부속 고교 지원비 등으로 사용됐다.

생전 겪어보지 못한 시련이 거듭해서 밀려들었지만, 그럴수록 김희수는 자신의 의지와 신념을 더욱 굳게 다졌다. 1988년 5월 19일 교육대학원에서 주최한 제5회 임간(林間) 세미나에서 그는 이런 말을 했다. 본인의 심정을 가장 잘 드러낸 말이었다.

"저는 앞으로 목숨을 걸고 중앙대학교를 운영할 것입니다. 이 대학이 발전해서 일류 대학이 되기 전에는 결코 죽을 수도 없습니다."

제6장

일본이 받은 노벨상,
우리가 못 받을 이유 없다

김희수의 친필 원고.
그는 이사장 재임 시절 대필 한 번 없이
손수 담화와 연설문을 쓰곤 했다.

中央大学의未来像

太陽과같은燦爛한발이아니드래도

燈火같은불으서「照一隅」의

敎育을國際化國際化時代에、突

激發하之社会、無限競争의奮乱、무는진

의道德性、人格의社会秩序와ㄴ社会에、賤成世代

라敎育을實施한가、暗恶한맑날뿐이、

의敎育의欠陷을足正하고、百年大計의敎育이

의敎育이欠陷에이어記기가。우비진道德性을樹立

의敎育을始作이

그가 바란 것은 오직 하나, 학생들이나 교수들이 좀 더 열심히 공부하고 연구해서 우리 대학도 일본 대학들처럼 노벨상을 받게 되는 그날이 오기만을 고대했다.

이상한
신문 광고

김희수는 학생들을 가르치는 한 대학의 이사장으로서, 그리고 고난으로 얼룩진 굴곡의 한 시대를 살아온 인생의 선배로서 이 땅의 젊은이들이 구호만이 아닌 행동으로, 머릿속에서만이 아닌 뜨거운 가슴으로, 순간의 감정이 아닌 냉철한 이성으로 우리 조국을 사랑하고 동포와 민족을 위해 기꺼이 희생할 줄 아는 그런 사람들이 되기를 간절히 소망했다.

일본에서의 일이다. 사업이 한창 궤도에 진입했을 무렵부터 그는 〈통일일보〉에 1주일에 한 번씩 '이미지 광고'라는 걸 싣기 시작했다. 이 신문은 동경에서 한국인에 의해 발행되는 일간지로, 재일교포가 가장 많이 보는 신문 중 하나였다. 그는 우선 대한민국을 상징하는 무궁화 사진을 크게 실은 뒤 그 아래에 한국인의 긍지와 자부심을 불러일으킬 수 있는 여러 가지 문구를 집어넣었다.

한때 일본의 신문 지상에는 거의 매일같이 한국인의 범죄나 불법행위를 적발한 내용의 기사들이 등장하곤 했다. 그런 기사를 볼 때마다 김희수는 참으로 부끄럽기도 하고 가슴이 아프기도 했다. 일본인은 그런 기사를 접할 때면 으레 한국인을 얕잡아보고 멸시하는 말들을 내뱉었다. 그들은 어떻게 하든지 출입국관리법을 이용해 그런 한국인을 자국에서 추방하고자 애썼다.

그는 이미지 광고를 통해 재일교포들이 조금 살기 힘들다고 불법과 탈법을 저지를 게 아니라 좀 더 참고 견디면서 한국인으로서의 자존심을 세워 떳떳한 한국인, 자랑스러운 한국인, 존경받는 한국인으로 우뚝 서길 바랐다. 매주 이런 광고를 접하다 보면 자연스럽게 이런 마음가짐을 갖게 되지 않을까 기대하는 심정으로 이미지 광고를 시작한 것이다.

하나가 되지 않으면 안 되는 우리 조국

평화롭게 되지 않으면 안 되는 우리 조국

선진국이 되지 않으면 안 되는 우리 조국

존경받는 한국의 민족이 되자

경제 기반의 확립을 위해 노력하는 민족이 되자

합법적 윤리관을 가지고 기업을 운영하는 한국인이 되자

사업의 성공은 성실하게 쌓아가는 것이다

한국인이라는 자존심과 긍지를 가지자

모두 그때 내보낸 광고 문구들이다. 이것은 특정 제품을 선전하는 광고도 아니었고, 부동산 임대나 빌딩 홍보 광고도 아니었으며, 금정그룹을 좋게 보이기 위한 이미지 광고도 아니었다. 일본에 있는 한국인 모두의 애국심을 고양하기 위한 공익 광고로, 크기도 가로가 18.5센티미터, 세로가 10.5센티미터에 달하는 3단 반짜리 지면 광고였다.

신문에 광고가 나간 이후부터 김희수는 신문을 볼 때마다 오늘은 또 어떤 한국인에 관한 범죄 기사가 실렸을까 조마조마한 마음을 갖지 않아도 됐다. 주로 무궁화 사진을 사용했지만 때로는 인공위성에서 찍은 한반도 사진을 사용하기도 했다. 그럴 때는 좀 더 색다른 문구를 적어넣었다.

유구한 오천 년의 역사에 빛나는 한국

어떤 때는 광고 하단에 자신의 본적 주소와 이름을 명시한 일도 있었다. 비록 교포들이 보는 신문이기는 하지만 일본에서 일본인을 대상으로 사업을 하는 사람으로서 회사 제품이나 기업 홍보를 위해서가 아니라 단순히 조국에 대한 애국심을 강조하기 위해 비싼 광고료를 지급해가며 이런 이미지 광고를 지속해서 게재한다는 것은 결코 쉬운 일이 아니었다.

물론 광고 문구는 김희수 자신이 직접 작성한 것들이었다. 직원들은 처음에 그가 몇 번 하다가 그만두려니 생각했지만, 이런 일이 끝없이 이어지자 여러 가지 걱정을 쏟아냈다.

"사장님, 우리 회사가 무슨 공익단체나 국영기업도 아닌데, 비싼 광고를 너무 오랫동안 하시는 것 아닙니까? 이제 그만하셔도 될 것 같은데요."

하지만 그는 아랑곳하지 않고 광고를 계속 내보냈다. 그것은 일본에 사는 교포로서 조국을 위해 할 수 있는 최소한의 봉사라고 생각했기 때문이다. 사실 그 정도의 광고비는 신경 쓰지 않아도 될 만큼 회사는 성장 가도를 달리고 있었다.

그는 한국의 대학생들과 젊은이들이 자신이 신문에 이미지 광고를 실을 때와 같은 그런 마음을 가져주길 바랐다. 비록 지금은 조금 거칠고, 의욕이 앞서고, 뜨거운 피가 먼저 솟구치는 나이라고 해도 언젠가는 이런 차분한 애국심의 소유자들이 되기 원했다.

학내 문제로 골머리를 앓고 있을 때였다. 하루는 광화문에 있는 금정상호신용금고 사무실에서 사학과 권중달 교수를 만나 머리도 식힐 겸 역사 이야기를 좀 나누다가 점심을 먹으러 밖으로 나왔다. 근처 식당으로 발길을 옮기던 중 권 교수가 문득 이런 질문을 던졌다.

"이사장님, 저기 멀리 보이는 남산이 아름답습니까?"

"아, 남산이……. 그렇군요."

"남산을 좀 더 아름답게 만들려고 필요 없는 잡초나 잡목을 다 뽑아버린다면 과연 남산이 더 아름답게 보일까요? 아마 아닐 겁니다. 남산이 아름답기 위해서는 필요 없는 것처럼 보이는 잡초나 잡목도 사실은 다 필요한 겁니다. 이사장님도 그런 마음으로 학교를 들여다보십시오. 그러면 한결 편하실 겁니다."

"음……. 거참 좋은 이야기로군요."

그 시절 중앙대학교의 전체 학생 수는 무려 2만여 명을 헤아렸다. 그 많은 학생 중에는 공부 잘하는 학생, 조금 떨어지는 학생, 과격한 학생, 온순한 학생, 철이 일찍 든 학생, 아직 철이 덜 든 학생, 말보다 행동이 앞서는 학생, 언행이 신중한 학생 등 별의별 유형의 학생들이 다 있었을 것이다. 그렇지만 그들은 모두 대한민국의 아들딸들이요, 사랑하는 자신의 제자들이요, 한 명도 빠짐없이 이 땅의 미래를 책임질 우리의 자랑스러운 후손들이었다. 김희수는 그 모두를 가슴에 품고 살아가야 할 그들의 아버지였다.

순간 신문에 실린 이미지 광고 중에서 그가 가장 좋아했던 문구 하나가 떠올랐다.

"찬연하고 빛나는 빛이 되고자 하는 것이 아닙니다. 조국의 편우(片隅, 작은 조각만한 모퉁이나 구석진 곳)를 비추고 싶습니다."

가방에 책을 잔뜩 싣고
공항을 오가던 시절

———

김희수는 한국에 있는 중앙대학교와 부속 유치원, 초·중·고등학교, 그리고 일본에 있는 수림외어전문학교의 모든 학생과 교사, 교수들이 무엇보다 최우선으로 실력을 기르는 일에, 공부하고 연구하는 일에, 배우고 가르치는 일에 전력을 다해주길 간절히 바랐다. 이를 위해서라면 모든 뒷바라지를 할 각오가 되어 있었으며, 그 일에 장애가 될 만한 것이라면 발 벗고 나서서 해결할 준비가 되어 있었다.

"대학은 학문 연구와 교육이 이뤄지는 진리 탐구의 장이며, 그것을 통해 사회봉사를 목적으로 하고 있다고 생각합니다. 그렇다고 볼 때 오늘 이 시점에서 우리 중앙대학교는 대학 본연의 목적 추구를 위해 확실히 내실을 다지는 작업이 필요합니다. 교수는 마음 놓고 연구에 전념할 수 있어야 하며, 학생도 오로지 학문을 갈고닦는 데만 정신을 집중할 수 있는 환경이 이룩되어야 합니다."

그는 1987년 10월 12일 이사장 취임 후 처음으로 맞이한 개교 69주년 기념식에서 축사를 통해 이런 자신의 바람을 드러냈다. 그리고 이듬해 신년사를 통해서도 이와 같은 희망을 다시 한 번 공개적으로 표명했다.

"이 우주의 현원(玄遠)을 생각해볼 때 인간의 일평생은 흐르는 물이요, 순간이라고 볼 수 있습니다. 이 짧은 시간을 어떻게 유용하게 쓰며, 인류사회에 공헌할 수 있는가를 탐구하는 것이 학문에 몸담은 사람들의 의무가 아닐까 합니다. 학문의 길은 너무나 길고도 멉니다. 이렇게 끝이 없는 도정을 어떻게 측량하고 연구하여 궁극적인 목적을 달성할 수 있을까 하는 문제는 우리 모두 차분히 생각해야 할 점입니다. 다만 연구라는 영원한 십자가를 지고 끝없는 길을 달리는 학도에게는 목표 자체가 보람이라고 하겠습니다."

1987년 가을부터 그는 한 달의 절반은 일본에서 보내고, 나머지 절반은 한국에서 보내는 생활을 계속했다. 건강을 염려하는 사람들에게 서울에서 동경까지는 그리 멀지 않은 거리라서 충분히 견딜 만하다며 안심시켰다. 그는 비행기로 서울과 동경을 오가면서 혹시나 일본에 있는 교재나 학술 자료 중에서 서울에 필요한 게 있는지, 반대로 서울에 있는 교재나 학술 자료 중에서 동경에 필요한 게 있는지를 살펴가며 필요한 것들을 가방에 넣어

다니곤 했다.

이사장에 취임하고 나서 얼마 지나지 않았을 때의 일이다. 우연히 어떤 학술 모임에 갔다가 중앙대학교 공과대학의 젊은 교수 한 사람을 만났다. 열심히 연구에 매진하고 심혈을 기울여 발표하는 모습에 그는 큰 감명을 받았다. 이런저런 이야기를 나누던 중에 김희수는 그 교수에게 무슨 분야에 관심이 있는지를 물었다. 그 교수는 자기 전공에 대해 많은 이야기를 들려주었다. 그 뒤 그는 일본에 돌아가 그 교수의 전공에 도움이 될 만한 자료를 여기저기서 구해 서울로 돌아왔다.

"이사장님, 아니 무슨 가방이 이렇게 두툼합니까? 아이고, 이 무거운 걸! 이 무거운 가방을 들고 지하철을 타고 오신 겁니까?"

"아, 필요한 책 좀 사 오느라 그랬어요. 뭐 그럭저럭 가지고 다닐 만합니다."

김희수는 그 젊은 공대 교수를 불러 일본에서 가지고 온 책과 자료들을 건네며 앞으로 더 필요한 게 있으면 얼마든지 구해다줄 테니 주저 없이 말하라고 했다.

"이사장님, 저는 그저 지나가는 말로 제 관심사를 말씀드린 것뿐인데……. 이러시면 제가 죄송스러워서 어쩝니까? 다시는 이러지 마십시오."

"아닙니다. 나야 어차피 왔다 갔다 하는 길인데……. 이런 것 쯤이야 일도 아니지요. 교수님이 열심히 연구하고 노력하는 모습이 너무 보기 좋아서 조금이나마 도움이 될까 싶어 이러는 거예요. 절대 부담 갖지 마세요. 가져다 드리는 책을 잘 보시기만 하면 됩니다."

그 뒤로도 그는 몇 년 동안 그 교수를 위해 동경에서 서울까지 책을 실어 나르는 일을 계속했다. 그는 그때 그 일이 얼마나 신나고 즐거웠는지 모른다고 했다.

중앙대학교 부설로 세워진 유치원이 있다. 중앙대 부속유치원은 김희수가 태어나기도 전인 1916년 9월 20일 우리나라에서 최초로 세워진 감리교회인 정동교회 부설 중앙유치원으로 개원했다가, 1965년 3월 1일 중앙대학교 사범대학 부속유치원으로 바뀌었다. 우리나라에서 가장 오래된 유치원 중 하나로, 한국 유아교육 현장의 생생한 역사를 써 내려온 모범적인 유치원으로 정평이 나 있다.

1991년부터 부속유치원 원장으로 일하게 된 이숙희 원장은 김희수의 은사인 이백순 선생의 딸이었다. 마침 유치원장 자리가 공석이었는데, 유아교육을 전공한 이숙희 박사가 이 자리를 맡게 되었다. 그는 사람의 인연이란 게 이렇게 길고도 깊다는 걸 그때 새삼 깨달았다. 이숙희 원장은 1995년 문과대학 아동복지학과 교수로 임용되기 전까지 4년 동안 원장을 맡아 유치원의 위상을 반석 위에 올려놓았다.

그는 1991년 겨울, 일본에 있는 유치원과 유아교육 현장도 견학시킬 겸 부속유치원 교사 전원을 일본으로 초청했다. 일본의 유치원이나 보육시설 등은 선진국 수준으로 잘 갖춰져 있었다.

중앙대학교 부속유치원이 한국에서 가장 앞서가고는 있었지만, 일본에 비하면 한참 뒤처져 있었기에 교사들은 큰 관심을 가지고 현장을 둘러보았다.

"내가 여러분을 이렇게 초청해서 견학하게 한 것은 앞으로 더욱 사명감을 갖고 어린이 교육에 힘써 달라는 의미입니다. 나는 식민지가 된 조국에서 태어나 어릴 때부터 많은 한을 가지고 자랐습니다. 그때 정신을 똑바로 차리고 배워야 산다는 각오로 살았기에 오늘 이 자리에 있을 수 있었습니다. 어릴 때 교육이 참 중요합니다. 인격이 형성되기 이전에 제대로 교육을 받아야 훌륭한 사람이 될 자질을 갖추게 됩니다. 다들 열심히 해주세요."

김희수는 교사들을 자신이 운영하는 비즈니스호텔에 묵게 했다. 최고급 호텔을 기대했는지 그들의 표정이 약간 어두워졌다. 숙소가 좀 춥다며 불평하기도 했다. 그는 좀 추워야 정신이 맑아진다고 대답했다. 이튿날 이숙희 원장이 맛있는 저녁을 사달라고 하자 김희수는 저녁은 비싸니까 점심을 사주겠다고 말했다. 교사들이 식사 장소까지 택시를 타고 가려고 나서자 지하철역이 바로 앞에 있다며 인원에 맞게 지하철 표를 끊어주었다.

식사를 하는데 다들 표정이 시무룩했다. 김희수는 식사를 마친 후 교사들을 데리고 어린이용 교재와 학습 도구, 놀이 기구 등을 판매하는 대형매장으로 들어갔다. 순간 교사들의 얼굴에 화색이 돌았다. 놀이동산에 소풍 나온 어린아이들 같은 모습이었다.

"자, 여러분이 필요한 만큼 다 구매하세요. 얼마든지 사도 좋습니다.”

“이사장님, 정말이세요?”

교사들은 매장 이곳저곳을 샅샅이 둘러보면서 엄청난 양의 교재와 기구들을 구입했다. 당시 그 매장에는 국내에서 구할 수 없는 좋은 교재와 기구들이 참 많았다. 교사들이 골라놓은 교재와 기구들이 산더미처럼 쌓였다. 그때 우리 돈으로 300만 원어치가 넘었다.

“이사장님, 이걸 다 어떻게 서울까지 가져가지요?”

“내가 공항까지 실어다주고, 한국에 도착하면 학교 버스로 운반하도록 지시해둘게요.”

지금도 부속유치원에 가면 그때 구매한 교재와 기구 일부가 남아 있다. 김희수는 먹고 자는 문제로 불편해했던 교사들에게 시내 구경이라도 실컷 하라며 10만 엔을 건네주었다. 교사들은 감격에 겨운 얼굴로 그를 바라보았다. 옆에 있던 그의 아내가 입을 열었다.

“여보, 저도 차비가 부족한데, 돈 좀 더 주세요.”

“아까 지갑 봤더니 그 정도면 집에 갈 차비 충분합니다. 그만 갑시다.”

국내 최초로 국악 단과대학과
대학원을 세우다

―――――

김희수는 예술을 사랑하는 사람이야말로 자신의 인생을 더욱 풍
성하게 가꿀 줄 아는 사람이라고 믿었다. 음악이든, 미술이든, 영
화든, 사진이든, 무용이든 자신의 적성에 맞게, 자신이 좋아하는
분야에서 뭔가 한 가지라도 꾸준히 즐긴다면 나중에는 그 분야의
전문가 이상 가는 실력을 갖추게 될 수도 있다.

　중앙대학교는 예전부터 국내 다른 어느 대학보다 예술 분야에
더 많은 투자를 하고, 유능한 인재들을 배출했으며, 다양한 장르
에 걸쳐 우리나라 문화예술계를 선도해온 학교였다. 김희수 역시
이 분야에 뜨거운 애정을 가진 사람으로서 중앙대학교의 이런 전
통을 잘 계승하고 발전시켜나가기 위해 나름대로 여러 가지 노력
을 기울였다.

1992년 8월에는 예술대학 건물을 증축했다. 예술대학은 문예 조형, 공연, 영상, 디자인, 사진 등을 전공하는 학생들이 모여 기량을 닦는 곳이다. 이 중 사진학과는 1964년부터 우리나라 4년제 대학 가운데 처음으로 사진을 체계적인 학문으로 가르치기 시작한 독보적인 전통을 가진 학과다. 국내 예술계는 물론 신문사, 잡지사, 광고기획사, 영화사, 사보 등 산업계 전반에 걸쳐 이 학과 출신들이 다수 진출해 있었다.

1995년 11월에는 예술대학원, 1999년 9월에는 첨단영상대학원을 설치했다. 예술대학원 안에는 문학예술, 조형예술, 공연영상, 예술경영, 디자인, 공예, 음악, 패션예술, 박물관학, 미술관학, 문화콘텐츠학과 등이 개설되었다. 첨단영상대학원은 영상정보, 차세대 영상 콘텐츠, 애니메이션 이론, 영화 이론과 제작 등 다양한 전공을 통해 공학계 학생들에게는 예술적 감성을 갖춘 연구력을, 그리고 예술계 학생들에게는 공학적 합리성을 이해할 수 있는 창의성을 교육하고자 설립한 대학원이다.

1999년 10월에는 약 300억 원을 들여 아트센터를 준공했다. 지하 3층, 지상 9층에 연면적 3만 5,000여 평에 이르는 아트센터는 국내 대학 중 최고의 시설을 자랑하는 문화예술 공간으로, 최첨단 조명 및 음향시설, 영상시설, 회전무대 등을 갖춘 500석 규모의 대극장과 123석 규모의 가변형 소극장, 290평 규모의 다용도 전시관, 그리고 실기실 및 세미나실, 강의실 등을 고루 갖춘 종합공연장이었다.

그는 평소 국악이야말로 세계에 자랑할 만한 우리 전통문화의 진수라고 생각해왔다. 국악 속에는 자연과 인간, 우주가 조화를 이루는 아름다운 하모니가 넘쳐흐른다는 것이다. 그런데 왜 우리 국악이 이토록 훌륭한 문화유산임에도 국민의 관심을 받지 못하고, 세계인들에게 제대로 알려지지 않았는지 안타까운 마음을 가지고 있었다. 그는 기회가 있을 때마다 음대 교수들이나 국악 전공 학생들에게 이런 자신의 마음을 표현하곤 했다.

김희수는 기회 있을 때마다 음대 박범훈 교수가 상임 지휘자로 있는 중앙국악관현악단의 연주회를 관람했고, 물심양면으로 지원했다. 중앙국악관현악단은 중앙대 음대 국악 전공 졸업생들을 중심으로 1987년 3월에 창단된 민간연주단체다. 국내는 물론 국제적으로도 연주 수준과 실력 면에서 그 지위를 인정받고 있으며, 우리 전통음악의 대중화에 크게 기여한 악단이다. 서울 올림픽에도 참가하여 멋진 연주 실력을 과시하기도 했다.

이사장 취임 초기에 중앙국악관현악단은 4회에 걸쳐 일본과 미국 순회 연주회를 가진 적이 있었다. 이때 그는 아내와 동행하여 국악의 향기에 흠뻑 취해본 경험이 있다. 미국에서는 뉴욕, 워싱턴, 시카고, 애틀랜타 등지에서 공연이 있었다. 그는 중앙대학교 재미동문회에서 준비한 승용차를 사양하고 단원들과 함께 버스로 이동하며 차 안에서 젊은 단원들과 많은 이야기를 나누었다. 숙소도 호텔을 마다하고 단원들과 같은 곳에 묵으면서 우리 전통음악에 대해 이야기꽃을 피우느라 시간 가는 줄을 몰랐다고 한다.

연주회를 성황리에 마치고 한국으로 돌아올 무렵이었다. 그는 아내와 함께 일본 동경으로 가는 비행기를 타고, 단원들은 뉴욕을 거쳐 서울로 돌아오는 비행기를 타야 했다. 동경으로 가는 비행기는 다음날 오전 10시, 뉴욕으로 가는 비행기는 다음날 새벽 4시가 출발 시각이었다. 그 전날 함께 즐거운 저녁 식사를 마치고 숙소로 돌아가며 서로 인사를 나누었다.

"이사장님, 연주회 내내 동행해주셔서 정말 감사합니다. 저희는 잘 돌아가겠습니다. 편안히 주무시고 무사히 동경으로 돌아가십시오. 나중에 학교에서 뵙겠습니다."

"내일 새벽에 내가 공항에 나가서 배웅하고 싶은데……."

"아이고, 그러지 마십시오. 고단하실 텐데 푹 주무십시오. 10시에 가실 분들이 4시에 배웅을 나오시면 잠은 언제 주무십니까? 고단해서 안 됩니다. 절대 나오지 마십시오."

"허 참……. 그럼 그렇게 하지요. 수고들 했어요. 또 봅시다."

말은 이렇게 했지만, 그는 잠자리가 편치 않았다. 일본과 미국 주요 도시들을 오가며 여러 차례 공연에 몰두하느라 다들 고생을 너무 많이 했는데, 그냥 보낼 수는 없었다. 결국, 그는 새벽에 일어나 아내와 함께 공항에 나가 4시 비행기를 타는 단원들을 일일이 격려하며 환송했다. 잠은 좀 설쳤지만, 마음은 뿌듯했다. 그들이 아니면 누가 자신의 국악에 대한 애타는 그리움과 갈증을 풀어줄 수 있었겠느냐며 고마운 건 오히려 자신이었다고 했다.

그 후 김희수는 중앙대 총장으로도 일한 음대 박범훈 교수와 함께 갖은 노력 끝에 2000년 10월 국내 최초로 국악대학을 설치하고 이듬해 봄부터 신입생을 맞았다. 국악대학 안에는 극음악, 창작극음악, 관현악, 성악 등의 전공이 개설되었다. 다른 대학에도 국악과는 많이 있었지만, 중앙대학교 국악대학이 단과대학으로 당당히 위용을 갖추어 출범함으로써 국내 국악계에 신선한 충격과 바람을 불러일으켰다.

이어 2001년 9월에는 국악교육대학원을 신설했다. 국악교육대학원은 국내에서는 유일하게 국악교육을 중심으로 하는 대학원으로 국악유아교육전공, 국악초등교육전공, 국악중등교육전공, 국악포괄교육전공 등이 개설되었다.

한편 동숭동에 있는 대학로에 공연영상예술원 건물을 매입할 때의 일이다. 당시 김희수는 일본에 머물고 있었다. 오전에 박명수 총장에게서 다급한 전화가 걸려왔다.

"이사장님, 저 박명수 총장입니다."

"무슨 일이시오? 다음 주면 내가 서울에 갈 텐데⋯⋯."

"죄송합니다, 이사장님. 제가 워낙 급해서 서둘러 일을 진행하느라 깜빡 보고드리지 못한 게 있습니다. 실은 전부터 동숭동 대학로에 연극영화과 연습이나 공연을 위해 전용 건물을 하나 매입하려고 했는데, 마침 좋은 건물이 나왔습니다. 그래서 오늘 오후 2시에 계약하기로 약속했습니다. 그런데 생각해보니 이사장님께 보고드리는 걸 잊어버렸지 뭡니까? 정말 죄송합니다. 구두로 허락하시면 조치하고 다시는 이런 일이 없게 하겠습니다."

"그래요? 얼마짜리 건물입니까?"

"40억 원입니다."

"······ 할 수 없지 않소? 일단 계약하시고 서울에 가면 다시 구체적으로 이야기합시다."

2001년 6월 동숭동에 공연영상예술원이 개원해 연극의 중심지인 대학로에서 생생한 현장 분위기를 익히며 공연에 열중할 수 있게 된 것은 학교 행정 책임자들의 이런 어처구니없는 실수에도 불구하고 더 나은 교육 환경과 학생들의 편의를 최우선으로 고려한 김희수의 도량과 결단 덕분이었다. 이 같은 지원에 힘입어 1959년 국내 4년제 대학 최초로 설립된 연극영화학과는 지금까지 60년 가까운 세월 동안 연극, 영화, 방송 등 공연예술 분야에서 내로라하는 연기자들과 연출가, 작가, 연구 인력들을 대거 배출함으로써 이 분야에서 자타가 공인하는 국내 대학 최고의 학과로 성장할 수 있었다.

중앙대 이사장 재임 22년 동안 지켜온 김희수의 3불 정책

1988년 11월 7일 자 〈중대신문〉에는 다음과 같은 사설이 실렸다.

우리 학교의 위신이 또 한 번 크게 실추되었다. 지난 2일 문교부에 따르면 작년과 올해 문교부가 감사를 한 8개교 중 상명여대, 전주대, 우석대, 인하대, 대구한의대, 영남대와 우리 학교가 기부금을 받거나 재단의 영향으로 학생을 부정 입학시킨 사례가 발견되었다는 것이다. 특히 우리 학교의 경우를 살펴보면 1986년도에 약대와 의대에 한 명씩을 학사 편입시켰으며, 대학원 신입생 49명도 선발 규정을 어기면서 선발했다고 한다.

실상 기부금과 관련한 사학재단의 문제는 우리 학교 이외의 몇몇 학교에서도 같은 사태가 벌어지고 있으며, 앞으로 이런 유형의 사학재단 부조리 파동은 확대될 조짐이다. 사실 기부금과 관련한 사학의 비리가 어제오늘의 일이며, 이번 감사에서 밝혀진 7개 대학에 국한되는 일인가. 우리 학교를 비롯한 서울 소재 대학뿐만 아니라 전국 도처에서 학생 입학을 둘러싼 이런 추잡스러운 부조리가 공공연히 만연해 있는 것이 우리나라 대학의 심각한 병폐의 한 단면이다.

가장 큰 문제는 학원 내의 교수나 교직원이 재단과 영합하여 이런 추잡스런 일을 저질렀다는 것이다. 또 거기에 대해 아무런 책임이나 처벌을 받지 않았다는 것이다. 문교부는 부정 입학과 관련된 총학장이나 보직교수를 이미 문책했다고 발표했지만, 우리 학교에서 이 문제와 관련되어 해명이나 사후 대책이 있었다는 말은 듣지 못했다. 학부도 아닌 전문적인 학문을 연구하기 위한 대학원 입학에 50여 명이나 부정 입학했다는 사실은 그동안 우리 학교의 행정이 얼마나 음모적이고 추잡했던가를 잘 반증해주고 있다. 그동안 우리 대학원의 학위가 받았던 푸대접은 어쩌면 당연한 결과였는지도 모른다.

김희수는 이 같은 문교부 감사 결과에 대한 보고를 듣고 큰 충격을 받았다. 전임 이사장 재임 시절 재단에서 부정 입학을 저지르고 비자금이나 정치자금을 마련해 사용했다는 이야기는 간혹 들었지만, 진리를 탐구하는 지성의 전당인 대학에서 이런 일이 버젓이 자행되고 있었다는 게 명백한 사실로 드러나자 도무지 믿기지 않았다. 비록 자신이 이사장으로 취임하기 전에 있었던 일이기는 하지만 이것만큼은 절대 용서할 수 없었다.

대학에서 진실과 믿음이 무너진다면 무슨 수로 진리를 탐구하며 학문을 연구하겠는가. 거짓과 술수가 난무하는 곳에서 진리를 탐구하고 학문을 연구한들 그것이 다 무슨 소용이 있겠는가. 오히려 대학을 통해 머리 좋은 사기꾼, 잘 배운 협잡꾼, 실력 있는 도둑놈들만 배출함으로써 이 사회와 국가를 더욱 어지럽게 만들지 않겠는가. 이 일로 그는 이런 풍토가 더 이상 대학 안에 자리 잡지 못하게 하는 데 최우선 정책을 두게 되었다.

전체 교수와 교직원들, 그리고 총동문회 임원들 앞에서 그는 이렇게 선언했다.

"앞으로 제가 이 대학의 이사장으로 있는 한 세 가지 부정은 절대 있을 수도, 있어서도 안 됩니다. 첫째는 부정 입학입니다. 전체 학사 행정은 공개적으로 투명하게 운영하겠습니다. 학부나 대학원의 모든 신입생은 정당하고 정상적인 입시 절차를 거쳐 공정하게 입학하고 졸업해야 합니다. 일체의 부정이나 비리가 있어서는 안 됩니다.

둘째는 신임 교원이나 교직원 채용에 있어 부정이 있어서는 안 됩니다. 교수나 교직원을 채용할 때도 공개적이고 공정하게 절차를 거쳐 진행하겠습니다. 청탁이나 특혜는 있을 수 없습니다. 저부터 제 자식이나 친척 그 누구라도 뒷문으로 사람을 채용하는 일은 하지 않겠습니다. 모든 교수, 교직원들, 그리고 총동문회 임원들도 똑같이 원칙을 지켜야 합니다.

셋째는 학교 시설 공사나 외주, 설계나 건축, 연구 용역이나 장학금 지급, 각종 지원비 등에 있어 일체의 부정이나 비리는 있을 수 없습니다. 모든 것은 역시 투명하고 공정하게 문서에 의해 절차를 밟아 진행해야 합니다. 사후 철저한 감사와 감리를 거쳐 문제가 밝혀지면 지체 없이 책임을 묻고 징계하겠습니다. 아예 이런 생각조차 버려야 합니다."

이것이 김희수의 학교 행정 3불 정책이었다. 최소한 그가 이사장직에서 물러날 때까지 이 원칙은 그대로 잘 지켜졌다. 이후 언론을 통해 중앙대학교에 비리가 발견되었다는 보도는 나간 일이 없으며, 소문으로라도 이런 이야기를 들은 적이 없었다. 이사장 자신부터 비자금이니 접대니 청탁이니 특혜니 하는 것들을 일절 가까이한 일이 없었기 때문에 교직원들이나 교수들, 총동문회 임원들도 이런 일에 개입할 엄두를 내지 못했을 것이다.

1991년 10월, 이른바 '중앙대 C급 사태'라는 일이 발생했다. 교육부에서 주관한 각 대학 평가에서 중앙대학교에 대한 평가가 C급으로 발표된 것이다. 이공계열은 전체 순위가 23위로 매겨졌다. 이 발표를 접한 일부 학생들은 재단이 무능해서 명문사학인 우리 학교의 순위가 이렇게 낮게 나왔다며 이사장실을 점거하고 이사장을 감금하기에 이르렀다. 오전 10시경에 학생들이 몰려와 김희수를 에워싸고는 문교부 평가 결과에 대해 따지기 시작했다.

그는 학생들에게 70년이 넘는 역사를 가진 대학에 대한 종합적인 평가가 취임한 지 4년밖에 안 된 이사장 한 사람에 의해 전적으로 좌지우지된다는 게 말이 되느냐, 재단에서 돈만 많이 내놓는다고 해서 학교가 하루아침에 A등급이 되느냐, 이성적으로 생각해서 재단, 교수, 학생, 교직원, 총동문회가 모두 합심하여 어떻게 하면 학교 발전을 위해 더 노력할 것인가 그 방법을 찾아야 하지 않겠느냐고 설득했다. 그러나 학생들은 들으려고도 하지 않았다.

오후 3시경 김희수의 혈압이 급격히 올라갔다. 인내에 한계가 온 것이다. 직원들이 급히 용산병원에 연락해서 의료진이 도착했다. 학생들은 이사장을 병원으로 데려가지 못하도록 막아섰다. 그러자 담당 의사가 학생들을 호되게 야단쳤다.

"학생들! 지금 이사장님 혈압이 220까지 올라갔어. 빨리 병원으로 모시지 않으면 무슨 일이 일어날지 모른다고. 만약에 무슨 일이라도 벌어지면 학생들이 책임질 거야?"

그때야 학생들이 길을 비켜주었고, 김희수는 용산병원으로 옮겨져 치료를 받은 후 기력을 되찾았다. 그가 중앙대학교 재단 이사장으로 일하는 동안 이 일은 그에게 있어 가장 충격적이고, 가슴 아프며, 잊을 수 없는 안타까운 일이 돼버렸다.

그는 이 일의 배후에도 양심소리투쟁위원회와 총동문회 일부 임원들이 개입되어 있었을 거라고 생각했다. 임영신 전 이사장 시절부터 총동문회 일부 임원들은 여러 가지 학교 이권에 개입하고 있었으며, 부정 입학에도 관여하여 남몰래 검은돈을 챙기고 있었다. 임철순 전 이사장 시절에도 마찬가지였다. 나중에는 이런 부정한 돈이 한데 섞여 등록금인지 비자금인지조차 구분하지 못할 정도였다고 한다. 김희수 이사장이 취임한 뒤 이 같은 부정한 일을 하지 못하게 되자 과거부터 이런 일에 관여해온 총동문회 일부 임원들이 학생들을 부추겨 틈만 나면 이런저런 이유로 그를 옭아매 끌어내리려 한 것이다.

"이사장님, 여기는 일본이 아닙니다. 한국에서는 공무원들에게 봉투도 좀 돌려야 하고, 비자금을 만들어 접대도 좀 하고 그래야 합니다. 너무 맑은 물에서는 고기가 살 수 없다고 하지 않습니까? 직접 하기 싫으시면 아랫사람들 시켜서 하시면 되지 않습니까?"

안타까운 마음에 병원에 누워 있는 그에게 이렇게 말하는 사람도 있었다. 그러나 김희수는 절대 그럴 수 없었다. 자신이 몸담은 곳은 대학이었다. 학원이었다. 진리와 자유, 평화가 강물처럼 맑고 깨끗하고 투명하게 흘러가야 할 바로 그런 곳이었다.

의과대학 부속병원을
짓기까지

중앙대학교 의료원은 1968년 6월 10일 가톨릭의과대학 교수들
이 중심이 되어 환자 진료와 의학 연구에 매진하기 위해 한국의
과학연구소를 설립한 뒤, 부속병원으로 서울시 중구 필동에 14개
과목을 진료하는 200병상 규모의 성심병원을 개원한 것이 그 시
초가 되었다. 1970년 12월 문교부로부터 의과대학 신설 인가를
받은 중앙대학교는 그 이듬해 성심병원을 인수하여 중앙대학교
의과대학 부속병원으로 새롭게 출범시켰다.

이후 나날이 병상 수가 부족하게 되자 1976년 신관을 건립하
여 총 350병상을 확보한 중앙대학교 의료원은 1981년에 CT실을
개설하는 등 최첨단 시설과 장비를 대폭 확충하고, 우수한 교수
진을 확보하며 발전을 거듭했다. 하지만 계속해서 증가하는 의료

수요를 충족시키기에는 역부족이었다. 따라서 두 번째 부속병원을 건립하기로 하고, 1984년 공개입찰을 통해 서울철도병원을 임대하여 중앙대학교 부속 용산병원을 개원했다.

그러나 좀 더 나은 의료 서비스를 요구하는 국민의 바람이 점점 커지면서 필동과 용산에 있는 두 개 병원만으로는 이를 다 감당할 수 없는 지경에 이르게 되었다. 그러다 보니 김희수 이사장이 취임한 이래 두 개의 병원을 합쳐 1,000병상 이상 규모의 대학병원을 새로 건립하고, 부지를 더 확보하여 그 자리에 의과대학과 대학원, 약학대학 등을 이전하는 게 좋겠다는 의견이 끊임없이 제기되었다.

김희수 이사장 역시 앞으로 대학의 발전 전망이나 우리나라 의료 수준의 미래 등을 내다봤을 때 그렇게 하는 것이 타당하리라 판단하고 있었다. 문제는 서울 시내에 1,000병상 이상 규모의 병원을 지을 만한 공간이 있는지, 게다가 병원과 함께 의과대학과 대학원, 약학대학까지 이전할 수 있을 만한 그런 공간이 있는지가 관건이었다. 물론 지금도 어마어마한 규모로 들어가겠지만, 그것은 부지 확보 이후에 생각해도 늦지 않은 일이었다.

학생들과 총동문회에서는 학교 발전이나 마스터플랜에 대한 이야기만 나오면 부속병원 건립에 대한 계획부터 꺼내들었다. 요구는 들끓었지만 하루아침에 이뤄질 일은 아니었다. 그는 재단 이사회를 통해 실무진을 구성하여 서울이나 서울에서 멀지 않은 근교에 이만한 부지가 있는지를 물색하기 시작했다. 하지만 아무리 찾아봐도 모두의 기대를 충족시킬 만한 그런 대규모 부지는 나타나지 않았다.

그러던 차에 강남구 개포동 인근에 21만여 평에 달하는 좋은 부지가 매물로 나왔다는 소식이 들려왔다. 김희수는 서둘러 실무진을 데리고 현장을 돌아보았다. 그린벨트로 묶여 있는 땅인데, 정부와 협의하여 중장기적으로 개발하면 병원과 의대, 약대, 대학원까지 들어설 메디컬 캠퍼스로는 적격인 곳이었다. 그는 실무진에게 어떻게 하든지 땅 주인과 성공적으로 협상을 매듭지어 이 부지를 반드시 매입하라고 신신당부했다.

나중에 알고 보니 그 땅은 당시 유명했던 사채업자 소유로 되어 있었다. 실무진은 그와 접촉하여 밀고 당기는 기나긴 협상을 벌였다. 땅값은 그때 돈으로 205억 원에 달했다. 오랜 줄다리기 끝에 드디어 계약에 대한 합의가 이뤄졌다. 엄청난 금액이었지만 학교 발전을 바라는 학교 구성원 모두의 숙원사업이었기에 기쁨은 말할 수 없이 컸다.

그런데 땅 주인인 사채업자가 내건 또 다른 조건이 있었다. 땅값이 워낙 큰 금액이다 보니 계약서에 실제 가격을 명시하지 말고 좀 낮춰서 작성한 뒤 나머지 금액에 해당하는 땅은 자신이 학교 측에 기증한 것처럼 해달라는 것이었다. 즉 돈은 다 받되 일부 땅은 팔고, 일부 땅은 기증하는 것으로 하면 자신은 명분과 실리를 모두 취할 수 있다는 논리였다.

이는 분명히 옳지 않은 일이었다. 그러나 사채업자는 그런 방식이 아니면 절대로 땅을 팔지 않겠다고 버텼다. 아무리 설득해도 소용없었다. 서울 시내에 그만한 환경을 가진 다른 부지는 찾아낼 수 없었다. 그야말로 진퇴양난이었다. 협상을 진행하던 실무진에서 땅 주인의 요구대로 하는 게 좋겠다는 건의가 올라왔다. 고민스러웠지만 당시로서는 다른 대안이 없었다. 극소수의 실무진 외에는 철저하게 비밀에 부친 채 계약이 성사되었다.

하지만 일은 엉뚱한 곳에서 틀어지기 시작했다. 이 일을 알고 있던 학교 핵심 관계자 한 명이 사석에서 비밀을 발설한 것이다. 소문은 은밀히 돌고 돌아 마침내 땅 주인의 귀에까지 들어가고 말았다. 비밀이 새나간 사실을 알게 된 사채업자는 노발대발하며 계약 파기를 선언했다. 계약서는 작성했지만, 아직 등기 이전까지 마친 상태는 아니었다. 그는 즉시 등기 이전을 중지시킨 다음 계약금을 돌려주며 모든 일을 원천무효로 만들어버렸다.

무덤까지 가져가기로 굳게 약속한 내용이 등기 이전도 마치기 전에 새나갔으니 할 말이 없었다. 천신만고 끝에 어렵사리 마련한 그 좋은 부지가 하루아침에 날아가버렸다. 안타까운 일이었지만 누구에게 하소연할 수도 없는 노릇이었다. 전모를 알고 있는 실무진만 가슴앓이를 할 수밖에 없었다. 학생들과 총동문회에서는 부속병원과 메디컬 캠퍼스 설립 계획을 조속히 이행하라며 날이 갈수록 목소리를 높이고 있었다.

그렇게 시간이 흘러갈 무렵 1997년 말 한국에는 이른바 'IMF 사태'라는 외환위기가 밀어닥쳤다. 우리나라의 대외신뢰도는 급격히 하락했으며, 금융기관은 부실해졌고, 기업들은 연쇄부도에 직면하게 되었다. 그동안 중앙대학교 재단의 자금줄 역할을 해오던 금정상호신용금고와 대학생들의 취업 확대를 위해 설립한 한국리크루트 등 국내에 있던 김희수의 사업체들이 줄지어 파산 위기에 처했다.

일본에서 긴급 자금을 들여오려고 했지만 일본 경제도 이 시기를 전후해 오랫동안 지속해온 이른바 '버블경제'가 무너지고 극심한 경기 침체의 늪에 빠져들고 있었다. 금융과 부동산 시장의 혼란으로 전후 최대의 경기 불황이 이어지면서 빌딩과 땅값은 곤두박질쳤다. 한국은 한국대로, 일본은 일본대로 최악의 상황에 빠져 숨 돌릴 겨를조차 없었다. 그때까지 일궈놓은 김희수의 경제적 기반이 한일 양국에서 모두 무너져내리고 있었다.

그렇게 되자 이제는 좋은 부지가 나와도 땅을 매입할 여력이 없었다. 참으로 힘든 시간이 이어졌다. 하는 수 없이 흑석동 캠퍼스에 딸린 부속유치원을 다른 곳으로 이전하고, 부속고등학교를 강남구 도곡동으로 옮긴 뒤 그 자리에 부속병원을 건립하기로 했다.

이윽고 2000년 5월 말 흑석동 캠퍼스에 부속병원 건립 공사가 시작되었고, 자금이 여의치 않자 2004년 2월 필동에 있는 부속병원을 동국대 법인에 매각하여 그 대금으로 공사를 계속 진행했다. 오랜 진통 끝에 2004년 12월 공사를 모두 마치고, 2005년 1월 18일 드디어 연건평 1만 8,217평에 562개의 병상을 운영하는 중앙대학교 병원을 개원했다.

이후 중앙대학교 병원은 2005년 보건복지부 의료기관평가에서 최우수 병원으로 선정되었으며, 보건복지가족부가 주관한 '2007 응급의료기관평가'에서는 최우수 지역응급의료기관으로 선정되었고, '2007 뇌졸중 환자 진료 적정성 평가'에서도 최고 등급을 획득하는 등 성공적인 흑석동 시대를 열어가고 있다. 아울러 중앙대학교 용산병원 역시 끊임없는 변화와 혁신을 통해 센터 중심의 고객 맞춤형 대학병원으로 거듭나고 있다.

김희수는 흑석동에 웅장하게 들어선 중앙대학교 병원을 바라보고 있으면 참으로 만감이 교차한다고 했다. 1,000병상 규모의 병원을 지어 메디컬 캠퍼스를 건설하겠다는 약속을 다 지키지 못한 데 대한 아쉬움과 자신의 힘으로 어찌할 수 없는 시대의 흐름 속에서도 최선을 다한 결과라는 데 대한 안도감 때문이다. 중앙대학교 병원은 그냥 병원이 아니라 김희수라는 한 인물이 살아온 시대를 마감하는 피와 땀의 결정체다.

교육은 투자가 아니라
기부다

———

김희수가 1980년대 이후 일본에 수림외어전문학교를 설립하고, 한국에 있는 중앙대학교 재단을 인수하자 사람들은 그를 '교육 사업가'라고 부르기 시작했다. 그리고 자신이 경영하는 사업체를 통해 얻은 이익을 학교를 유지하고 발전시키는 데 아낌없이 쏟아부자 사람들은 그가 교육에 투자를 참 많이 한다고 이야기했다.

그러나 정작 김희수 자신은 '교육 사업'이니 '교육 투자'니 하는 말을 참 싫어했다. 그런 말이 옳지 않다고 생각했기 때문이다. 사업은 시장을 통해 소비자에게 뭔가를 팔아 이윤을 남기는 행위를 말한다. 그것이 특정 제품이든 서비스든 사업은 이윤을 추구하는 게 목적이다. 교육을 통해 뭔가 이익을 남기려 하고 이윤을 추구한다면 교육 사업이 맞는 말이다. 그런 일을 하는 사람을 '교육 사업가'라고 부른다면 하등 이상할 게 없다.

투자라는 말도 마찬가지다. 투자란 자신이 가진 돈이나 시간, 능력을 들여 그에 상응하는 이익을 얻으려는 행위를 말한다. 뭔가 대가를 노리고 어떤 일이나 사업에 자본이나 시간 혹은 정성을 쏟는 것이다. 교육을 통해 뭔가 이익을 얻으려 하거나 합당한 대가를 바라고 돈이나 노력을 들인다면 그것은 교육 투자가 맞는 말이다. 그런 일을 하는 사람을 '교육 투자자'라고 부른다 해도 틀린 말이 아니다.

하지만 아무런 이윤을 추구하지도 않고, 대가를 바라지도 않는다면 그것은 사업도 투자도 아니다. 그것은 봉사며 기부다. 김희수는 교육이란 사업이나 투자의 대상이 아니라 봉사와 기부의 대상이라고 생각했다. 교육을 사업이나 투자로 봤을 때 학생들이 내는 수업료나 등록금은 매출이며 이윤이 된다. 학생들은 소비자들이며, 교사나 교수들은 자신의 사업이나 투자를 도와주는 직원일 뿐이다. 그렇게 되면 학교는 단순한 사업장이나 투자처에 지나지 않는다.

그는 무릇 교육을 하고자 하는 사람은 철저하게 봉사와 기부의 정신을 가지고 오직 인재양성에 대한 사명감과 조국에 대한 애국심으로만 이 일에 임해야 한다고 믿었다. 그렇지 않으면 교육은 언제든지 다시 사업이 되고, 투자가 된다는 것이다. 그는 작지 않은 허물과 단점을 가지고 이런저런 실수를 거듭하며 살아왔지만, 사업을 하는 동안에는 '정직'과 '신용'의 정신을, 교

육하는 동안에는 '봉사'와 '기부'의 가치를 잃지 않으려 최선을
다했다.

김희수가 일본에서 이룩한 성공을 바탕으로 한국에서 다른 사
업을 벌였거나 일본에서 다른 분야에 야심적으로 진출했더라면
훗날 대단한 글로벌 기업을 이끌게 되었을지도 모른다. 그렇지만
그는 죽을 때까지 재산을 싸 가지고 갈 것처럼 움켜쥐고 있던 선
배들이나 일본에서 소득 랭킹 1위에 오른 다른 동포 기업가의 생
각과는 달랐다. 돈은 소유하기 위해 버는 게 아니라 분배하기 위
해 버는 거라고 생각했다. 그에게 있어 돈의 마지막 사용처는 기
부였다.

비록 1997년 한국의 IMF 사태와 일본의 버블경제 붕괴 이후
한국과 일본에 있던 그의 사업체들이 모두 위기에 직면하여 이전
처럼 학교 발전을 위해 많은 자금을 쏟아부을 수는 없게 되었지
만, 그는 여전히 봉사자의 마음과 기부자의 자세로 학교 일에 임
해왔다. 그가 바란 것은 오직 하나, 학생들이나 교수들이 좀 더
열심히 공부하고 연구해서 우리 대학도 일본 대학들처럼 노벨상
을 받게 되는 그날이 오기만을 고대했다.

〈조선일보〉가 영국의 대학 평가기관인 QS(Quacquarelli Symonds)
와 공동으로 시행한 2010년 아시아 대학평가에서 11개국 448개
대학을 대상으로 평가한 결과 상위 30개 대학 안에 일본은 동경
대를 비롯하여 오사카대, 교토대, 도호쿠대, 나고야대, 도쿄공업
대, 규슈대, 쓰쿠바대 등 11개 대학이 포함되었다. 한국은 홍콩,

중국과 함께 5개 대학에 불과했다.

아시아 대학에 대해 잘 아는 전 세계 학자 4,546명을 대상으로 실시한 학계 평가 결과에서는 5개 전 학문 분야에서 동경대학이 아시아 1위 대학으로 뽑히는 등 일본 대학이 10위권 안에는 5개, 20위권에는 8개나 이름이 올라갔다. 해외 대학들이 보는 일본 대학에 대한 평판도와 인지도가 그만큼 높다는 것이다. 일본 대학들이 학계 평가에서 최상위를 휩쓸다시피 한 것은 그만큼 연구 능력이 뛰어나기 때문으로 알려졌다.

세이케 아쓰시 게이오대 총장은 인터뷰에서 이같이 말했다.

"경쟁은 교육과 연구의 질을 높일 수 있습니다. 그러나 경쟁은 대학의 최종 목표가 아니라 교육과 연구의 질을 높이기 위한 수단일 뿐입니다. 대학의 최종 목표는 경쟁과 협력을 통해 사회와 인류에 기여하는 것입니다."

지금까지 일본은 모두 23명이 노벨상을 받아 세계에서 일곱 번째, 아시아에서는 첫 번째로 노벨상을 많이 받은 나라가 되었다. 유카와 히데키가 1949년 노벨 물리학상을 받은 이래 1965년 도모나가 신이치로가 물리학상, 1968년 가와바타 야스나리가 문학상, 1973년 에사키 레오나가 물리학상, 1974년 사토 에이사쿠가 평화상, 1981년 후쿠이 겐이치가 화학상, 1987년 도네가와 스스무가 생리학·의학상, 1994년 오에 겐자부로가 문학상, 2000년 시라카와 히데키가 화학상, 2001년 노요리 료지가 화학상, 2002년 다나카 고이치가 화학상, 같은 해 고시바 마사토시가 물리학상, 2008년 고바야시 마코토와 마스카와 도시히데가 물리학상, 같은 해 시모무라 오사무가 화학상, 2010년 스즈키 아키라와 네기시 에이치가 화학상, 2012년 야마나카 신야가 생리학·의학상, 2014년 아카사키 이사무와 아마노 히로시가 물리학상, 2015년 가지타 다카아키가 물리학상, 같은 해 오무라 사토시가 생리학·의학상, 그리고 2016년 오스미 요시노리가 생리학·의학상을 각각 수상했다.

물리학에서 9명, 화학에서 7명, 생리학·의학에서 4명, 문학에서 2명 등 학문 분야에서만 22명이 노벨상을 받았다. 참으로 부러운 일이 아닐 수 없다. 일본이 이렇게 대학을 통해 인재를 육성하여 학문 분야에서 22명이나 노벨상을 받는 동안 한국은 단 한명도 노벨상을 받지 못했다는 사실은 부끄러움과 분노를 동시에 느끼게 만드는 일이다.

일본이 우리와 달리 이 같은 저력을 발휘할 수 있었던 것은 국가와 기업 그리고 국민이 사심 없이 대학을 키우고 성장시켰기 때문이다. 다시 말하면 교육을 사업이나 투자의 대상으로 보지 않고, 순수하게 봉사와 기부의 대상으로 여겼다는 것이다. 기업을 하는 사람들이나 막대한 부를 일군 사람 중에 이런 생각을 하는 사람들이 교육에 많은 봉사와 기부를 아끼지 않는 세상이 될 때 우리 대학들도 세계 속에서 경쟁력을 가질 수 있게 될 것이다.

김희수가 바란 것도 오직 이 한 가지였다. 그것이 지나친 욕심이었다고 생각하지는 않는다. 그는 당장 뭔가가 이뤄지지 않는다 하더라도 이런 의지와 노력이 하나둘 쌓이게 되면 언젠가는 반드시 좋은 결실을 보게 될 날이 있을 것으로 기대했다.

그는 나이를 먹어갈수록 이런 질문을 많이 받게 된다고 했다.

"옛날에 사업을 하실 때와 그 후에 교육하실 때를 비교해보면 어떤 게 더 힘들고 어려우셨습니까?"

그의 대답은 어렵지 않게 나왔다고 한다.

"아이고, 그거야 당연히 사업이 쉽지요. 훨씬 쉽지……. 전부 다 주판으로 셈하면 되니까. 사업이란 건 내가 계획하고 실행하고 책임지면 되잖소? 대학은 그렇지 않아요. 생각이 다르고, 이해가 다르고, 이념이 다른 사람들이 모인 곳에서 다양한 가치를 창조해내면서도 그걸 하나로 통합해서 보이지 않는 또 다른 세계를 만들어나가야 하니까요."

기업과 대학은 확실히 달랐다. 기업을 하는 사람에게는 기업가 정신이 필요하고, 교육하는 사람에게는 교육자 정신이 필요했다. 기업가 정신을 가지고 교육을 한다든지, 교육자 정신을 가지고 기업을 한다는 것은 그야말로 어불성설이었다.

제7장

모든 것을 버릴 때
진짜 부자가 된다

인간은 누구나 아무것도 가지지 않고 태어났다가 아무것도
가지지 않고 죽음을 맞이한다. 이것이 인생이다. 이러한 인생
길에서 예외인 사람은 단 한 사람도 없다.

그가 일본으로
귀화하지 않은 이유

———

평생 나라 잃은 한을 가슴에 품고 살다가 끝내 해방의 기쁨을 맛보고 돌아가신 그의 할아버지, 가족을 이끌고 일본으로 건너와 온갖 차별과 박해 속에서도 자식들을 배움의 길로 이끄신 그의 아버지가 꿈꾸던 세상은 진정한 독립을 이룬 부강한 조국이었다. 김희수 역시 일본 땅에서 조센징과 한도징 소리를 들으며 사는 동안 똑같은 세상을 꿈꾸며 살아왔다. 그의 뼛속 깊이 사무쳤던 역사의 교훈은 나라가 없으면 국민도 없다는 것이었다.

나라가 잘되면 국민도 어딜 가나 대접받지만, 나라가 어렵거나 아예 없어지게 되면 개인이 아무리 똑똑해도 어딜 가서 대접을 받을 수 없다. 하지만 거꾸로 생각해보면 자신의 조국을 어떤 나라로 만드느냐 하는 것은 전적으로 국민에게 달려 있다. 국민이 깨어 있고 정직하며, 부지런히 일하고 열심히 배워 익히면서 일치단결해나간다면 그 나라가 잘되지 않을 리 없다. 김희수는 이것이 바로 국민으로서의 자존심이라고 생각했다.

그는 자존심을 가진 한국인으로 살아가고 싶었다. 그래서 귀화는 생각해본 일도, 상상해본 적도 없었다. 다른 나라에 가서 정착한 교포들에게 귀화란 참으로 달콤한 유혹이다. 일본에도 귀화한 교포들이 대단히 많다. 귀화하면 일본 사람들과 똑같은 대접을 받지만 귀화하지 않으면 죽을 때까지 외국인등록증을 소지한 채 자국민과는 다른 차별 대우를 받으며 살아가야 하기 때문이다.

그가 동경전기대학에 다닐 때의 일이다. 졸업을 앞두고 논문을 쓰느라 바쁠 때였는데, 어느 날 일본인 지도교수가 연구실로 그를 불렀다.

"김 군, 논문은 잘되가나?"

"열심히 하고 있습니다."

"졸업도 얼마 남지 않았는데……. 자네 혹시 일본으로 귀화할 생각 없나? 성적도 괜찮고, 실력도 좋으니까 사회에 나가 성공해야 할 텐데, 조선인 신분으로는 여러 가지 어려운 점이 많을 걸세. 그러니 이번 기회에 귀화하지 그래. 그렇게 되면 자네가 회사에 취직하거나 사업을 하게 되더라도 훨씬 더 좋은 여건에서 기반을 닦을 수 있을 거야. 어떤가?"

"교수님, 저는 한국인입니다. 귀화는 전혀 생각하고 있지 않습니다."

그 교수는 그 후로도 몇 차례 김희수에게 귀화를 권했지만, 그 때마다 그는 단호하게 거절했다. 일본에서 살아가면서 귀화하지 않음으로써 받게 될 여러 가지 불이익은 절대 두렵지 않았다. 오히려 눈앞의 작은 이익 때문에 자신의 조국을 등지고, 스스로 자신이 태어난 나라의 국민 됨을 내팽개침으로써 받게 될 씻지 못할 고통과 상처가 훨씬 더 두려웠다. 그는 한국인으로서, 한국인 김희수로서 당당히 그들과 맞서고자 했다.

1980년대 이후 그는 서서히 교포사회의 여러 단체에 참가하여 조국을 지원하는 일에 나서기 시작했다. 어느 정도 경제적인 능력이 갖춰졌기 때문에 말만이 아닌 행동으로 일할 수 있게 되었다고 판단한 까닭이다. 1981년 4월부터는 동경상은신용조합 이사, 동경한국인상공회 부회장, 일본국거류민단 중앙본부와 동경본부 고문 등으로 일하게 되었다. 정치적인 행세를 하기 위함이 아니라 교포들을 도울 수 있는 좀 더 실질적인 일을 하기 위해서였다.

당시 소련은 지금처럼 쉽게 접촉할 수 있는 나라가 아니었다. 자유 진영에 속한 나라로서는 가장 위험한 적대국이었다. 하지만 소련 영토 내에 있는 사할린에는 우리 동포가 많이 살고 있었다. 그들은 일제강점기에 징용에 끌려갔다가 해방 후에도 조국으로 돌아오지 못하고 현지에 눌러살게 된 사람들이다. 김희수는 재일교포들을 중심으로 화태귀환재일한국인회(樺太歸還在日韓國人會)를 결성한 뒤 고문을 맡아 사할린 교포와 한국에 있는 가족들의 행방을 찾아주고, 이들을 일본으로 초청하여 만날 수 있게끔 주선하는 일을 하게 되었다.

이 일은 많은 어려움에도 여러 차례에 걸쳐 이산가족들의 만남을 성사시킴으로써 40년 이상 헤어져 살아야 했던 사할린 교포들의 통한을 풀어준 감동적인 활동이 되었다. 김희수는 이들이 체재비에 대한 걱정 없이 마음 편히 상봉할 수 있도록 동경과 료고쿠에 있는 숙소를 제공했다. 그는 이들의 눈물 어린 상봉 현장을 지켜보며 결코 남의 일 같지가 않아 자신의 가족인 것처럼 부둥켜안고 함께 눈시울을 적시기도 했다.

1983년 3월 1일 KPI통신에서 귀화 문제에 관한 특별좌담회가 개최되었는데, 귀화가 옳은가 그른가를 두고 재일교포들 사이에 갑론을박이 벌어진 일이 있었다. 이때 그는 귀화를 반대하는 측의 토론자로 나와 당당하게 귀화할 것을 주장하는 사람들에게 정면으로 반박하고 나섰다.

"지금은 사람이 우주선을 타고 달나라에도 갈 수 있는 세상이 되었습니다. 이렇게 변화무쌍한 시대를 살아가는 우리가 더 큰 미래를 내다보지 못하고 조금 편안하게 살겠다는 목적으로 제 나라를 버리고 귀화한다는 것은 아무런 가치도 의미도 없는 일입니다. 일본인이 우리에게 어떻게 했는지, 무슨 짓을 했는지 벌써 잊으셨단 말입니까?

일본인은 재일교포들이 아무리 귀화한다 해도 절대로 차별을 멈추지 않을 것입니다. 우리가 뭐가 아쉽고, 뭐가 모자라서 일본인으로 귀화하자는 겁니까? 한국인은 일본인보다 훨씬 더 우수하고 뛰어납니다. 아마도 머지않은 장래에 한국은 경제, 정치, 예술, 문화 등 모든 방면에서 일본을 능가하는 나라가 될 겁니다."

십수 년 전 〈통일일보〉에 게재했던 이미지 광고를 보고 그를 인터뷰하기 위해 찾아온 일본 기자가 있었다. 취재가 다 끝나자 그 기자는 김희수에게 이렇게 말했다.

"사장님처럼 강한 민족주의자가 어떻게 일본 땅에서 그토록 오랜 세월을 참고 견뎌왔는지 정말 궁금합니다. 보통은 불이익을 받을까 두려워 일부러 자신이 한국인임을 숨기고 살아가는 사람들이 많은데요. 저는 아마도 사장님의 이런 강한 민족주의 정신이 지금의 김희수를 있게 한 요인이 아닐까 생각합니다."

김희수는 자신이 '민족주의자'라는 거창한 이름으로 불리는 걸 원하지 않았다. 다만 그가 할 수 있는 범위 내에서 한국인으로서 자존심을 지키며 살았을 뿐이다.

그가 노구를 이끌고 부지런히 서울과 동경을 오가며 일하는 모습을 보면서 일본에 있는 한 친구는 그를 '와타리도리(渡り鳥)'라고 불렀다. 철새 같다는 말이다. 그래선지 가끔 비행기 안에서 파란 하늘을 내려다보거나 지하철 안에서 창밖을 무심히 바라다볼 때면 그는 '그래, 내 인생은 마치 철새와 같았지' 하고 생각할 때도 있었다.

어렸을 때는 고향에서 일본으로 철새처럼 날아왔고, 사업가로 성공한 다음에는 일본에서 서울로 철새처럼 날아갔으며, 그 후로는 매달 대한해협을 철새처럼 날아다니다 보니 어느덧 얼굴엔 주름이 드리우고, 머리엔 백발이 내려앉은 노인이 돼 있었다.

하지만 김희수는 돌아갈 곳 없는 처량한 철새가 아니었다. 한평생 자신의 몸을 의지했던 일본은 그가 귀화할 진정한 안식처가 아니었지만, 할아버지와 아버지가 계신 조국 대한민국과 고향 진동은 어느 순간 철새의 날갯짓을 접게 되었을 때 마침내 자신이 귀의(歸依)해야 할 영원한 안식처라고 믿었다.

목포공생원과
희수목욕탕

1980년대 초반의 어느 날, 김희수는 우연한 기회에 '목포공생원'
이라는 곳을 알게 되었다. 전남 목포에 있는 고아원(보육원)에서
아이들을 맡아 돌보고 후원해줄 봉사자를 구한다는 내용의 홍보
전단을 보게 된 것이다. 그는 관심을 두고 목포공생원이 어떤 곳
인지를 알아보았다.

목포공생원은 1928년 기독교 전도사였던 윤치호 씨가 부모를
잃은 일곱 명의 아이를 데려다가 생활하면서 시작된 고아원이었
다. 그는 고아들만 보면 "따뜻하게 재워줄 테니 따라오라"고 하
며 데려왔고, 점점 입소문이 퍼지면서 고아들의 숫자는 늘어만
갔다. 윤치호 전도사는 아이들을 먹여살리기 위해 폐품 수집이나
잔반 수거를 했는데, 이때부터 그에게는 '거지대장'이라는 별명

이 붙었다고 한다.

삼엄한 일제 치하에서 주위의 반대에도 아랑곳하지 않고 버려진 아이들을 데려다 보살피기 위해 쓰레기를 줍고 동냥한 윤 전도사의 인품에 반해 당시 일제 관리의 딸로 음악 교사였던 다우치 치즈코는 친지들의 만류를 뿌리치고 그를 평생 반려자로 삼아 백년가약을 맺었다. 이후 이름을 한국식으로 '윤학자'라고 바꾼 그녀는 남편과 함께 목포공생원에서 고아들을 친자식처럼 돌보며 사랑을 실천했다.

그러나 윤치호 전도사는 1951년 6·25전쟁 중에 500여 명이 넘게 불어난 공생원 아이들의 식량을 구하러 나갔다가 안타깝게도 그만 행방불명이 되고 말았다. 이후 윤학자 여사는 일본으로 돌아가지 않고 평생 희생과 봉사로 아이들을 키웠으며, 그 공로로 1962년 문화훈장, 1965년 제1회 목포시민상, 그리고 1968년에는 일본 황실로부터 남수포장을 받는 등 민간대사로서 한국과 일본 사이의 가교 구실을 했다.

아름다운 서해와 수많은 섬이 한눈에 내려다보이는 유달산 중턱에 위치한 목포공생원은 복지재단으로 성장해 지역사회를 대표하는 아동복지시설이 되었지만, 그 출발은 목포의 한 다리 밑에서 배고픔에 쓰러진 아이들을 품에 안았던 열아홉 살 청년 윤치호의 열정에서 비롯된 것이었다. '더불어 살아가는 동산'의 뜻을 가진 공생원(共生園)이라는 이름에 걸맞게 그동안 이곳을 거쳐 간 고아들은 모두 4,000여 명에 달한다고 한다.

김희수는 아내와 함께 이곳을 찾아가 보았다. 바다가 내려다보이는 산 아래에 자리한 공생원을 둘러보니 마치 고향 마을에 와 있는 것 같았다. 아이들의 표정이 천진난만했다. 김희수 부부는 아이 중에 우선 네댓 명을 맡아 후원하기로 했다. 아이들이 생활하는 데 필요한 양육비와 학교 공부를 하는 데 필요한 교육비를 지원하는 일이었다. 그 뒤로 그는 아이들이 자라나는 모습을 지켜보며 꾸준히 목포공생원과 인연을 이어나갔다.

하루는 공생원 관계자와 이야기를 나누던 중 이런 이야기를 듣게 되었다.

"여기는 바닷가라서 마실 물이 매우 귀합니다. 그래도 마시는 물이야 어느 정도 해결할 수 있는데, 문제는 씻을 물이 부족하다는 겁니다. 아이들이 온종일 뛰어놀거나 활동하다 보면 땀에 젖기도 하고 더러워지기도 하는데, 아이들을 씻길 물이 너무 모자랍니다. 요즘은 1주일에 겨우 한 번 씻기기도 어려운 형편입니다. 우물을 파도 짠물만 나오기 일쑤라서 고민이 많습니다."

"그래요? 우물을 깊이 파면 민물이 나오지 않을까요?"

"수없이 해봤는데 소용이 없었습니다."

"허, 그래요? 아이들이 씻을 물이 없으면 이걸 어떻게 하나……. 내가 한번 우물을 파볼까요? 일본에서 기술자들을 데려다가 파면 될 것 같은데요."

그는 즉각 일본에 연락해서 지하수를 개발하는 전문 기술자들을 구해 목포로 보내라는 지시를 내렸다. 얼마 후 일본에서 기술자들이 도착했다. 그는 어디를 어떻게 파도 좋으니 아이들이 씻을 물이 펑펑 쏟아지도록 해달라고 말했다. 우물 하나 파려고 다른 나라로 출장까지 온 기술자들은 혼신의 힘을 다해 여기저기 땅을 파기 시작했다.

하지만 아무리 애를 써도 물은 나오지 않았다. 결국, 머쓱해진 일본 기술자들은 그냥 가방을 꾸릴 수밖에 없었다. 김희수는 일본에서 데려온 전문 기술자들마저 우물을 파지 못한다면 이를 어찌해야 하나 고민스러웠다. 나름대로 방법을 찾아내 이런저런 시도를 해보았지만 모두 허사였다. 절박한 마음으로 공생원에 소속된 목사님과 함께 열심히 기도했다.

그러던 어느 날 일본 기술자들이 파놓은 우물 하나에서 물이 나오기 시작했다. 짜지 않은 맑은 민물이었다. 드디어 아이들이 마음껏 목욕할 수 있게 된 것이다. 김희수는 마치 사막에서 오아시스를 발견한 것 같은 기쁨을 맛보았다.

그런 일이 있고 나서 한참 뒤 다시 공생원에 내려가보니 우물가에 돌로 된 비석이 하나 세워져 있었다. '사랑의 물' 이라고 적힌 글자도 보였다.

"이게 뭡니까?"

"아, 네. 그때 사장님 내외분께 모두 감사한 마음을 갖고 있다가 생각했습니다. 세월이 흐르면 이 일을 잊어버릴 수도 있기에 고마운 마음을 조금이나마 표현하고자 우물이 만들어진 사연을 적은 비석을 세우게 된 겁니다. 아이들이 이 우물을 '희수목욕탕'이라고 부르고 있습니다. 사장님 내외분 덕분에 목욕할 수 있게 되었다는 뜻이지요."

우물 하나 팠다고 비석까지 세워준 것은 민망하기 그지없는 일이었지만 자신의 이름이 목욕탕에까지 쓰이게 되었다는 사실은 김희수에게 두고두고 재미있는 추억거리가 되었다. 세월이 많이 흐른 지금 그때 팠던 우물은 없어졌지만, 공생원 주차장에서 예전에 사무실로 쓰던 건물로 올라가는 계단의 오른쪽 화단에는 아직도 우물 모양의 둥그런 비석이 그대로 남아 있다.

목포공생원은 1970년대 초부터 어린이들을 중심으로 수선화 합창단을 만들어 국내외를 순회하며 연주회를 하곤 했다. 윤학자 여사의 고향이 일본이다 보니 일본에 있는 도시들을 찾아다니며 연주하는 교환음악회도 종종 열렸다. 김희수는 수선화합창단의 음악회가 일본에서 좋은 연주회가 될 수 있게끔 뒤에서 돕기도 했다. 이들의 연주회는 NHK 등을 통해 일본 전역에 중계 방송되어 일본인은 물론 교포들에게도 열렬한 갈채를 받은 바 있다.

지난 2008년에는 창립 80주년을 기념해서 일본 방문단이 목포 공생원을 찾았는데, 이 중에는 오부치 게이조 전 총리의 부인 치즈코 여사도 포함되어 있었다.

오부치 전 총리는 목포공생원에서 일생을 고아들의 어머니로 살다간 윤학자 여사가 생전에 고향을 그리워하면서 "우메보시(梅干, 매실에 소금을 넣고 절인 일본 전통 요리)를 먹고 싶었다"고 쓴 글을 읽고 감동하여 총리 재직 시절인 2000년 목포공생원으로 매화나무 20여 그루를 보낸 일이 있었다. 윤학자 여사는 이미 1968년에 세상을 떠났지만, 살아있을 때 늘 목포 앞바다를 바라보며 조국에 대한 향수를 달랬을 그녀를 위해 공생원 안에 일본에서 가져온 매화나무를 심게 한 것이다.

목포공생원과 윤학자 여사의 생애는 1997년 한·일 공동으로 만들어진 영화 〈사랑의 묵시록〉을 통해 일본에도 널리 알려졌으며, 해마다 한국을 방문하는 많은 일본인이 목포공생원을 찾고 있다. 최근에는 재일교포 출신의 격투기 선수인 추성훈 씨도 이곳을 방문해 음반 〈2008 연가〉에 참여해 받은 출연료 전액을 기부하기도 했다.

이렇듯 한 사람의 진정한 사랑과 헌신은 시간과 공간을 초월하여 많은 사람의 기억 속에 영원한 감동으로 살아있게 마련이다. 그리고 그 깊고 깊은 향기는 산을 넘고 바다를 건너 땅끝까지 이르러서도 사라지지 않는 찬란한 생명의 기운으로 남는 법이다.

홋카이도에 심은
나무들

김희수는 1960년대 중반부터 부동산 사업과는 별도로 산에 나무를 심는 조림사업을 진행해왔다. 이는 그의 오랜 숙원사업이었다. 그는 인간이 자연과 동화되지 못하고 스스로 불화의 길을 걷는다면 언젠가는 무서운 재앙을 입게 될 거라고 생각했다. 그것은 돈을 버는 일과는 관계없이 자연의 일부인 인간이 가져야 할 일종의 의무감이었다.

어린 시절 그가 살던 마을을 포함한 조국의 산하는 일제의 침략과 수탈, 그리고 6·25전쟁 등을 거치면서 무참히 파괴되거나 황폐해졌다. 그가 한국을 떠날 때 두고 온 고향 산천의 모습은 벌거벗은 민둥산 그 자체였다. 산에 있는 나무들은 전부 땔감으로 잘라 쓰고, 묘목은 한 그루도 심지 않았으니 온 산이 대머리처럼 된 것은 당연한 일이었다. 나두가 사라진 산하에는 장마철만 되면 어김없이 홍수가 났다.

일본인은 자기들이 우리 강산을 그렇게 만들어놓았음에도 한국 사람들을 얕잡아 부를 때면 '하게야마 조센징' 이라는 표현을 쓰곤 했다. '하게야마(禿げ山)' 란 '민둥산' 또는 '헐벗은 산' 이라는 뜻이니 '하게야마 조센징' 이란 '대머리 같은 조선인' 이라는 뜻이었다. 이는 참으로 모욕적인 말이었다.

김희수는 언젠가 때가 되면 반드시 조림사업을 시작하리라 다짐하고 있었다. 비록 조국의 산하는 아니지만, 이 땅에서 살아갈 많은 동포와 후손들을 위해 산과 들에 나무를 심어 가꾸기로 한 것이다. 그 무렵 한국에서도 국토 곳곳에 나무 심기를 장려하면서 더 이상 산에 있는 나무를 베지 못 하게 하는 법령이 발효되고 있었다.

때마침 그는 홋카이도(北海道)에 있는 산을 싸게 살 수 있게 되었다. 땅 한 평에 담배 한 갑 정도의 가격이었다. 홋카이도는 당시 개발이 많이 되지 않은 곳으로, 농업이 경제의 큰 몫을 차지하고 있었다. 일본에서 경작이 가능한 땅 가운데 4분의 1이 홋카이도에 있었다. 밀, 콩, 감자, 사탕무, 양파, 옥수수, 우유, 소고기 생산량은 전국에서 1위였다.

또한, 홋카이도의 삼림은 일본 삼림의 22퍼센트를 차지할 정도로 임업이 상당한 규모를 이루고 있는 곳이기도 했다. 가문비나무, 분비나무, 졸참나무, 자작나무 등의 천연림이 많아 임업 지대를 이루며, 제재 원목과 펄프 용재를 생산하는 곳이다. 이런 지리적·환경적 조건 때문에 조림사업을 전개할 최적지로 홋카이도를 선정한 것이다.

조금씩 땅을 매입해 1963년에 75정보(町步, 1정보는 3,000평으로 약 9,917.4제곱미터에 해당한다), 1966년에 5정보, 1968년에 120정보를 확보하여 총 200정보에 이르는 지역에서 조림사업을 시작했다. 이어 1985년에는 250정보가 되었고, 1994년에는 600정보에 이르게 되었다.

조림사업은 1정보당 50만 엔 정도를 투자해야 하므로 600정보면 약 3억 엔가량의 자금이 들어간다. 게다가 묘목을 심고 가꿔서 거목이 될 때까지 걸리는 시간은 대략 40~50년이다. 요즘같이 속도를 다투는 스피드 경영 시대에 40~50년은 기다려야 뭔가를 기대할 수 있는 조림사업은 수익을 바라고 투자할 수 있는 사업이 아니라 미래의 인류를 위한 환경사업이라고 해야 맞다.

"조림은 '유족의 사업'이라고 합니다. 꿈이 없으면 안 되는 사업이지요. 저와 제 자식 대까지만 생각한다면 계산이 맞지 않는 사업입니다. 하지만 손자 대까지의 사업으로 생각하면서 해마다 한 그루, 한 그루씩 나무 심는 것을 즐겁게 생각하고 있습니다."

언젠가 한 기자가 수익성도 없는 조림사업에 왜 그렇게 투자하느냐고 물었을 때 그는 이렇게 대답한 적이 있었다. 모든 사업이 수익성만 보고 하는 것은 아니었다.

그가 홋카이도에 주로 심은 나무는 회나무와 삼나무였다. 회나무는 한국, 일본, 중국 등지에서 자라는 낙엽관목으로 다 자라면 높이가 4미터 정도 된다. 삼나무는 계곡에서 잘 자라는 일본 특산종 나무로 높이가 무려 40미터나 되고 지름이 1~2미터에 달한다. 수령이 길어 나무마다 갖가지 전설이 담겨 있는 경우가 많다. 일본 야쿠시마에는 넓은 면적의 천연림과 수령이 2,000~3,000년이나 되는 커다란 삼나무가 특히 유명하다.

한국에서도 일찍이 조림사업의 중요성을 깨닫고 나무 심는 일에 열정을 보인 기업인이 있었다. SK그룹의 고 최종현 회장이다. 그는 벌거숭이산이 많았던 1972년에 인재육성을 위한 장학 사업을 시작하면서 개인 재산을 털어 산림 자원화를 위해 '서해개발'이라는 이름의 임업 기업을 세웠다. 충주 인등산과 천안 공덕산, 영동, 오산 일대에서 조림사업을 시작한 그는 나무 한 그루마다 사람처럼 수적부(樹籍簿)를 만들어 산림을 관리한 것으로 알려져 있다. 그에게 나무는 곧 사람이었기에 그가 가꾼 조림지를 '인재의 숲'으로 불렀다고 한다.

그는 이미 세상을 떠나고 없지만, 그가 가꾼 산지에서 자라난 나무들은 뒤늦게 SK그룹의 효자 노릇을 톡톡히 하고 있다. 유실수와 임산물 가공 사업을 벌이고 있는 SK임업은 2009년 매출 346억 원에 순익 14억 원을 올렸다. 저탄소 녹색성장과 신재생에너지 등 지구 온난화 방지가 세계적인 화두로 떠오르고 있는 요즘, 고인이 남긴 숲에서 나오는 맑고 신선한 공기는 해마다 20만명이 숨 쉴 수 있는 양으로 한 해에 자동차 4,000대가 내뿜는 이

산화탄소와 맞먹는 양을 빨아들여 산소로 바꿔놓는 역할을 하고 있다.

김희수는 시간이 날 때마다 홋카이도로 향하는 기차에 몸을 실었다. 그곳의 드넓은 산지에서 자라고 있을 나무들을 생각하면 기분이 상쾌해지고 몸이 가벼워졌다. 그토록 경제에 밝은 일본인조차 수익성이 없어 쳐다보지 않는 이 사업이 뭐가 그리도 신나고 즐거웠던 것일까. 그는 나무가 자라는 모습을 가만히 지켜보면 사람이 성장하는 것과 똑같다는 생각을 하게 된다고 했다. 묘목을 땅에 심을 때는 혹시 바람에 넘어지지나 않을까, 빗물에 쓸려가지나 않을까, 물을 너무 적게 주면 말라버리지나 않을까 걱정이 한두 가지가 아니었다. 그러다가 뿌리를 견고하게 내리고 키가 성큼성큼 커가는 것을 보면 마음이 그렇게 뿌듯할 수 없다. 나중에 거목이 되어 무성한 잎으로 시원한 그늘을 드리우고 많은 열매를 맺게 되면 그 보람이야 이루 말로 다 할 수 없을 지경이 된다고 한다.

사람을 돌보고 키우는 일도 이와 마찬가지가 아닐까. 뭔가 부족해 보이고, 위태로워 보이고, 어리석게 보여도 꾸준히 믿고 격려하면서 열심히 가르치는 가운데 때를 기다리면 언젠가는 거목처럼 우뚝 자라 이웃과 사회와 국가에 많은 그늘과 공기와 열매를 공급하는 인재가 될 수 있다. 그러나 조금 마음에 차지 않는다고 해서, 약간 부실해 보인다고 해서 중간에 포기하거나 잘라버리거나 뽑아버린다면 묘목이 거목이 될 수 없는 것처럼 사람 또

한 훌륭한 인재로 자라날 수 없는 법이다.

　나무든 사람이든 잘 돌보고 가꾸고 키워내려면 상당한 인내와 기다림이 필요하다. 김희수가 생전에 나무 심는 일과 사람을 키워내는 일에 그토록 많은 관심을 기울인 것은 이 두 가지가 결국은 같은 일이었기 때문인지도 모른다. 학생들이 공부에 열중하고 있는 학교 안으로 들어설 때, 수많은 나무가 하늘로 가지를 쭉쭉 뻗으며 건강하게 자라고 있는 홋카이도 산지로 향할 때 그는 소년처럼 가슴이 뛰고 흥분하곤 했다.

　최종현 회장은 이런 말을 남겼는데, 김희수의 마음 또한 이와 다르지 않았을 것이다.

　"나무를 심는 사람들은 미래의 희망을 가꾸는 사람들입니다."

인생은 빈손으로 왔다가 빈손으로 가는 것이다

예전에 종로 금정빌딩에 있던 금정상호신용금고의 김희수 이사 장 집무실에는 커다란 휘호 하나가 걸려 있었다.

'공수래공수거(空手來空手去)'

"빈손으로 왔다가 빈손으로 간다"는 뜻을 가진 이 글귀는 서예 가 권창륜 선생의 휘호로, 김희수의 인생관을 담고 있는 좌우명 이었다.

사람은 이 세상에 나올 때 아무것도 가지고 태어나지 않는다. 어머니 배 속에서 나올 때 손에 뭔가를 잔뜩 쥐고 나오는 사람은 세상 그 어디에도 없다. 갈 때도 마찬가지다. 이 세상 그 어떤 권력자도, 부자도, 과학자도, 대학자도 죽을 때 뭔가를 가지고 떠나는 사람은 아무도 없다. 인간은 누구나 아무것도 가지지 않고 태어났다가 아무것도 가지지 않고 죽음을 맞이한다. 이것이 인생이다. 이러한 인생길에서 예외인 사람은 단 한 사람도 없다.

이 사실을 분명히 인식하고 늘 가슴 깊이 새기며 살아간다면 누구나 자기 안에 꿈틀거리는 욕망이나 탐심을 어느 정도 제어할 수 있게 될 것이다. 이것은 허무주의가 아니다. 오히려 자신의 삶을 더 소중히 생각하고, 매사 겸손한 태도를 가지며, 성실하게 살아갈 수 있게 해주는 긍정의 철학이 될 수 있다. 자신의 소유에 대한 집착을 버리게 되면 누구나 이웃과 사회와 국가를 위해 좀 더 나누고 봉사하는 삶을 살고자 노력하게 될 것이다.

김희수가 1987년 중앙대학교 재단 이사장에 취임한 이래 사업을 확장하고 재산을 늘리는 일에는 더 이상 관심을 두지 않고, 오히려 그동안 축적해온 부를 쏟아부어 조국의 인재를 양성하는 일에만 관심을 둔 이유가 바로 여기에 있었다. 자기 자신과 가족들을 위해서가 아니라 이웃과 사회와 국가를 위해 본인의 소유를 환원하려는 뜻이었다. 그 일에는 김희수만 알고 있는 나름의 순서와 계획이 있었다.

그런데 뜻하지 않게 1997년 한국에서 벌어진 IMF 사태와 일본에서 일어난 버블경제의 붕괴로 인해 한국과 일본에 있던 그의 견실했던 사업체들이 일순간 무너지게 되면서 애초 그가 생각했던 순서와 계획은 모두 헝클어지고 말았다. 인생사가 다 그런 것처럼 자기 마음먹은 대로만 되는 법은 없다. 그사이 시간은 빠르게 흘러 어느새 21세기로 넘어가 있었고, 김희수 자신은 여든이 넘은 노인이 되어버렸다.

대학도 예전의 대학이 아니었고, 학생들도 예전의 학생들이 아니었다. 시대는 또 다른 리더십과 대학의 변화를 요구하고 있었다. 한 개인이 수만 명에 달하는 거대한 대학 사회를 이끌어가는 건 무리가 따르는 일이었다. 더 이상 학교 발전을 위해 쏟아부을 재력도 없었고, 분출하는 대학 구성원들의 요구를 수용할 여력도 없었다. 노년의 김희수는 한동안 깊은 고민에 빠져 있었다. 그러다가 문득 자신의 집무실에 걸려 있는 액자를 쳐다보았다.

공수래공수거(空手來空手去)!

그랬다. 고민할 게 뭐가 있고, 집착할 게 뭐가 있으며, 미련을 둘 게 뭐가 있겠는가. 그는 이제 본인의 시대는 지나갔고, 자신의 시대적 소명도 다했다고 생각하기에 이르렀다. 돌이켜 한 점 부끄러움도, 아쉬움도, 섭섭함도 없었다. 자신보다 젊고 유능한 사람, 애국심과 사명감으로 조국의 인재를 양성하는 일에 혼신의 힘을 기울일 수 있는 알차고 든든한 기업, 시대가 요구하는 새로운 리더십으로 대학의 변화와 발전을 주도해나갈 수 있는 단체라면 언제든지 중앙대학교 재단을 넘기는 게 좋겠다는 생각을 하게 되었다.

김희수는 은밀히 그럴 만한 사람이나 기업, 단체가 있는지를 수소문해보았다. 몇몇 기업과 협의를 진행했지만 만족할 만한 수준이 아니었다. 교육에 대한 분명한 의지가 있는지, 새로운 시대에 맞는 리더십이 있는지, 학교 발전을 주도할 만한 경제적 토대가 갖춰져 있는지 등을 자세히 점검하다 보니 새로운 재단을 영입하는 일이 보통 어려운 게 아니었다. 그러다가 한 기업과 1년이 넘는 협의 끝에 재단의 인수·인계를 결정하게 되었다. 바로 두산그룹이었다. 두산은 우리나라를 대표하는 대기업 중 하나로, 100년 넘게 회사를 이끌어온 오랜 역사를 가진 그룹이다. 그런 저력과 역사를 바탕으로 학교 발전에 많은 기여를 할 것으로 판단했다. 자신과 달리 대기업이 가진 조직과 네트워크를 이용해서 장기적인 안목을 가지고 중앙대학교를 크게 발전시킬 수 있으리라 믿었다. 일본에서 대기업은 항상 정의와 신뢰를 지키는 편에 서곤 한다. 두산도 그럴 거라고 생각했다.

그는 퇴임 이후 수림재단을 통해 장학사업과 문화사업에만 전념할 생각이었다. 두산그룹에서 학교 인수에 따른 후속 조치로 수림재단에 1,200억 원을 출연했다. 그것은 중앙대학교를 인계하는 데 따른 대가나 보상이 아니었다. 그리고 그 돈은 김희수의 개인 재산도 아니었다. 수림재단이라는 공익단체를 통해 이 사회와 나라에 다시 환원될 기금일 뿐이었다. 구체적인 학교발전계획은 중앙대학교 박범훈 총장을 비롯한 핵심 실무진과 두산그룹 박용성 회장을 위시한 주요 실무자들이 결정할 사안이었다.

극비리에 진행된 일이 마무리되면서 2008년 5월 2일 중앙대학교 재단과 두산그룹 간에 재단 인수·인계에 관한 양해각서(MOU)가 체결되었다. 워낙 중요한 사안이다 보니 김희수 이사장이 명예 이사장으로 추대되고, 박용성 회장이 신임 이사장으로 취임할 때까지는 일체 언론을 통해 공개되지 않도록 계약 당사자 간에 약속한 상태였다.

그런데 얼마 되지 않아 언론을 통해 대대적으로 보도되고 말았다. 김희수 이사장의 퇴진 소식이 전해지자 많은 사람이 깜짝 놀라며 걱정했다. 이렇게 갑작스럽게 물러나면 안 된다고 만류하는 사람들도 있었고, 평생 일군 일본의 금정그룹을 다 바치다시피 해서 이끌어온 중앙대학교를 두고 떠나면 안 된다고 눈물짓는 사람들도 있었다.

"당신의 인생 전체를 바친 거나 다름없는 중앙대학교에서 이런 식으로 물러나신다는 게 말이 되나요? 22년 동안 별의별 고생을 다 했는데……. 여보, 다시 한 번 생각해보세요."

평생 남편이 하는 일에 반론을 제기해본 일이 없던 그의 아내마저 이렇게 말했다.

"여보, 너무 섭섭하게 생각하지 말아요. 나는 아주 속이 후련하고 시원한 걸 그래. 세상 모든 일에는 다 때가 있는 법이오. 이제는 내가 물러날 때가 된 거예요."

2008년 6월 10일, 새로운 학교법인 중앙대학교 이사장에 두산그룹 박용성 회장이 취임했다. 이로써 1987년 9월 12일 재단 이사장에 취임하여 중앙대학교와 고락을 함께한 지 22년 만에 김희수는 재단 이사장에서 물러나 다시 야인(野人)으로 돌아가게 되었다.

그가 중앙대학교 이사장으로 일을 시작한 1980년대와 요즘은 대학 사회의 분위기가 하늘과 땅 차이라고 할 수 있었다. 그의 바람은 지극히 소박했다. 새로운 재단이 더욱 안정되고 성숙한 여건 속에서 더 많은 재원을 들이고 열정적으로 봉사하여 학교를 크게 발전시킨다면 전임 이사장으로서 그보다 더한 보람과 기쁨은 없을 거라는 생각뿐이었다.

2인용 병실에서 홀로 떠난
진정한 부자

———

중앙대학교 재단 이사장에서 물러난 후에도 김희수는 변함없이 일본과 한국을 오가며 수림재단과 수림문화재단 일에 몰두했다. 이즈음 중앙대학교에는 새 재단으로 들어선 두산그룹에 의해 대대적인 개혁 작업이 진행되고 있었고, 언론에서는 이를 다투어 보도했다.

'신임 박용성 이사장, 중앙대라는 이름만 빼고 전부 바꾸겠다고 말해'

'두산그룹, 중앙대학교를 동양의 MIT로 만들 각오로 재단 인수'

김희수 이사장은 2010년 5월까지만 해도 수림재단 집무실에 출근해 직접 업무를 챙길 정도로 건강한 상태였다. 나는 틈틈이 그를 찾아가 차를 마시면서 인터뷰를 진행했다. 그러던 어느 날

내가 불쑥 이런 질문을 던졌다.

"두산그룹에서 중앙대학교를 동양의 MIT로 만든다는 목표를 세우고 학교 이름만 빼고 다 바꾼다고 하는데, 이사장님은 이런 개혁 작업에 대해 어떻게 생각하십니까?"

"……."

그는 아무런 대답도 하지 않았다. 워낙 말수가 적은 분이기도 했지만, 한편으로는 너무 할 말이 많아서 무슨 말을 먼저 해야 할지 모르겠다는 의미로도 해석됐다. 어느 날 기분이 좀 좋으신 것 같아 다시 같은 질문을 던져봤다. 그랬더니 한참 동안 창밖을 바라보다가 나지막하게 독백처럼 대답했다.

"…… 기업과 대학은 다르지요."

그것이 마지막 인터뷰였다. 일본으로 돌아간 그는 얼마 후 갑자기 심근경색과 뇌경색으로 쓰러져 의식을 잃은 채 병원에 입원하고 말았다. 2010년 6월 1일의 일이었다. 그 뒤 그는 무려 1년 8개월가량 혼수상태에 빠져 미슈쿠(三宿) 병원과 자위대(自衛隊) 중앙병원 등을 거쳐 요양원에 머물다가 2012년 1월 19일, 88년 동안이나 홀로 지고 온 인생의 무거운 짐을 조용히 내려놓았다. 아무 말도 남기지 않고 그렇게 떠났다.

한때 그는 일본을 대표하는 재일교포 사업가였고, 롯데그룹 신격호 회장이나 소프트뱅크 손정의 회장과 비교되던 재벌이었다. 하지만 그가 1년 8개월 동안 투병하던 병원과 병실은 일본에서 누구나 이용할 수 있는 평범한 시설이었다. 한국의 부자들 같았으면 당연히 일류병원의 VIP 전용 병실에 입원했을 테지만, 그가 머물던 병실은 자그마한 서민용 2인실이었다.

이재림 여사를 비롯한 유족들은 소박한 장례식을 원했다. 그래서 동경에서 가족들끼리만 조촐하게 장례식을 치른 다음 유해를 동경 외곽에 위치한 도립 하치오지 영원(八王子靈園) 묘지에 모셨다. 역시 지극히 평범한 공동묘지였다.

김희수 이사장이 1년 8개월이나 투병생활을 이어가는 동안 그의 병실을 찾은 건 가족들과 그를 대신해 수림문화재단 일을 처리해온 신경호 상임이사뿐이었다. 중앙대학교에서 강산이 두 번이나 바뀔 만큼 오랜 세월을 이사장으로 일했던 분이건만 교수들이나 학생들, 교직원들, 동창들 누구도 그의 병실을 찾지 않았다. 진심 어린 병문안은 고사하고 의례적으로라도 인사를 하러 오는 사람들이 거의 없었다는 사실은 야박한 세상인심의 한 단면을 보는 것 같아 쓸쓸한 기분을 감출 수 없다.

그가 사업가로 승승장구하던 시절, 그리고 중앙대학교 재단을 전격적으로 인수하여 학교 발전에 매진하던 시절, 그의 집무실은 그를 잠깐이라도 만나기 위해 찾아온 사람들로 문전성시를 이뤘다. 그리고 그 무렵 그에게 음으로 양으로 도움을 받거나 혜택을 입은 사람들의 수 역시 헤아리기 어려울 정도였다. 그러나 그가 돈도 명예도 없는 늙고 병든 몸이 되어 병실에 누워 있게 되자 아무도 그를 찾지 않았다.

돌이켜보면 그는 재일교포 최고의 사업가였다는 사실이 믿기지 않을 정도로 순수한 사람이었다. 그가 중앙대학교 재단 이사장으로 취임할 당시 적절하게 대응하지 못해 화를 키우고 본인의 애국심과 교육열의 진의가 왜곡된 데는 다음 몇 가지 원인이 있었다.

첫째, 일본에서 사업할 때와 마찬가지로 한국 사회와 대학에 대해 철저한 조사와 분석을 한 뒤 충실한 계획을 세워 뛰어들었어야 했는데 그렇게 하지 못했다. 한국 사회가 일본 사회와 똑같겠거니, 일본의 대학과 한국의 대학이 비슷하겠거니 생각하고 너무 준비 없이 학교를 인수하다 보니 계속해서 목소리 큰 학생들과 교수들에게 끌려다니게 되었다.

둘째, 재단 인수 후 전임 재단 관계자들과 비리에 연관된 보직 교수나 교직원들을 다 정리하고 새로운 시스템을 구축해야 했는데, 오히려 그들을 용서하고 포용함으로써 학내 분규의 불씨를 살려둔 꼴이 되고 말았다. 그들은 자신들을 끌어안은 김희수 이사장에게 고마워하기는커녕 전임 이사장 편에 서서 새로운 재단을 흔들어대기 시작한 것이다.

셋째, 하나의 목표를 향해 일사불란하게 움직이는 기업과 달리 대학은 대단히 시끄럽고 복잡한 조직이라는 점을 충분히 인식하고, 대학 경영에 적합한 인재들을 대거 영입하여 재단과 학교 조직에 포진시켜 일을 추진해야 했는데 그렇지 못했다. 삼성이 성균관대를 인수하고, 두산이 중앙대를 인수할 때 모기업의 인재들이 대학 운영에 적극적으로 참여함으로써 재단 인수가 순조롭게 진행될 수 있었던 것은 많은 것을 시사해준다. 김희수 이사장 곁에 그와 평생을 함께하며 충성을 다할 교육 분야 인재가 없었다는 사실은 참으로 안타까운 점이다.

넷째, 이른 시일 내에 조직을 장악하고 전문 인력으로 팀을 구성하여 학교 실정을 파악한 다음 단기·중기·장기 발전계획을 만들어 발표한 후 이를 근거로 차분하게 학교 경영에 임했어야 했다. 그러나 시기를 놓쳐 정체불명의 마스터플랜이 불쑥 발표됨으로써 임기 내내 끌려다녀야 했다. 당시 학생들과 교수들은 물에 빠진 사람을 살려놓으니 보따리 내놓으라는 격으로 절체절명의 위기에 몰린 중앙대학교를 살려놓은 김희수 이사장을 향해 연일 돈을 더 내놓으라며 생떼 아닌 생떼를 부려댔다.

다섯째, 김희수 이사장은 한국 사회와 대학을 너무 모른 탓에 자신의 진심과 열정만 믿었다. 그러나 한국 사회와 대학은 진심과 열정보다는 돈과 인맥으로 움직이는 곳이었다. 그는 이를 빨리 파악하여 자신을 지지해줄 한국 내의 인맥을 구축했어야 했다. 싫더라도 정치, 사회, 문화, 교육 등 다방면에 걸쳐 사람들을 만나고 도움을 요청하며 우군을 확보했어야 했는데 그렇게 하지 못했다. 그래서 그가 위기에 처했을 때 그를 위해 발 벗고 나서주는 사람이 없었다. 한국은 된장찌개를 먹고 관사에 머물며 전철을 타고 다니는 진정한 부자를 이해하고 알아줄 만큼 격조와 품위를 갖춘 사회가 아니었다.

여섯째, 그는 중앙대학교를 위해서라도 일찍부터 한국 내에 견실한 사업체를 운영했어야 했다. IMF 사태가 일어나기 전까지는 중앙대학교 발전을 위해 많은 재원을 쏟아부을 수 있었지만 1997 년 한국의 IMF 사태와 일본의 버블경제 붕괴로 인해 한국과 일본에 있는 사업체가 모두 부도 나거나 위험에 처하면서 더 이상 중앙대학교에 쏟아부을 재원이 없었다. 중앙대학교 구성원들은 경제적 토대를 상실한 그를 믿고 따르지도, 기다려주지도 않았다. 그들은 '천원재단', '식물재단'이라는 말로 재단을 조롱거리로 만들면서 자신들이 입은 은혜와 혜택은 망각한 채 새로운 도깨비방망이가 나타나기만을 고대했다.

중앙대학교를 인수한 두산그룹이 처음 약 4년 동안 중앙대학교에 투자한 전출금은 대략 2,000여억 원에 달했다고 한다. 그즈음 중앙대학교의 학생, 교수, 교직원, 동문은 두산그룹의 막대한 투자에 아낌없는 박수를 보냈다. 그러는 사이 부도 직전의 대학을 구해낸 뒤 학교 발전의 초석을 다진 '김희수'라는 이름은 그들의 기억 속에서 점점 사라지고 있었다.

사람을 남기는 것이야말로
최고의 인생이다

———

김희수 이사장이 평생 가슴에 묻고 살았던 고향 진동면 교동리는
시골답지 않게 아담하고 깨끗하며 단정한 마을이다. 그의 조부모
님과 부모님 그리고 형이 나란히 묻혀 있는 선산 아래 새로 만들
어진 근린공원으로 올라가는 초입 왼편에는 그의 생가터가 남아
있다. 콩밭으로 변해버린 그곳에는 대나무, 소나무, 감나무가 병
풍처럼 둘러서 있었다.

"송구라고 알아요?"

"네? 그게 뭔가요?"

"어렸을 때 봄이 되면 산에 올라가 소나무 껍질을 벗겨 먹었어
요. 두꺼운 껍질 안에 보면 얇은 껍질이 있는데 그걸 먹는 거지.
김희수 이사장님이나 저나 다 그걸 먹고 자랐어요."

고등학교 교장과 창원문화원 초대 원장을 지낸 다음 고향을 지키며 유서 깊은 마산향교의 전교(典校, 향교의 책임자)로 있는 홍인석 선생은 길 안내를 부탁한 내게 이런 이야기를 들려주었다. 그는 김희수 이사장의 진동공립보통학교 1년 후배라고 했다.

"그분은 어떤 어려운 일이 있어도 내색하지 않는 분이었어요. 그저 마음속에 꾹 담고만 있을 뿐 표현하지 않았지요. 임직원들이 잘못해서 금정상호신용금고를 다 말아먹었을 때 서울에 올라가 이사장님을 찾아뵙고 위로하면서 '참 괴롭지요?' 하고 말씀드렸더니 '잠이 안 온다' 이렇게만 말씀하셨어요. 인내심이 무궁무진한 분이라는 걸 다시 한 번 느꼈죠. 그저 소박하고 진실하게 사신 분이에요. 평생 남을 원망하거나 탓하지 않으셨어요."

그랬다. 그는 그런 사람이었다. 그가 중앙대학교 이사장으로 막 취임했을 당시 대학 부설유치원 원장을 맡고 있었던 사람은 임철순 전 이사장의 어머니였다. 임철순 전 이사장은 재단을 인계하면서 김희수 이사장에게 한 가지 개인적인 부탁을 했다. 자신이 잘못해서 본인은 이사장직에서 물러나지만, 어머니는 아무런 잘못이 없는 데다 유치원에 대한 애정이 남다르니 자신이 이사장에서 물러나더라도 어머니만은 유치원 원장으로 계속 일할 수 있게 해달라는 것이었다. 김희수 이사장은 흔쾌히 그러겠노라고 약속했다.

그 뒤 임철순 전 이사장의 어머니는 2년 정도 투병생활을 하다가 1990년에 세상을 떠났다. 이때 김희수 이사장은 자신이 한 약속을 지키기 위해 2년이나 병상에 있는 동안에도 유치원 원장 자리를 그대로 유지하게끔 배려해주었다. 사람이 한 번 한 약속은 반드시 지켜야 한다고 생각했기에 그렇게 한 것이다. 임철순 전 이사장은 퇴임 후에도 김희수 이사장을 번번이 힘들게 했지만, 그건 그거고 자신이 한 약속은 약속이었기 때문이다.

중앙대학교 입구에는 넓은 잔디밭이 펼쳐져 있고 정면 중앙에는 오래된 석조 건물 하나가 세워져 있다. 1938년에 지어진 건물로, 학교 설립자인 임영신 초대 이사장을 기념하여 '영신관'이라는 이름이 붙어 있다. 그 왼편에는 한복을 입고 오른손에 책을 펼쳐든 채 온화한 미소로 학생들을 바라보는 그녀의 동상이 건립되어 있다.

'민족 교육의 전당 중앙의 어머니 임영신 박사'

동상 아래 적힌 글귀다. 건물 오른편에는 임영신 박사를 기리는 조병화 시인의 시가 커다란 돌판에 조각되어 있고, 그 옆으로 임영신 박사가 남긴 어록이 비석에 새겨져 있다. 학교 설립자를 기리고 후대에 창학 정신을 남기는 일은 반드시 필요한 일일 것이다.

하지만 중앙대학교 어디에도 학교를 위기에서 살려내고 발전을 이끌며 도약의 기틀을 마련한 김희수 전임 이사장을 기리는 표식은 남겨진 게 없다. 재단 인수·인계 과정에서 애초 약속했던 김희수 이사장의 명예 이사장 취임식도 흐지부지 없던 일이 되고 말았다. 그럼에도 그는 인터뷰를 진행하는 동안 단 한 번도 누군가에 대한 섭섭함이나 원망 혹은 불평을 토로한 적이 없었다.

물론 그가 중앙대학교 이사장으로 일한 22년 동안 여러 가지 부족하고 미비한 점들도 있었지만, 그래도 학교는 많은 변화를 거듭하며 발전을 계속해왔다. 학교 소유의 토지는 약 1만 2,000여 평이 증가했고, 양 캠퍼스와 부속학교에 신축한 건물은 9만 2,000여 평이나 늘어났으며, 이로 인해 학교 재산은 3,500여억 원이 증가했다. 신임 교원들을 꾸준히 채용하여 처음 300여 명이던 교수들이 퇴임 시에는 800여 명으로 증원되었다.

한때 서울의 명동 격인 동경의 긴자에는 김희수 이사장의 빌딩이 30개 넘게 있었지만, 세월이 흐르는 동안 하나둘 매각되어 지금은 금정 제1빌딩만이 그 명맥을 유지하고 있다. 한창 사업이 번창할 때는 긴자, 시부야(澁谷), 아사쿠사(淺草), 신주쿠(新宿) 등에도 금정빌딩이 다 들어서 있었다. 동경에서 가장 번화한 요지였다. 모두 김희수 이사장이 땀과 눈물로 지어올린 건물들이다. 그는 눈을 감으면 가끔 그 건물들이 떠오른다고 했다. 맨 나중에 지어진 아사쿠사 빌딩, 제일 인기가 좋았던 제6빌딩, 가장 애정이 많이 갔던 제5빌딩, 임대가 되지 않아 피눈물을 흘려야 했던 제1빌딩…….

하지만 그가 가장 아끼고 사랑했던 건 빌딩이 아니라 사람들이었다. 지난 수십 년 동안 그는 귀에 못이 박이도록 이 말을 반복해왔다.

"다음 세대에 재산을 물려주는 것은 인생의 하(下)이며, 사업을 물려주는 것은 중(中)이고, 사람을 남기는 것이야말로 상(上)으로 최고의 인생이라고 할 수 있습니다."

생전에 그는 세계지도를 펼쳐놓고 들여다볼 때가 많았다. 지도를 보면 볼수록 우리나라는 작은 나라라는 생각이 든다고 했다.

"대한민국을 보시오. 러시아, 중국, 일본 사이에 낀 작은 나라가 바로 대한민국이에요. 사람 몸으로 비유하자면 맹장 정도나 될까요? 그런 나라가 세계에서 유례가 없는 독창적인 문자를 만들어 쓰면서 수천 년 동안 독특한 역사와 문화를 꽃피워왔다는 건 믿기 힘들 만큼 대단한 일이 아닐 수 없어요.

우리는 참으로 위대한 민족이에요. 우리 모두 대한민국의 이런 독특한 존재감에 자부심을 가져야 해요. 그렇게 이어받은 우리의 정신이나 저력을 잊지 말고 발휘해야 하는 것이 오늘을 사는 우리의 책임이지요. 그래서 다시는 이 땅에 내가 겪었던 슬픈 역사가 되풀이되어서는 안 된다는 거예요. 그 길은 바로 배움에 있어요. 살아남으려면 배워야 해요. 인재를 키워야 우리 민족이 살아요. 결국, 이것밖에 없어요. 배워야 삽니다."

지금은 은퇴한 중앙대학교 국문학과의 유목상 교수가 김희수 이사장에게 호를 하나 지어주었다. '동교(東喬)'라는 호였다.

"이게 무슨 뜻입니까?"

"동방예의지국인 한국에서 태어나 어려운 시기에 일본 동경으로 건너가셔서 온갖 고난과 풍상을 다 이겨내고 거목으로 우뚝 서셨다는 뜻입니다. 그래서 동녘 동(東) 자에 큰나무 교(喬) 자를 써서 동교라고 지은 겁니다."

"아이고, 참 이거 너무 과분하네요. 과분해……."

손사래를 쳤지만, 그는 자신의 호에 적지 않은 애정을 품고 있었다. 그러고 보면 김희수 이사장과 나무는 뭔가 깊은 인연이 있는 것 같다. 자신의 호는 '동쪽에 있는 큰 나무'라는 뜻이고, 아내이름은 '숲속에 있다(在林)'는 뜻이며, 자신과 아내의 이름 끝 글자를 따서 만든 학교와 재단 이름은 '빼어난 숲(秀林)'이라는 뜻이니 말이다.

그는 모든 것을 주고 말없이 떠나갔지만, 그가 남긴 나무 그늘과 숲의 맑은 공기와 바람은 그가 사랑했던 대한민국과 조국의 젊은이들 곁에 영원히 머무를 것이다.

삶의 흔적을 묘소에 고스란히
남기고 간 사람

하네다 공항에서 바라본 일본의 가을 하늘은 한없이 맑고 투명했
다. 금세 푸른 물이 뚝뚝 떨어져내릴 것처럼 깊은 창공으로 비행
기들이 바쁘게 오르락내리락했다. 주차장에서 수림문화재단 신
경호 상임이사를 만나 그가 운전하는 차를 타고 동경 시내를 가
로질러 외곽으로 빠지는 길은 주말인데도 붐비지 않았다. 일본
고쿠시칸대학(國士館大學) 교수 겸 수림외어전문학교 이사장으로
일하면서 수림문화재단 일까지 맡아보느라 수시로 한국과 일본
을 오가는 신경호 상임이사는 일본 전문가답게 능숙하게 길을 안
내했다.

김희수 이사장의 묘소가 있는 하치오지 영원까지는 약 70킬로
미터 정도 거리로, 막히지만 않으면 공항에서 1시간 30분쯤이면

291

닿는 곳이었다.

차가 도심을 벗어나 한적한 길로 들어서자 작은 휴게소 하나가 눈에 들어왔다. 출출하여 늦은 점심으로 간단하게 우동 한 그릇을 비운 후 멀지 않은 곳에 있는 마트에 들러 꽃 한 다발과 소주 한 병, 맥주 한 캔, 그리고 카스텔라 한 봉지를 샀다. 생전에 김희수 이사장이 즐겨 드시던 것들이다.

하치오지 시 푯말이 보였다. 20호 국도를 따라 시골길로 접어들었다. 양쪽 길에 늘어선 오래된 회화나무 가로수가 인상적이었다. 가을은 이곳에서도 절정이었다. 낯선 이방인 참배객들을 맞는 하치오지 영원은 웅장하면서도 깔끔하게 잘 정돈되어 있었다. 지도가 없으면 해당 묘소를 찾아가기 힘들 정도로 규모가 큰 묘지였다.

우리는 제17주차장에 차를 세우고 제16구역에 있는 묘지를 찾았다. 묘지로 들어가는 입구에는 향을 피울 수 있는 단과 수도꼭지가 달린 우물가, 그리고 자그마한 양동이와 국자 같은 도구들이 눈에 띄었다. 다른 일본인 참배객을 따라 수도꼭지를 틀어 양동이에 물을 받은 후 국자를 들고 묘지 안으로 들어갔다. 묘소마다 번호가 붙어 있었다. 김희수 이사장의 묘소 번호는 '18-18'이었다. 돌판에 새겨진 번호가 지워져 양쪽에 있는 묘소 번호를 확인하고 나서야 그곳이 '18-18' 묘소임을 짐작할 수 있었다.

'金家(김가)'

사각형 작은 돌비석에 새겨진 글자는 이렇게 단 두 자뿐이었다. 이름조차 적혀 있지 않아 번호를 확인하지 않으면 이곳이 김희수 이사장의 묘소라는 걸 알아낼 도리가 없었다. 그나마 비석도 워낙 작아 허리를 숙여야만 글자를 알아볼 정도였다. 비석 양옆에 놓인 화병에 물을 부은 후 꽃을 꽂았다. 가져온 소주, 맥주, 카스텔라를 작은 제단에 차례로 놓았다. 고개를 숙이고 기도를 드렸다.

'지상에 사는 동안 괴로움이 많으셨는데, 이제 천국에서는 마음껏 행복을 누리십시오.'

일본의 풍습에 따라 양동이에 받아온 물을 국자로 떠서 비석에 뿌려주었다. 물을 잔뜩 머금은 비석 위로 거울처럼 가을 하늘이 들여다보였다. 그는 이미 오래전에 이 묘소를 마련해놓았다. 나는 일본을 대표하는 재일동포 사업가였던 큰 부자의 묘소가 이렇게 작고 초라하다는 데 깜짝 놀랐고, 이런 묘소를 돌아가시기 수십 년 전에 미리 준비해두었다는 사실에 또 한 번 놀랐다. 과연 김희수 이사장다운 묘소가 아닐 수 없었다.

한국의 부자들에게 묘지는 부의 상징과도 같다. 행세 좀 하는 집안이나 재력이 남부럽지 않은 집안의 묘지를 가보면 왕릉 못지않게 호화롭게 장식해놓은 것을 볼 수 있다. 풍수지리를 두루 따져서 명당 중의 명당을 고르는 것은 물론 더 좋은 묏자리가 나타나면 조상 묘를 이장하는 게 집안 대대로 잘 먹고 잘사는 길인 것처럼 알고 있는 사람들이 의외로 많다. 화려한 비석에 온갖 미사여구를 나열한 묘비를 보면 입이 떡 벌어질 정도다.

김희수 이사장은 돌아가신 후까지 근검절약으로 청빈하게 살아온 자기 삶의 흔적을 묘소에 고스란히 남겼다.

'金熙秀(김희수) 1924. 6. 19 ~ 2012. 1. 19'

묘비 뒷면에는 아버지, 어머니 그리고 본인의 출생 일자와 사망 일자가 나란히 적혀 있었다. 이것이 그의 묘비에 새겨진 글의 전부였다. 그가 어떤 사람이었는지를 설명해주는 문구는 하나도 없었다. 일본 굴지의 금정그룹 창업자였던 김희수, 동경 긴자에 23개의 빌딩을 소유했던 재벌 김희수, 중앙대학교 재단 이사장을 22년이나 역임했던 교육자 김희수, 수림재단과 수림문화재단 이사장이었던 김희수의 묘가 바로 이곳임을 알려주는 그 어떤 흔적도 찾을 길이 없었다. 그의 묘비가 말없이 설명해주고 있는 건 단한 가지였다.

'공수래공수거(空手來空手去)'

묘지는 울창한 숲으로 둘러싸여 있었다. 김희수 이사장 묘소 옆에는 작은 개울이 흐르고 있었다. 가을바람이 살랑살랑 불어

왔다. 순간 그가 이곳에서 나무로, 햇살로, 바람으로 변해 참배
객을 맞아주고 있는 게 아닐까 하는 생각이 들었다. 아, 눈이 부
셨다.

1924년 6월 19일 ㅣ 경상남도 창원군 진동면 교동리 771번지에서 아버지 김호근, 어머니 심교련의 둘째 아들이자 7남매 중 넷째로 태어남

1925년 ㅣ 작은아버지와 함께 일본에 건너가 있던 아버지가 형을 일본으로 데리고 감. 그 뒤 고향에서 어머니의 돌봄 속에 자라난 김희수는 할아버지로부터 체계적으로 천자문을 배움

1933년 봄 ㅣ 마을 인근의 유일한 학교였던 진동공립보통학교에 입학. 22회 동기 52명이 입학했으나 6년 후 졸업할 때는 47명만 남음

1936년 봄 ㅣ 서울에서 이백순 선생 부임. 일본인 교사들과 달리 우리말과 우리글을 가르치며 민족정신을 고취함. 소년 김희수는 비로소 나라와 민족의 장래에 대해 생각하게 됨

1938년 4월 | 진동공립보통학교를 졸업한 뒤 만 13세 나이로 부산항에서 혼자 배를 타고 아버지와 형이 사는 일본으로 건너가 동경전기학교(東京電機學校)에 입학함

1943년 3월 | 동경전기학교 고등공업과를 졸업한 다음 계속해서 공부하고 싶었으나 여건이 되지 않아 생활 전선에 뛰어듦. 그해 일제의 징병령에 의해 신체검사를 받게 됨

1945년 8월 6일 | 미군이 히로시마에 원자폭탄을 투하하여 패색이 짙어가던 일본을 완전 무력화시킴. 8월 10일 입영 날짜를 받아놓고 노심초사하던 김희수는 기적적으로 징병을 면함

1945년 8월 15일 | 꿈에도 그리던 해방을 맞았으나 일본에 남아 자리를 잡으면서 자식들 공부를 마저 시켜야 한다는 어머니의 뜻에 따라 귀국하지 않고 일본에 남게 됨

1947년 | 동경 시내 최고 번화가인 유라쿠초(有樂町) 역 앞에 금정양품점(金井洋品店)을 개설하여 스웨터나 블라우스 등 패션 용품들을 도매로 가져다가 소매로 되파는 일을 시작함

1947년 4월 | 일본 경제가 최악의 국면에 처함. 실업자가 무려 1,300만 명, 엥겔지수가 80퍼센트에 달했으며, 식량 위기가 심각한 수준에 이르렀고, 물가는 끝없이 폭등을 거듭함

1949년 2월 2일 ┃ 할아버지 김태기 옹이 향년 84세로 별세함. 유년 시절 할아버지는 김희수에게 아버지이자 친구였으며, 스승이었기에 할아버지의 죽음은 견딜 수 없는 슬픔이었음

1949년 4월 ┃ 양품점이 잘되면서 학업을 계속하고자 동경전기공업전문학교(東京電機工業專門學校)에 입학함. 집과 학교, 양품점을 오가며 하루 4시간 이상 자지 않는 생활을 이어감

1953년 3월 ┃ 3년제였던 동경전기공업전문학교가 4년제 동경전기대학(東京電機大學)으로 승격함. 이후 학업에 매진하여 29세의 나이로 동경전기대학 공학부 전기공학과를 졸업함

1953년 4월 ┃ 일본 최고 명문인 동경대학(東京大學) 조선학과(造船學科)를 졸업한 수재였던 형 김희성과 함께 어군탐지기를 판매하는 쌍엽어탐기주식회사(雙葉魚探機株式會社)를 설립함

1955년 2월 ┃ 훗날 서울대 교수를 지낸 형의 절친한 친구 박봉열 선생의 소개로 여섯 살 아래의 재일교포 2세인 이재림(李在林) 여사를 만나 2년 동안 연애한 끝에 결혼함

1957년 ┃ 경영이 어려워진 쌍엽어탐기주식회사를 형에게 맡기고, 금정양품점은 동생 희중에게 넘겨준 다음 전후 복구사업에 대비해 삼택제강주식회사(三澤製鋼株式會社)를 설립함

1959년 10월 대장성(大蔵省)에서 제삼국인에게는 은행 융자를 하지 못 하게 하는 법령이 발포되자 향후 자금 사정을 고려해 삼택제강주식회사를 매각 하고 사업을 접음

1961년 4월 두 번의 사업 실패 후 현금 흐름이 좋은 부동산 사업에 눈을 돌려 동경 시내에서 가장 번화한 긴자(銀座)에 빌딩을 짓고 금정기업주식회사(金井企業株式會社)를 설립함

1966년 3월 금정 제1빌딩 완공 이후 빌딩이 계속 신축되면서 빌딩의 환경 관리와 경비업무를 전담하는 금성관재주식회사(金城管材株式會社)를 설립 하여 대표이사에 취임함

1966년 4월 11일 집 근처 절에 모셔두었던 할아버지와 할머니 유해를 수습 하여 근 30여 년 만에 고향 땅을 찾아 경남 창원군 진동면 교동리 선영의 양지바른 곳에 이장함

1967년 5월 공기조절과 전기, 급수·배수, 위생설비의 설계와 시공을 맡을 회사로 국제환경설비주식회사(國際環境設備株式會社)를 설립하여 대표이사 에 취임함

1973년 11월 15일 어머니 심교련 여사가 향년 83세로 별세함. 어머니의 열 정적인 교육열 덕분에 그 어려운 시대 속에서도 자녀들 모두 배움의 끈을 놓지 않을 수 있었음

1978년 8월 건축과 설계를 담당하는 국제건축설계주식회사(國際建築設計株式會社)를 설립함으로써 금정기업은 빌딩의 건축, 설계, 임대, 관리 업무를 총망라하는 대기업으로 성장함

1979년 10월 9일 아버지 김호근 선생이 향년 88세로 별세함. 아버지는 고난과 역경 속에서도 절대 굴하지 않고 가문과 가족을 지켜낸 우리 시대 아버지의 자화상이었음

1981년 2월 광고기획과 부동산에 대한 조사와 계획, 화재보험을 대행하는 금성산업기획주식회사(金城産業企劃株式會社)를 설립하여 대표이사에 취임함

1981년 4월 동경상은신용조합(東京商銀信用組合) 이사, 동경한국인상공회(東京韓國人商工會) 부회장, 일본국거류민단(日本國居留民團) 중앙본부와 동경본부 고문직을 맡음

1981년 11월 10일 데이코쿠호텔에서 금정기업주식회사 설립 20주년 기념식 개최. 이 자리에서 김희수는 "고객을 먼저 생각하고 혜택을 주는 올바른 기업 정신을 가져야 한다"고 역설함

1983년 기업의 안정을 바탕으로 서서히 젊은 인재를 육성하고 사회의 여러 문제를 개선하는 데 관심을 두기 시작했으며, 특히 사할린 교포 문제에 깊은 관심을 두게 됨

1983년 3월 1일 KPI통신이 주최한 귀화 문제 특별좌담회에 재일교포의 귀화를 반대하는 측 토론자로 나가 당당하게 일본으로 귀화할 것을 주장하는 사람들에게 정면으로 반박함

1985년 5월 21일 다시 고향을 찾아 부모님 유해를 할아버지 할머니 묘소 옆에 나란히 이장함. 이로써 조부모님과 부모님 모두 해방된 조국 고향의 포근한 흙 속에 모시게 됨

1986년 4월 12일 화태귀환재일한국인회(樺太歸還在日韓國人會)를 결성하여 사할린 교포와 한국에 있는 가족들의 만남을 성사시키고 이들에게 동경과 료고쿠에 있는 숙소를 제공함

1986년 5월 한국에 학교를 세우거나 인수했을 때를 대비해 재단의 재정적 뒷받침은 물론 금정그룹과의 연계를 위해 서울에 있는 일양상호신용금고 (一洋相互信用金庫)를 인수함

1986년 11월 10일 창립 25주년이 되었을 즈음 금정빌딩은 모두 23개에 달함. 사람들은 금정기업을 '금정재벌' 이라 불렀으며, 김희수를 가리켜 '재일교포 재벌 사업가' 라고 부르게 됨.

1987년 9월 12일 '배워야 산다' 는 신념을 바탕으로 남은 인생을 조국의 인재를 육성하는 일에 헌신하고자 부도 위기에 직면한 중앙대학교 재단을 전격 인수해 이사장에 취임함

1988년 1월 일본에 학교법인 금정학원(金井學園)을 설립하고 이사장에 취임하여 김희수의 '수' 자와 이재림의 '림' 자를 딴 수림외어전문학교(秀林外語專門學校)를 세워 개교함

1988년 제24회 서울 올림픽 경기대회 개막을 앞두고 후원회 추진위원을 맡아 활동함. 24년 전 일본에서 개최된 동경 올림픽 경기대회를 보면서 마냥 부러워하던 시절이 떠오르며 벅찬 감격을 누림

1988년 각종 대회 우승을 독차지하던 중앙대 농구부 등의 활약을 적극적으로 지원하고, 서울 올림픽의 성공적 개최를 후원하는 등의 활동을 인정받아 정부로부터 체육훈장 청룡장 수훈

1989년 제1캠퍼스에 광고홍보학과를 설치했고, 제2캠퍼스에 노어학과와 생물공학과를 설치했으며, 행정대학원과 산업기술경영대학원을 설치하여 교세를 확장함

1990년 6월 언젠가 본격적으로 장학사업을 벌일 계획을 세우고 재단법인 수림장학연구재단을 설립함. 나중에 이 재단은 수림재단과 수림문화재단으로 나누어져 발전하게 됨

1991년 2월 제1캠퍼스에 슈퍼컴퓨터를 도입하여 전산센터 건설, 법과대학과 경영대학 강의동과 대학원 건물 신축, 제2캠퍼스에 생활관, 건설대학, 산업대학, 교수 숙소 등을 신축함

1992년 10월 잠실종합운동장에서 2만여 명이 운집한 가운데 〈92축전 범중앙인한마당〉이 성공적으로 개최됨. 예술대학과 의과대학 부속 필동병원 증축, 이과대학 건물을 신축함

1994년 3월 아무도 떠안으려 하지 않던 파산 직전의 중앙대학교를 인수하여 지속적인 관심과 열정으로 학교 발전을 이끈 공로를 인정받아 정부로부터 국민훈장 모란장 수훈

1995년 3월 이과대학 건물인 수림과학관을 준공했고, 4월 제1캠퍼스 여학생기숙사를 완공했으며, 8월 공학 계열의 봅스트홀을 증축했고, 12월 전산센터를 증축함

1995년 10월 학부제를 단행했으며, 이과대학을 자연과학대학으로, 산업기술경영대학원을 산업경영대학원으로 대학과 대학원의 명칭을 변경했고, 예술대학원을 신설함

1996년 1월 제2캠퍼스의 상징인 교문을 신축했고, 10월에는 제1캠퍼스 학생복지관과 제2캠퍼스 본관을 신축했으며, 10월 국제전문 인력양성을 목표로 국제대학원을 신설함

1998년 3월 제2캠퍼스에 사회체육교육을 목표로 한 체육과학대학을 신설했고, 가정대학을 생활과학대학으로, 산업대학을 산업과학대학으로 변경함

1999년 11월 정부의 〈두뇌한국21(Brain Korea 21)사업〉 계획에 따라 첨단영상 전문대학원을 신설하여 〈교육개혁추진 우수대학 재정지원 사업〉으로 5년 연속 최우수대학에 선정됨

1999년 12월 부속고등학교와 부속유치원을 이전했으며, 본관의 정보통신 문화관 개관과 제2캠퍼스에 대학교회와 오수종합처리장을 준공했고, 중 앙문화예술관을 개관함

2000년 2월 우리 전통음악에 대한 애정이 남달랐던 김희수 이사장은 국내 대학 최초로 국악대학을 신설하고, 2년 뒤 국악교육대학원을 신설함으로 써 국악 인재양성에 크게 기여함

2002년 10월 2018년 중앙대학교 개교 100주년을 목표로 21세기 교육 환 경 변화에 맞게 교육·연구·학습 환경을 획기적으로 개선하는 내용을 담 은 〈DRAGON 2018〉 발표

2005년 1월 28일 흑석동 캠퍼스 앞에 연건평 1만 8,217평에 562개의 병상 을 운영하는 중앙대학교 병원을 개원함. 2005년 보건복지부 의료기관평 가에서 최우수 병원으로 선정됨

2007년 중앙대학교 병원은 성장을 거듭하여 보건복지가족부가 주관한 '2007 응급의료기관평가' 최우수 지역응급의료기관, '2007 뇌졸중 환자 진료 적정성 평가' 최고 등급을 획득함

2007년 2월 국내 최대 규모의 법학관을 준공함. 제1캠퍼스 정문 주변에 약대 및 자연 계열 R&D센터, 대운동장 주변에 공학 계열 R&D센터 건립을 위한 마스터플랜을 마련함

2007년 11월 서울 흑석동과 경기도 안성에 이어 제3캠퍼스 건립을 위해 경기도 하남시와 약 8만 6,000여 평 규모의 하남캠퍼스 건립 추진을 위한 양해각서를 체결함

2008년 6월 학교법인 중앙대학교 이사장 퇴임. 재단법인 수림장학연구재단 명칭을 재단법인 수림재단으로 변경하고 장학사업과 교육복지사업, 글로벌 인재육성사업 등에 매진함

2009년 6월 재단법인 수림문화재단을 설립하고 이사장에 취임. 평소 많은 관심이 있던 전통문화 계승발전과 창작활동 기반 제공, 문화예술 인재양성, 한일문화교류 등에 힘씀

2012년 1월 19일 심근경색과 뇌경색으로 갑자기 쓰러진 뒤 의식을 잃은 상태로 오랜 투병생활을 하던 끝에 일본 동경에서 향년 88세를 일기로 타계함

참고자료

- 《東喬 金熙秀 先生 七旬紀念文集 I - 民族의 恨을 딛고》, 1994, 중앙대학교 출판국
- 《東喬 金熙秀 先生 七旬紀念文集 II - 東喬의 思想과 經綸》, 1994, 중앙대학교 출판국
- 《중앙문화》 제21집, 1988, 중앙대학교
- 《중앙문화》 제22집, 1989, 중앙대학교
- 《중앙문화》 제58호, 2009, 중앙대학교
- 《중앙대학교 연보》, 2007, 중앙대학교
- 《중앙대학교 연보》, 2008, 중앙대학교
- 〈祖國을 向한 나의 一念〉, 이구홍, 《月刊 海外同胞》1989. 9
- 〈'인재를 남기는 인생' 중앙대 김희수 이사장〉, 이영만, 《해피투게더》 2004. 7
- 〈배워야 산다는 것을 한시도 잊어서는 안 됩니다〉, 유승준, 《OK TIMES》 2010. 3
- 〈동교 김희수 명예 이사장 추모 사진집 - 인재육성의 길〉, 2012, 중앙대학교
- 〈대학원신문〉 제267호, 2010. 3. 3, 중앙대학교

- 〈중대신문〉 제1038호, 1987. 9. 1, 중앙대학교
- 〈중대신문〉 제1039호, 1987. 9. 8, 중앙대학교
- 〈중대신문〉 제1040호, 1987. 9. 15, 중앙대학교
- 〈중대신문〉 제1043호, 1987. 10. 12, 중앙대학교
- 〈중대신문〉 제1044호, 1987. 10. 20, 중앙대학교
- 〈중대신문〉 제1050호, 1988. 1. 1, 중앙대학교
- 〈중대신문〉 제1051호, 1988. 2. 23, 중앙대학교
- 〈중대신문〉 제1052호, 1988. 3. 2, 중앙대학교
- 〈중대신문〉 제1055호, 1988. 3. 23, 중앙대학교
- 〈중대신문〉 제1074호, 1988. 10. 10, 중앙대학교
- 〈중대신문〉 제1075호, 1988. 10. 17, 중앙대학교
- 〈중대신문〉 제1077호, 1988. 11. 7, 중앙대학교

배워야 산다

제1판 1쇄 인쇄 | 2017년 1월 4일
제1판 1쇄 발행 | 2017년 1월 10일

지은이 | 유승준
사　진 | (재)수림문화재단
펴낸이 | 고광철
펴낸곳 | 한국경제신문 한경BP
편집주간 | 전준석
책임편집 | 박영경
교정교열 | 정난진
기획 | 이지혜 · 유능한
저작권 | 백상아
홍보 | 이진화
마케팅 | 배한일 · 김규형
디자인 | 김홍신
본문디자인 | 디자인현

주소 | 서울특별시 중구 청파로 463
기획출판팀 | 02-3604-553~6
영업마케팅팀 | 02-3604-595, 583 FAX | 02-3604-599
H | http://bp.hankyung.com　E | bp@hankyung.com
T | @hankbp　F | www.facebook.com / hankyungbp
등록 | 제 2-315(1967. 5. 15)

ISBN 978-89-475-4171-8　03810